続・集まり散じて

野口和久
Kazuhisa Noguchi

an essay
2016
〜
2019・
2020
〜
2021

悠光堂

◇はじめに

書くことで生き直す。

好きな作家、須賀敦子の言葉をかみしめながら……。２００８年からメールマガジンを書き発信してきた。一昨年（令和元年）11月の心臓病（解離性大動脈瘤）の手術・入院で休刊、退院して5ヶ月ぶりに復刊することができた。爾来、この気持ちがより強くなった。

身辺雑記風のメルマガ「市ヶ谷レポート」は、この（２０２1年）1月、１８０号を超えた。「よく継続できた」という証として、前著の『集まり散じて』の書籍化に続き、『続・集まり散じて』のタイトルで出版することにした。書名は、前著同様、母校の早稲田大学校歌からとった。１３０号から１８２号までのレポートのなかから選んでまとめた。

緑を食む日本私立大学協会で関わった教育・大学問題を加えるなど、前著の章立てとは異なっている。内容によってジャンル別に分けて全7章で構成した。第一章は、政治や社会で起きた出来事の感想を綴った「世の中のこと」、第二章は、元新聞記者の意地みたいな「ジャーナリズム魂」、第三章は、母校の早稲田大学にちなみ、校歌の一節からとった「集まり散じて」、第四章は、勤務する日本私立大学協会で取り組んだ「教育・大学論」。

第四章には、雑誌「大学ランキング」に執筆した文章も再録した。第五章は、読書、旅、美術展など「文化の香り」、第六章は、敬愛する立石晴康元都議会議員の主宰する海外視察の同行記など「世界を巡る旅」、第七章は、鬼籍に入った友人知人らの「仲間の墓碑銘」という形にまとめた。

「市ケ谷レポート」は月に1、2回発行してきたが、一昨年11月から昨年3月まで心臓病の手術・入院・リハビリで休刊。この間、多くのお見舞いや励ましが支えになった。昨年3月末に退院したのを機に4ケ月半に及んだ闘病生活を「闘病記奇跡の生還」として4月にまとめた。これを「はじめに」に再録した。出版にあたって文中の肩書や年齢は当時のもの、一部敬称を略した。

◇

それは突然だった。一昨年11月の朝、勤務先の日本私立大学協会（東京・市ケ谷）に出勤してまもなく、胸に強烈な痛みを覚えた。救急車で救急病院に運ばれ11時間もかかった手術で「奇跡の生還」を遂げた。4ケ月半に及んだ手術、入院、リハビリ治療といった闘病記を綴った。

２０１９年11月19日午前９時20分、日本私立大学協会に出勤して一旦トイレに行き、自席に戻った直後、胸が急に苦しくなった。隣席の佐藤恵子さんに「胸が苦しい。これまでにない痛みだ」と訴えた。佐藤さんと同僚の２人が横になれる応接室に連れて行ってくれた。

ここまでは憶えているが、このあとの記憶が飛んでいる。川邨揚一総務課長が電話で救急車を手配、僕はストレッチャーに乗せられ、国立国際医療研究センター（新宿区）へ向かった。同センターでは「うちでは手に負えない」と近くの東京女子医大病院（同）に転送された。

この間、川邨総務課長らは、家族への連絡や保険証の所在を知ろうと僕に声をかけた。僕は「携帯電話のアドレスの『野口』に女房と息子の電話番号がある」「保険証は背広にある手帳の中にある」と応じたそうだが。これも記憶にない。

ただ、東京女子医大で手術室に向かうとき、ストレッチャーから、何人かの医師や看護師さんが僕の体を抱えて「イチ、ニ、サン」という掛け声でドスンと手術台に乗せたことは体が覚えている。不思議なことだ。

大動脈剥離とわかり、19日正午前から手術が行われた。埼玉県内の病院に出かけていた心臓のベテラン医師が呼び戻された。連絡の取れた連れ合いや息子たちが見守った。三男は「父を生かせてくださいと」と医師に懇願したという。11時間に及ぶ手術のあと、集中治療室（ＩＣＵ）に移された。口から人口呼吸器、鼻から栄養を摂る管（くだ）など、体中管だらけ。顔は黄疸でまっ黄色。執刀医らは家族に「（助かる）可能性は五分五分か」「助かっても脳に後遺症が残る可能性が高い」などと話したそうだ。

ＩＣＵには20日間収容された。幻覚か、夢のようなものを見た。沖縄で発症、東京に戻る飛行機のなかで手術した場面だったり、和歌山・高野山で見た曼荼羅の中に新聞記者時代の亡くなった仲間が車座になって酒を飲みながら「野口、こっちに来い」と呼ばれたり……。車座のほうに行こうとするが体が動かない。もどかしかった。

12月10日にＩＣＵから一般病棟に移ることができた。そのさい、「手術後は、知人の医者に見てもらう」「ここから早く出してくれ」などと無茶を言って看護師さんらを困らせたという。

一般病棟に移ってまもなく、執刀医から手術の経緯や今後について「病名は解離性大動脈瘤で、合併症で心筋梗塞と急性腎不全を発症。全弓部置換、冠動脈バイパス、大動脈弁置換の３ケ所に手術を施した。11時間も要した手術では心臓を止めて行うこともあった。（助かる可能性は？）12月まで持ちこたえたのを見るまでは厳しいと思った。脳への後遺症もなく回復したのは奇跡に近い」と説明を受けた。

一般病棟に移ったが、それまで収容されていたICUの様子などは全く記憶にない。連れ合いは、ICUで血液が多くの管に流れているのを見て貧血を起こしたそうだ。ICUにいた20日間は、体に巻かれた管を外さないよう全身麻酔をかけられていたという。

この全身管まみれの僕の姿を見た連れ合いは「お葬式はどうしよう？」と考え、神戸から見舞いに来ていた妹は「アニキは、これまで好きなことをやってきたんだから……」と臨終を覚悟したような言葉を発したという。

一般病棟では当初、個室だったが、1ヶ月ほど経って4人部屋に移った。4人のうち2人は手術で人工心臓を埋め込んだ患者だった。病院の医師以外に人工心臓を作ったメーカー関係者が毎日、訪れていた。

心臓の手術で、足の指先が真っ黒になり感覚がなくなった。執刀医によると、血液が心臓から体の末端まで届かず、凍傷のような症状になった。足の指先が冷たく、しばらくは湯たんぽで温めることもあった。幸い、退院直前に完治した。

病院での食事は、減塩食で味がなく美味しくない。朝食は午前8時、昼食は正午、夕食は午後6時で東京女子医大では食事はベッドまで運んでくれた。運動もせずベッドで寝ているだけの毎日で食欲はなく、全く手を付けないこともあった。

一般病棟から五反田リハビリテーション病院（品川区）に転院したのは、２月22日。「手術前の元の体に戻すにはリハビリで２ヶ月から３ヶ月かかる。頑張ってください」と執刀医らから励まされた。

五反田のリハビリ専門病院は、10階建てで入院患者が約２００人。脳梗塞などで言葉や体の自由が効かなくなった人が４割、骨折で足に障害の残る人が４割、僕のように手術で長い間、入院していた人が２割で、男女とも高齢者が圧倒的。

リハビリは、２階にあるリハビリルームで、歩行訓練、マシンを使った筋力強化、マッサージなどを一日４回（各40分～1時間）、理学療法士、作業療法士らの指導で取り組んだ。若い療法士は患者に寄り添うように面倒を見てくれた。この甲斐もあって、希望通り３月末の退院が実現した。

リハビリ病院にも感染の広がった新型コロナウイルスの影響が及んだ。２月後半から家族らの面会の時間が10分間と制限されたり、リハビリの一環で病院外に出る（歩行訓練）さい、買い物や公共交通に乗ることが禁止された。

リハビリ病院での食事は、３食とも各階にある食堂でとった。東京女子医大にいるときよりも食欲は出た。それでも、出された６、７割を食べるに留まった。歩行訓練で病院の外に出たさい、ラーメン屋等のメニューの写真を見ると、のどが鳴った。

リハビリ以外の時間は、テレビと読書。テレビは、朝から夜まで新型コロナウイルスの話題で、この問題には詳しくなった。ＢＳ放送でやっていた渡瀬恒彦や辰巳琢郎、中村梅雀らの主演する古いテレビドラマが時間つぶしになった。読書では、差し入れの『月刊文藝春秋』がもっぱらだった。

４ヶ月半の入院で、多くの友人知人らに迷惑をかけてしまった。携帯電話は、「余計な電話をするから」と連れ合いから取上げられた。しばらく、三男が管理、僕宛にかかってきた電話は三男経由で届いた。送信してくれた携帯のＥメールも見ることができず、返事ができなかった。

また、入院する前に取材のアポイントをとっていた大学などの取材ができず、断りの電話もできなかった。申し訳ない気持ちで一杯だ。入院が年末年始にかかったため、それまでに決まっていた忘年会や新年会をドタキャン。悔いが残る。

退院を前に執刀医がもらした「奇跡の生還」について考えた。「生命力が強かったから」と言う友人もいたが、自分自身、そうとは思えない。運が良かったに尽きる。発症したのが、都内の勤務先で、救急車の手配なども万全だった。収容先の東京女子医大病院が心臓病の権威で、ゴッドハンドと呼ばれる優れた医師らが執刀してくれた。発症が埼玉の自宅やよく立ち寄る浅草や北千住の居酒屋だったら、と考えるとぞっとした。

また、「心臓の大手術をしたのに、その予兆はなかったのか？」と多くの友人から聞かれた。実は、一昨年春の勤務先の健康診断で心臓に欠陥が見つかり都内の病院で再検査。「大動脈の弁に欠陥がある。手術する前に大学病院で、もう一度検診を」と言われ、昨年1月27日に順天堂大学病院で検診の予約をしていた。発症の40日前だった。

4ヶ月半に及んだ入院中は、多くの友人、知人からお見舞いや励ましを受けた。両手で足りぬほどの励ましが、どれだけ僕の社会復帰に役だったか。改めて深く感謝したい。退院を知らせるメールを送ると、こんな温かい返信が届いた。

「大兄の生命力に僭越ながら祝杯を捧げます。乾杯」（早大の後輩）、「退院おめでとう。奇跡を生かしてスローライフで行こう」（産経新聞の先輩）、「天が野口君を復活させた！のだと信じます。ホントによかった」（早大の先輩）、「心配していたが本当に良かったですね。生還に乾杯」（早大の後輩）。仲間たちの友情に乾杯。

（「NO．176」　2020．4．20）

◇立石晴康元都議会議員の推薦文

野口和久さんとは、ご尊父の野口茂先生が中央区立久松小学校時代の恩師という関係で、子供のころからの知り合いです。先生の住む埼玉県杉戸町を同級生と訪れ、古利根川で蜆取りをした思い出は忘れられません。私が東京都議となり、和久さんが産経新聞記者になって交流は深まりました。中央区の都議の定員が1人になったさい、公明党との自公対決を制した選挙は大きく報じてくれました。私が塾長を務める勉強会「都民塾」では、和久さんに代表世話人を担ってもらっています。また、私が主宰し、毎年行う海外視察には和久さんも常に参加、視察記を書いてくれます。本著『続・集まり散じて』にも、バルト三国、台湾、ギリシャの視察記が載っています。元新聞記者としての鋭くも彼らしい温かく低い読者目線の文章を多くの人に読んでほしいと思い、推薦文を寄せました。

◇目次

第五章　文化の香り

第一章　世の中のこと

◆自民党の驕り

怒りを通り越して呆れ果てている。前号で、不倫問題で辞職した自民党の宮崎謙介衆院議員を批判したが、彼の周りをみれば、国会議員の資質に欠ける連中ばかり。放送局の電波停止に言及したり、被曝線量の目標を「何の科学的根拠もない」と発言したり……。「一強多弱」の自民党の驕りが極まった。

宮崎氏の12日の辞任会見をテレビで見たが、別の不倫相手の存在を質問され「否定は致しません」と認めたり、不倫を赤裸々に語る無知な振る舞いにムカついた。「恥をかいてきなさい」と送り出した妻の金子恵美衆院議員が哀れだ。

こんな宮崎議員を「うらやましい」と言った自民党幹部がいたというから驚く。溝手顕正参院議員会長で、記者から真意を追及されると「宮崎氏の選挙区の話だが、（選挙情勢で）うらやましがっている人もいる」なんて発言をしたとか。

放送局の電波停止に言及したのは、高市早苗総務相。8日の衆院予算委員会で、民主党議員が

「政権に批判的な番組を流しただけで業務停止が起こりうる」などとただしたのに対し、次のように答えた。

電波停止などを定めた電波法76条を念頭に、「私の時に（電波停止を）するとは思わないが、実際に使われるか使われないかは、その時の大臣が判断する」と電波停止を命じる可能性に言及。自民一強時代だから強気に出たのだろう。

被曝線量でおかしな発言をしたのは、丸川珠代環境相。12日、国が長期目標としている年間1ミリシーベルトについて、「何の科学的根拠もない」と発言したことを認め、発言を撤回、「福島の皆様には誠に申し訳ない」と陳謝した。

1ミリシーベルトは、国が除染などによって達成する目標として決めた。国際放射線防護委員会が原発事故から復旧する際の参考値としている被曝線量(年1～20ミリ)の中で一番低い数値。丸川発言も自民一強の驕りからだ。

両氏の発言に対し、民主党の細野豪志政調会長らが高市総務相には「放送法の乱用だ。電波停止に言及した意味は非常に重い」、丸川環境相には、「信じがたい発言だ。明確に撤回するべきだ」と追求したが、ネタ不足でかわされた。

野党と同じように、当事者たるテレビ局はじめメディアの追及も甘い。思い返せば、一昨年11月、衆院選を前に、自民党幹部が在京テレビ6局の報道局長宛に「選挙時期における報道の公平中立、公正の確保」を求める文書を送った。

昨年4月、自民党がNHKとテレビ朝日の幹部を呼び付け事情を聞いた。同6月、自民党若手議員の勉強会で、出席議員から「マスコミを懲らしめるには広告料収入がなくなるのが一番。経団連に働きかけて欲しい」などの意見が飛び出た。

高市、丸川両氏の発言は、この延長線上にある。あの時、総力戦で抵抗すべきだった。丸川氏は、問題発言した講演で、メディアについても「自分の身を安全なところにおいて批判していれば商売が成り立つ」、「文句は言うけど何も責任は取らない」などと述べたという。

メディアは、完全になめられている。島尻安伊子沖縄北方担当相が、北方領土の一つ、歯舞群島の「歯舞」の漢字を読めなかったのはご愛敬で済む。しかし、高市氏の発言は、メディア自身に降りかかる問題だけに看過できない。

同じメディアでも週刊誌が頑張っている。『週刊文春』は、元プロ野球の清原和博のシャブ疑惑を暴き、甘利明経済再生担当相の「口利き疑惑」、宮崎謙介議員の不倫問題をスクープ。甘利大臣を引きずり降ろし、宮崎氏を辞任させた。

かつて、『文藝春秋』(1974年11月号)は、立花隆の「田中角栄研究――その金脈と人脈」で、同首相の金脈を暴き、退陣に追い込んだ。このとき、新聞の政治部は、「知っていた話でニュースにはならない」と洞ヶ峠を決め込んだ。

それでも、新聞の社会部は、この立花隆の取材手法に刺激され、その後、調査報道によってリクルート事件摘発などで盛り返した。いま、その面影はない。新聞は、怒りを取り戻し、もう一度、調査報道に重きを置いて出直したらどうだ。

（「NO．131」 2016．2．19）

◆ブログの威力と新聞

ブログが政府を突き動かした。「保育園落ちた日本死ね」と書かれた匿名のブログが、待機児童問題に火を付け、一挙に保育士の待遇改善の流れができた。これまで、こうした事象を政治問題化させるのは新聞など大マスコミが担ってきた。囁かれる新聞の凋落を思った。

「保育園落ちた日本死ね」と題した匿名のブログを国会で初めて取り上げたのは、民主党の山尾志桜里衆院議員（41）。1月13日の衆議院予算委員会で、待機児童の増加原因について政府を追及した。

山尾氏の追及は、待機児童の数、女性の就業者数（率）など具体的な事実を突きつけ、待機児童についての政府の認識、さらにマスコミや一般国民の思い違いにまで及んだ。安倍晋三首相と国民の感覚のズレを白日の下にさらした。

山尾氏は、東大法学部卒で検察官から政治の道に入った。2009年の衆院選に民主党公認で愛知7区から出馬して初当選。現在2期目で、これまでの国会審議でも、安倍首相の憲法観の危うさなどを浮き彫りにした。政界のニューウェーブだ。

では、なぜ、匿名のブログに共感する声が国民の間に広がったのだろうか。東京などでは保育園に子供を預けられない家庭が多い。背景には保育士不足があるが、要因は給料の安さもある。実際、保育士の平均賃金は約21万4千円と、全職種の平均を10万円以上も下回る。そのうえ、子供に何かあったときの重圧＝責任は重く、最近はモンスターペアレント化する保護者も多く離職率も高い。

これまでも、保育士の待遇改善が必要だとの指摘はあったが、ずっと実現しなかった。今回の匿名のブログの叫びと山尾氏の追求によって、政府は3月28日、小規模保育所の更なる活用など緊急対策を発表した。

保育士の待遇改善について緊急対策に盛り込まないものの、5月の補正予算で手当てすると し、自民・公明は実質4％、月額8000円程度の賃金引き上げを求めている。野党も、保育士給与を5万円アップさせる法案を提出する。

政府・自民党の保育士の待遇改善は本気とは思えない。自民党の平沢勝栄衆院議員は山尾氏が、この問題を衆院予算委員会で取り上げた際「本人に確認したのか」と野次。同じ自民党の務台俊介衆院議員は「『保育園落ちた』との話があるが、東京を便利にすると、ますます東京に来て子育てしようとなる。ある程度、東京に行くとコストがかかり不便だ、としない限りダメだ」と述べた。2人とも感覚がズレている。

ところで、新聞の凋落だが二つの側面がある。前号でも触れたが、『週刊文春』の元プロ野球の清原和博のシャブ疑惑、甘利明経済再生担当相の口利き疑惑、宮崎謙介議員の不倫問題のスクープに続き、『週刊新潮』も参院選出馬が噂される乙武洋匡の不倫スキャンダルを暴いた。新聞は、週刊誌にやられっぱなしだ。

もう一つは、収入源である広告費落ち込み。電通によると、2015年の国内の総広告費における新聞広告費は前年比93・8％と落ち込みが止まらず。一方で、インターネット広告費は好調で同110・2％と、2005年と比べると3倍を超える伸び。

厳しい新聞広告は、「年間を通して前年を下回って推移しており、長期的な減少傾向にある。新聞購読部数の減少、前年の消費増税前の駆け込み需要、衆院選効果による反動などが影響した」(電通)。

新聞は、ブログにも週刊誌にも後れを取った。この待機児童問題から何か学ぶべきものがあるだろうか。新聞もネットを活用して読者との双方向性を強めるとか、山尾議員のような新しい血を入れて活性化させるとか、大転換が求められる。

「動かない水は腐る」という言葉がある。新聞を水に例えるならば、動かない新聞は腐ってしまう。

(「NO．132」　2016．3．29)

◆品性下劣な都知事

品性下劣という言葉は、この男のためにある。高額な海外出張費、公用車を使った別荘通い、政治資金による家族旅行……舛添要一都知事の公私混同疑惑は止まらない。記者会見で私的な飲食費の政治団体の収支報告書への計上は認めたが、家族旅行疑惑は否定。ケチセコ知事の「居座り」を許すな。

舛添知事は、これまでロンドン・パリ訪問で、ファーストクラス（約266万円）やスイートルーム（1泊19万8000円）を利用していた大名旅行や、危機管理上の問題も指摘された公用車を使った湯河原の別荘通いが指弾されてきた。

13日の会見では、正月(13年と14年)の「龍宮城スパホテル三日月」(千葉県)での家族の宿泊は、「都知事選出馬など、緊急かつ重要な案件の会議をやった」と抗弁、会議の相手や人数などは、プライバシーを理由に回答を拒否した。

記載内容が事実と異なったことについては、会計責任者だった元秘書に「すべて任せていた」。高額な海外出張費の理由説明でも「事務方」の責任をほのめかした。責任は、秘書や事務方に押し付け、形だけの謝罪、政治屋の常套手段だ。

声を大にして言う、これは政治の堕落である。「公私混同」はこれだけでなく、美術品やブランドバッグの購入と次々に暴かれている。家族旅行でも会議をすれば、「政治活動をした」とする感覚は浅ましい、庶民とかけ離れている。

政治資金に関する金銭感覚については「鈍感だった」と認め、「都民にご迷惑、ご心配をおかけした」と謝罪した。しかし、「私の目的は東京を世界一の街にすること。都民の信頼回復に努めたい」と続投する意向を示した。

こんな二人のコメントに納得。「正月に家族旅行で訪れた場所で会議を行っている不自然さは、証拠を出さない限り誰も信じない。（白紙の領収書をもらう行為は）脱税しようとしない限り、白紙の領収書を集めない」（元妻の片山さつき参院議員）

「舛添氏が今後取るべき対応は、全面謝罪か辞職か、どちらかだ。土下座する姿勢であればまだ許されるギリギリのところではないか。そうでなければ辞職だね。都民はもうそろそろ怒ったらどうだ」（橋下徹前大阪市長）

橋下氏の言う通りで、都民はもっと怒るべきだ。公用車での別荘通いや高額な海外出張費を「何の問題もない」と突っぱね、その後は態度を一変させ「事務方に任せっぱなしだった」などと言い訳する。君子豹変のつもりか。

舛添知事の疑惑は、猪瀬前知事の政治とカネの問題より重い。公用車による別荘通いや高額な海外出張費の問題は知事就任後の話だし、公私混同疑惑は、国会議員時代のものも含まれる。税金に対する認識の甘さが体に染みついている。

舛添知事の一連の疑惑に対する都庁への批判は1万件を超え、都政が一時、機能不全に陥ったとか。都議会はなめられている。大名旅行などに対し、都議会自民党は本会議の代表質問などで「海外出張の前になすべきことがある」と批判してきたが、舛添知事は忠告を無視。知事不信任決議ぐらい出したらどうだ。

舛添都知事の「政治とカネ」をめぐる疑惑は、「しんぶん赤旗」のスクープで火を噴き、新疑惑は「週刊文春」が報じた。一般紙は、赤旗や週刊誌の後塵を拝した。会見の報道では、社会面に厳しい論調もあったが、社説は沈黙か、おざなりの解説だった。

政治とカネの問題で辞任した甘利明前経済再生担当相と同じように、「不徳の致すところ」という謝罪で逃げ切らせるのか。このままでは、2020年東京五輪にも支障が出かねない。政治資金も自分の金も区別がつかないような男に、都政の舵取りを任せられない。

映画の巨匠、小津安二郎（1903―1963）が、よく言っていた言葉にこんなのがある。「人間はすこしくらい品行は悪くてもよいが、品性は良くなければいけない」

イギリスの批評家、ラスキンは、こうも言っている。「失われた時はけっして取り戻せない。すでになされた悪はけっして修正されない」

（「NO．134」　2016．5．18）

◆舛添知事辞任と怒り

マスゾエが、ほくそ笑んでいる。国民あげて怒った舛添要一都知事の政治とカネ、公私混同疑惑は辞任で真相は藪の中。巷の話題は、公示された参院選に移ったが、序盤予想は自民党の圧勝。熱しやすく冷めやすい国民性の露呈か。国民も政治家もメディアも一緒くた、だ。

見苦しかった舛添知事の辞職劇。都議会もユルフンだ。舛添知事から解散をチラつかせられ、与党の自公は、政治資金規正法違反による追及の中止、百条委員会の否決など、これ以上追求しないことと引き換えに辞任を受け入れたという。

舛添氏の高額すぎると指弾された海外出張費や別荘通いにも使っていた公用車の利用基準の見直し、政治資金で購入した美術品やホテル宿泊費明細書の公開は、水泡に帰した。主役は2200万円の退職金を手に堂々の退場。都民も都議もメディアも冷めた目で見送った。

〝舛添擁護論〟を唱えるジャーナリストが現れたのが不可解。江川紹子は「テレビや新聞は、騒ぎに乗っかって舛添さんを、ここぞとばかりに正義漢ぶって一斉にたたきまくる。芸能人の不倫報道と同じレベルとしか思えません」

元毎日新聞記者の牧太郎も「舛添さんの大名行列のような海外旅行は石原慎太郎知事を真似ただけ。石原氏は、秘書ら8人と10泊11日、総費用1589万円で小型クルーザーをチャーターして、ガラパゴス諸島周遊を楽しんだ。この豪華さを学んだのが舛添さんで、知事になったら何でもできると勘違いした」

江川氏の「舛添さんは知事になる前は国会議員でした。知事にふさわしいのか、その時点から調べることもできたのに、ほとんどノーマークだった」という大手メディア批判には首をかしげた。自分にはね返ることを肝に銘じるべき。

二人とも、評論家という立場で一味違った意見を吐かなければならないという気持はわかる。しかし、マスゾエだけでなくオブチ、アマリの逃げ切りを許してきた政治とカネの問題の追求はジャーナリストの責務ではないのか。

さて、参院選。22日の第一声で、安倍晋三首相は、「3年間で雇用を110万人増やし、有効求人倍率は24年ぶりの高い水準だ。この政策をやめてしまえば、3年半前、4年前の暗く停滞した時代に逆戻りする」と経済政策を前面に掲げた。

公示前の街頭演説のほうが安倍首相の威勢はよかった。「アベノミクスは失敗していない。今の政策をやめれば、4年前のあの暗い時代に逆戻りする」、「民進党は甘い言葉ばかりを言う。『気をつけよう、甘い言葉と民進党』」

野党の民進党の岡田克也代表は、第一声でアベノミクスについて「すでに限界で問題が生じている。結婚すらあきらめざるを得ない若者たちがたくさんいる。子供の6人に1人、単身の高齢女性の2人に1人が貧困だ」と批判した。

舛添辞任劇＝政治とカネの問題は、参院選の争点になっていない。安倍首相も公示前の街頭演説で前回知事選で舛添氏を支援した責任に触れ「（舛添氏の）辞任騒動でご迷惑をおかけしたことを、おわびします」と語ったぐらい。

新聞各紙の参院選序盤情勢では、安倍首相が獲得目標としていた連立与党で改選議席の過半数（61議席）どころか、自民党だけで単独過半数を達成しそうな勢い。自民党は57議席以上を獲得すれば、非改選（65議席）と合わせ、1989年以来の単独過半数を実現。憲法改正の発議も手中に入る。

舛添前知事の政治とカネ、公私混同問題はほとんど影響しなかった。有権者は辞職で一区切りと冷めた判断をしたのか。今参院選から18歳から投票が可能になったが、若者の投票行動は、長いものには巻かれろ、のようだ。

東京では、参院選とともに、「ポスト舛添」を選ぶ都知事選（7月14日告示、31日投開票）がある。都知事選への影響は出るのか。舛添の公私混同疑惑などでは、都民、政治家、メディアは、一緒くたで「怒った」。

都知事選を前に、与野党の政治家は、知名度ある候補者の選定におおわらわ。メディアも、知名度ある候補者紹介に終始で、ともに怒りを忘れた。肝心の都民の怒りは、都知事選まで持続するのか、それとも参院選の序盤情勢のような冷めた道をたどるのか。

ローマの作家、プブリリウス・シルスは、こう言っている。「怒れるひとはふたたび怒る。彼が理性にかえったとき彼自身に向かって」

（「NO．135」 2016．6．25）

◆ 日本会議と参院選

政治の話題は参院選から東京都知事選、そして安倍晋三首相の内閣改造・党役員人事、飛び出した安倍自民党総裁任期延長論……とかまびすしい。世界に目を向けると、英国のEU離脱、仏ニースのテロ、トルコのクーデター未遂と目が離せない。参院選の総括しながら今後の政局などを占った。

参院選の結果。自民党は、非改選議席と合わせて121で、27年ぶりの単独過半数（122）には、わずかに達せず。公明党は、選挙区と比例代表で計14議席。一方の野党。民進党は、改選43議席から議席を減らして計32議席。共産党は計6議席。

与野党の勢力図は、与党の議席が改選121議席の過半数を大きく上回り、改憲勢力が改憲発議可能な3分の2を占めた。一方の野党、1人区での野党統一候補が当初の予想を上回り11勝（21敗）と一定の成果をみせた。

天の配剤だった。いつもながら有権者はバランスの取れた判断をする。新聞等の事前予測では、「自民党が単独で過半数の勢い」などと威勢がよかったが、それは成らなかった。有権者は、どんな思いで一票を投じたのか。

この原稿を執筆中に学生仲間との勉強会があり、友人の政治ジャーナリストと新聞社論説委員の参院選総括を聞いた。二人の意見に相槌を打った。

「大企業など一部だけ恩恵を受けるアベノミクスは、それほど評価しないが、民主党政権が期待から失望に変わり、暗黒時代だったことが選挙民の骨身にしみている」、「若者ほど自民党支持。沖縄では18、19歳の55％が自民支持という結果も。団塊世代の支持層は保革伯仲、彼らがいなくなったら自民党の天下だ」

ところで、参院選で話題になったのは、「日本会議」。参院選以前から英国のThe Economist

紙やフランスのL'Obs誌などが、日本の危険な右翼団体「日本会議」が、安倍政権の政策に大きな影響を与えているなどと報じていた。

Wikipediaによると、日本会議は、前身団体の「日本を守る国民会議」と「日本を守る会」が統合し、平成9年に設立。平成14年9月以来、「10万人ネットワーク」を目指して活動を続けている。「日本会議国会議員懇談会」（現在２４２人、会長・麻生太郎衆議院議員）を抱え、国会と地方議会に強い影響力がある。

参院選のテレビの選挙特番では、各局がこぞって日本会議を扱った。テレビ東京は、キャスターの池上彰が、日本会議や神社本庁、改憲の署名運動などを行う団体などを取上げた。フジテレビも、日本会議四日市支部を取材して報じた。

出版界も〝日本会議ブーム〟。今年に入り、『日本会議の研究』（菅野完著、扶桑社）を皮切りに、『日本会議とは何か』（上杉聰著、合同出版）、『日本会議の全貌』（俵義文著、花伝社）と相次いで出版され、週刊誌も毎号、特集を組んだ。

マスコミが作った日本会議ブーム、どこか胡散臭い。雑誌『選択』（7月号）の指摘に頷く。〈日本会議国会議員懇談会があるが、加盟議員とは協力体制もとるが、特に集票力があるわけでも集金力があるわけでもない。「安倍内閣を叩く材料を探していて、これは使えると飛びついたのが日本会議なのではないか」〉

さて、今後の政界の焦点は、東京都知事選（31日投開票）とともに、安倍首相が断行する内閣改造・党役員人事。二階俊博総務会長は、18年9月までの総裁任期の延長に早々と言及するなど猟官運動が活発。

改造人事の関心は、岸田文雄外相と石破茂地方創生担当相の処遇とか。2人は派閥会長として首相の座に意欲を持つ。昨年9月の総裁選では、石破氏は側近議員らの待望論を袖にして立候補を見送った。

最近ブームの田中角栄が福田赳夫との不利と言われた〝角福戦争〟に勝って、首相の座に就いたのは、角栄54歳のとき。岸田文雄58歳、石破茂59歳。2人とも安倍首相と争う気はなく、首相頼み。そんなんで、天下なんか取れるか。

（「NO．136」　2016．7．22）

◆豊洲移転と小池流政治

気になることが二つある。暗礁に乗り上げた格好の東京・築地市場から豊洲新市場（江東区）への移転問題。盛り土と地下空間、ベンゼンやヒ素汚染などを仰々しく報じる新聞やテレビと比較的冷静な視点の週刊誌や情報誌の報道の落差。もう一つは、小池百合子都知事のパフォーマンス政治である。

豊洲市場の盛り土・地下空間を最初につかんだのは、共産党だった。「共産党に豊洲市場は一部盛り土がなされておらず地下に大きな空洞がある、という匿名情報がよせられた。当然、都に

確認したが、これを知った小池知事は8月10日、緊急記者会見を開き公表した」（社会部記者）

そして、小池知事は、8月31日、今年11月に予定されていた築地市場の豊洲移転延期を発表。「延期の理由は、以前から囁かれていた豊洲の土壌問題としているが、築地市場の豊洲移転反対派の主張に耳を傾けた形をとっていた」（同）

この問題が表面化して以来、メディア、とくにテレビは、盛り土や地下空間問題から豊洲市場の使い勝手の悪さなど豊洲移転反対派の声を大々的に報じた。一部盛り土されず、巨大な地下空間を「手抜き工事」と言わんばかりの報道だった。

冷静だったのは、いつもは煽る立場の週刊誌。『週刊新潮』（9．26号）は、「意味不明が多すぎる豊洲市場　20の疑問」の特集を組んだ。盛り土と地下空間について、こう書いている。

「地下水が浸入するリスクがある以上、盛り土でなく地下ピットを設けるのは当然。地下2メートル部分の土地は一旦全て掘削されており地下水が浸入しにくい作りになっている」との学者の説を載せ〈建築物として極めて一般的で合理的だ〉

ベンゼン、ヒ素については、共産党が、「地下の床に溜まっている水には猛毒のヒ素が環境基準の4割に及ぶ」と公表。これには、〈ベンゼンもヒ素も検出されなかった。煙草の発がんリスクはベンゼンに比べ1000倍も高い〉

核心を突いた情報誌もあった。『東京インサイドライン』（9．10号）は、「築地市場の豊洲移転で鮮魚仲卸業者に多大なダメージ」の記事を載せた。豊洲移転の本質にもつながる鮮魚仲卸業者の立場の変化に言及していた。

卸売市場法の改正で、２００５年から卸が仲卸を経由せずに直接、大手スーパーや外食産業などに相対取引で品物を供給する「第三者販売」が認可。卸業者が運んできた品物が大手スーパーの車に移し替えただけで市場を通過していく「通過貨物」も増えている。

〈豊洲移転は、使い勝手の悪さなど仲卸業者のことを考えておらず、大手スーパーや外食産業との取引を主に考えている。市場の主役は変わった。仲卸がいなくなれば、街の魚屋や個人経営の飲食店は立ちいかなくなる。そこまで考えて、小池知事は築地市場の移転問題を見直そうとしているのかどうか〉と主張。

小池知事の就任以来のパフォーマンス政治。都政を「ブラックボックス」、都幹部の対応を「無責任体制」などと〝見出し〟になる発言を連発したり、都知事の報酬を、約１４４８万円に半減させる条例改正案を提出したり……都民受けする言動が目立つ。

政治学者の五十嵐仁が述べていた。「声高に改革を叫び、派手なパフォーマンスを繰り出すリーダーほどウサンくさいものはない。小泉元首相は『自民党をぶっ潰す』と叫んで支持率を上げた。小池知事も同じで、都議会のドンを敵に見立て、都政をブラックボックスと批判して支持を集めた手法がそうだ」

さらに、小池氏は、政治塾を立ち上げるとか。「多くの方々が都知事選で政治に関心を持ち、いろいろ学びたいという声を受けた」からだそうだ。そう受け止める人はいまい。来年の都議選に向けて同志を発掘・育成する狙いは明白。

小池流パフォーマンス劇場第二幕の幕開けか。都政の課題は、ほかにも待機児童問題や高齢化社会への対応など目白押しだ。政治塾にうつつを抜かす閑はない。豊洲移転では、都の不明確な意思決定プロセスの解明は必要だが、大衆迎合のパフォーマンスではなく、仲卸や街の魚屋、飲食店といった現場を知る努力をもっとすべきだ。

（「NO．138」 2016．9．26）

◆トランプ当選の背景

「まさか」だった。米国民は、ババを引いたのか。ドナルド・トランプ大統領の誕生に世界中が驚きの声を上げた。新聞各紙は「既成政治への不満や怒りを背景に支持を集めた」と勝因を分析している。それだけではないはずだ。

「『革命』と呼んでもいいだろう」と日経新聞1面（11．10）は、〈米国民は過激な異端児に核兵器のボタンを預け、経済と政治の変革を託した。その衝撃はEUから離脱の英国民投票の比ではない〉とややオーバーな表現で報じた。

同日の各紙1面。〈米国で、こんなに怒りや不満を抱え、「疎外」された人が多かったのか、と驚くばかりである〉（読売）、〈批判にも自説を曲げないトランプ新大統領の誕生は、米国内だけでなく国際社会を揺さぶるのは確実だ〉（毎日）。

産経は、「トランプ大統領で、いいじゃないか」の見出しで〈日本も米国に軍事でも経済でも過度に依存しない「偉大な国」を目指せばいいだけの話である〉と独自色を出した。

識者の談話も新聞に載った。ＮＨＫの籾井勝人会長のコメントに笑った。「大統領になったら彼は変わる。今まで言っていた通りの大統領になるとは思っていない。（似ているのでは？）似ているとは全然思わない。僕は髪もふさふさありますし、あのような乱暴な言葉遣いは、もはやしません」

自分をトランプに重ね合わせて喋っている。「似ているのでは？」という質問をした記者のセンスもいいが、答えた本人もまんざらではない様子。「まさかのトランプが当選した。これでワシの続投も……」とほくそ笑んでいるはずだ。

トランプ氏の勝利演説では、過激な発言はなかった。「これからは米国の分裂の傷を縫い合わせる時だ。私はすべての米国民のための大統領になる」と述べ、クリントン氏から祝福の電話を受けたことも明かした。トランプショックは杞憂か。

大統領選挙中には、米軍最高司令官の大統領が握る「核のボタン」をめぐる議論があった。トランプ氏は、イスラム国による対米攻撃には「核で反撃する」と発言。クリントン氏は「トランプ氏に核兵器は任せられない」と警告した。

核のボタンは、〈トランプ氏が大統領就任後は核兵器の発射に直結したブリーフケースを携えた米軍の将校が寄り添うことになる〉（朝日、11・10）そうだ。

トランプ当選をポピュリズムと関連づける新聞。〈トランプ氏の言動は、大衆の怒りと恐怖をかきたてる「ポピュリズム」の極致だった。社会の分断を煽るばかりの大衆迎合では、「偉大な米国」は生まれない〉（読売）、〈米国も大衆迎合の濁流にのまれ、国内が真っ二つに割れてしまった。自由で多様な米国が著しく変質し、社会の深刻な分断と民主主義の劣化を露呈する懸念は拭えない〉（日経）

トランプ氏の当選直後の新聞各紙の視点は大同小異。むしろ、投票を前にした紙面に肯く記事があった。政治学者の藤原帰一のレポート（朝日新聞、9．21）もそう。

藤原は、トランプ氏とフィリピンの新大統領のロドリゴ・ドゥテルテ氏を結びつけて、「法と秩序のために手段を選ばない内政と外国に言うべきことは言う外交は共通している」とこう述べている。

〈（両国には）マイノリティー保護が国民の負託を伴い、法の支配を貫けば犯罪者を取り逃がしかねず、国際協力を進めるなら外国に利用され、支配されかねない現実がある。両氏の示す「解決策」はわかりやすいが、自分の政策遂行を法の支配の外に置いている。民主主義によって、民主主義の土台であるはずの法の支配が覆される。米国とフィリピンに見られる危機の中核は、そこにある〉

新聞社時代の先輩から10日朝に届いたメールに得心がいった。「証券業界では『もしトラリスク』と言っていたそうですね。でも正夢になるとは誰も思わず、冗談半分だった。ＢＲＥＸＩＴ

（英国のＥＵ離脱）といい、評論家は全員、丸坊主にならないと。これで戦後の国際秩序は本当に終わったのではないでしょうか」

（「ＮＯ．１４０」　２０１６．11．10）

◆忖度と安倍一強

なんとなく重苦しい空気がこの国を覆っている。学校法人「森友学園」に国有地が格安で払い下げられた問題。安倍晋三首相夫人の昭恵氏が同学園に百万円を寄付したとの証言もあるが、いずれも藪の中。何かやろうにも忖度がまかり通る世の中。つくづく生きづらくなった。

この閉塞感は、安倍一強政治が関わる。森友学園の籠池泰典前理事長は国会証人喚問で、安倍首相夫人から百万円の寄付を受けたと主張したが、昭恵夫人はフェイスブックで否定。野党は夫人の国会喚問を要求するが実現しそうもない。

昭恵夫人は〝家庭内野党〟を標榜、原発再稼働反対や反ＴＰＰなどを主張。官邸が「政権に対する不満のガス抜きになる」と甘やかしてきた面もあるが、「首相夫人」という肩書があるからチヤホヤされる。首相夫人を守る必要はあるのか。

森友問題も、「首相夫人」というブランドをカネ儲けや利益誘導のために利用しようと籠池氏が近寄ってきたとみられる。首相夫人に脇の甘さがあったことは否めない。「私人だから」といって免責されることはありえない。

首相夫人は、フェイスブックでなく、国会の場で自ら説明する必要がある。しかし、自民党は「必要ない」。森友学園への国有地の格安な価格での払い下げには、財務省の忖度があったのは間違いないが、自民党内にも安倍政権への忖度がある。

安倍一強政治の原点を考えた。安倍首相が所属する派閥は清和会＝旧福田派。領袖だった福田赳夫には、田中角栄との「角福戦争」が付いて回る。一高・東大・大蔵官僚の福田と尋常小学校卒で党人派の田中の覇権争いは、壮絶を極めた。

清和会からは、2000年に森喜朗が首相就任、小泉純一郎、安倍晋三、福田康夫、安倍再選と首相を続けて輩出。田中派政治と清和会政治の違いについて、敬愛する元沖縄県副知事の嘉数昇明さんから聞いた話が忘れられない。

「沖縄基地問題をめぐって橋本龍太郎、小渕恵三氏ら田中派が首相のときは、政治家・官僚が沖縄に足を運び、泡盛を飲みながら議論しあい、前に進んだ。しかし、小泉首相の清和会政権になってから、そうしたことがなくなり、基地問題も暗礁に乗り上げている。田中派のような人情味のある政治でなくなった」

安倍政権をみると、安倍首相は野党の追及にむきになったり、野次を飛ばしたり幼稚な政治家で国のトップに据えるには疑問符。法政大卒の菅義偉官房長官は官僚みたいな受け答えをするし、安倍首相同様、発言に面白みもユーモアもない。

安倍一強政治で、「角福戦争」のようなダイナミックな派閥抗争も起きない。つまらない政治になった。小選挙区制が安定したこともあって首相・官邸の力が増し、自民党は、次期選挙での公認外しを恐れて「もの言えぬ政党」になった。

　この空気が拡散した。政治も行政も忖度が、「そこのけそこのけ」の勢いだが、追求するマスコミにも、自主規制という忖度が蔓延している。これにも安倍政権がからむ。平成26年暮れの総選挙だった。

　安倍首相は、テレビ番組で流された街頭インタビューがアベノミクスに批判的な内容が多かったことに「おかしいではないか」と批判。自民党は、ＮＨＫや民放局に選挙報道の公平性を求める文書を送付、テレビの選挙報道が激減した。

　今回の森友学園に続く加計学園問題では、雑誌『選択』４月号が、「毎日新聞は、森友問題では積極的に報じたが、加計問題ではペンが振るわない。加計学園グループの大学に毎日新聞の記者ＯＢが教授として迎え入れられているなど抜き差しならぬ関係がある」と、忖度が働いていると指摘した。

　野党やマスコミは、籠池氏が主張する安倍晋三首相側からの百万円の寄付、首相夫人と学園との関わり、問題の発端となった国有地の８億円値引き、政治家の関与の有無……こうした疑惑の追及の手を緩めてはならない。忖度無用だ。

　そして、ゆめゆめ忘れてはいけない。安倍首相の森友学園への国有地払下げ問題に対する重たい発言だ。「私や妻が関係していたということになれば、私は総理大臣も国会議員も辞める」

（「NO．144」 2017．4．4）

◆都議選 ポピュリズム席巻

あの喧噪は何だったのか。東京都議選から約1ヶ月。自民党の歴史的な惨敗は、「安倍一強」という政界構図を壊しそうだ。小池百合子知事は、圧勝したとたん、都民ファーストの会の代表を退いた。選挙目当ての代表だったが、メディアから批判はあまり出ない。どこかおかしい。

小池知事の都民ファーストの会は、「都政大改革」というスローガンが風を起こし、相次いだ自民党国会議員の不祥事が風に勢いをつけた。女性誌などは日本女性のロールモデルと持ち上げるなど、メディアも〝風起こし〟に加担した。

京都大学名誉教授の大嶽秀夫は、都議選の「風」について、朝日新聞の耕論「風の正体」（2017．6．20）で、「風が吹きやすい状況を生み出すのがポピュリズム」と定義して、こう述べている。

「日本のポピュリズムは争点を単純化して、本来は利害調整の場である政治の世界を善と悪の対決の場に仕立てる手法です。都知事の小池さんも都議会自民党を都政改革の抵抗勢力に見立て、対立候補を擁立しています。まさにポピュリズムです。

メディアのポピュリズムと言ったときには、大衆に主導権があることを前提にしている。ポピュリズムは大衆感情の擦り寄りだからである。メディアに主導権ありとするものが弾丸理論（メディアのメッセージが弾丸のように人々の心を直撃するという理論）を代表とするメディア戦略論である」

今回の都議選では、「都民塾」という勉強会を一緒に立ち上げた中央区の前都議、立石晴康さんを応援した。父の教え子で兄のような存在だった。都民ではないので、第一声を聞いたり、開票日に事務所に顔を出すぐらいしかできなかったが。

立石さんは、８期当選の実績がありながら自民党は公認せず自ら離党して無所属で戦いに臨んだ。「立石党」ともいえる熱心な支持者が手弁当で懸命の応援をした。都民塾を主宰するなど地道な活動も風の前に沈んだ。

立石さんは、都議会議員として理念に基づく政策を訴え続けた。東京都庁の新宿移転、築地市場の豊洲移転では自民党の方針に逆らい、自分の主張を曲げなかった。このぶれない姿勢は地元の支持を集めたが、自民党は毛嫌いした。

都議８期という重鎮でありながら、党や議会の要職には就けなかった。いや、就かなかった。己の主張を曲げることを潔しとはしなかった。ポピュリズムとは対極にいた政治家だった。

前出の大嶽氏は、こうも述べる。「小池氏は『東京大改革』を掲げているが、政策の理念がまだ見えにくい。でも、それをつくっていかないと、どこかで見限られます。彼女でなければできない政策を打ち出さなければ、いつまでも風は続きません。有権者が飽きれば、風はあっという間にやんでしまいますから。政策よりも政治的なスタイルを優先しがちな政治家は、いったん逆風が吹けば、手のひらを返したようにイメージが転じてしまう。善か悪かの二元論を自ら強調するためです」

立石さんは、勉強家で、政策を優先、善か悪かの二元論とも無縁で政治姿勢はぶれなかったが、「政治的なスタイルを優先する政治」に負けた。開票日の7月2日夜、東日本橋の選挙事務所で敗北の弁を述べた。爽やかで力強かった。

「こういう結果になったが、私には、まったく悔いはありません。応援してくれたみなさんの友情に感謝の気持ちでいっぱいです。私の不徳の致すところで、明日から元気にいつもの日常の生活に戻ります。（議員）バッチがすべてではありません。バッチをつけなくても今まで通り、政治活動を続けていきたい」

喧噪の都議選だが、一部新聞は、「加計問題が焦点」などと安倍政権批判＝国政を前面に出し、築地市場移転や東京五輪経費など都政の争点は脇に追いやられた。「風が吹きやすい状況を生み出すのがポピュリズム」に加担したメディアは免責されるのか。

（「NO．148」 2017．7．24）

◆小池は青ざめ前原は泣き……

「衆院選に於て、小池は青ざめ、前原は泣き、そして安倍は哄笑した」。自民圧勝、希望完敗、立憲躍進……衆院選の結果は、事前の予想通りだった。戦い済んで思い出したのは、政治学者、丸山眞男の論文「超国家主義の論理と心理」（1946）にある文章だった。

丸山の文章は、「戦犯裁判に於て、土屋は青ざめ、古島は泣き、そうしてゲーリングは哄笑する」。丸山はあえてナチス・ドイツの指導者を引照。戦犯裁判における日本の指導者の弱々しさ、ナチの指導者のふてぶてしさを浮かび上がらせた。

青ざめたのは、希望の党代表の小池百合子。民進党から希望への移籍を望んだ前職らの一部を「排除する」と述べた発言がすべてだった。この排除発言で、立憲民主党が生まれ、民主党議員は、希望と立憲民主に股裂きにされた。

哲学者の内田樹は、公示前に言っていた。「小池氏の軍門に下ったのは、政策の一貫性を振り捨てても議席確保を優先する人たちばかり。政策の一貫性や論理性よりも、『明日の米びつ』を優先的に配慮する政治家たちが、文明史的な転換に対応できる能力があるとは考えられない」

それに、7月の東京都議選で、小池氏は、石原慎太郎・元知事、森喜朗・大会組織委員会会長、内田茂・前自民党東京都連幹事長らを「悪玉」に仕立て、善玉役を演じた。前回は、虚栄が大勝に繋がったが、今回は排除発言で悪玉と化した。

ヘタレという言葉は、この男のためにある。泣いた前原誠司・民進党代表。小池氏に「身を捨てながら新時代を築こうという決断に心から敬意を表す」と持ち上げられて舞い上がった。厚化粧の雌狸に、騙された大店のバカ息子の図。

民進党を解党して希望の党への合流を決めたさい、小池氏とは口約束で合意文書を作らず、小池氏が安保法制の廃止や消費税の引き上げなど民進党の根幹をなす政策の放棄を迫るとあっさりサイン。万死に値する。

安倍晋三首相は、哄笑した。それはそうだ。解散を決めたときは、「森友・加計隠し解散」などと非難を浴び、「自民党50席減」なんて見出しが週刊誌に踊った。ところが、民進党の希望の党への合流騒ぎで、一転、神風が吹いた。

漁夫の利を占めたわけだが、そもそも今回の衆院選は、大義なき解散から始まった。選挙中に訴えた北朝鮮の脅威などは解散せずとも国会で論議すればすむことではなかったか。杉田敦・法政大教授の公示前の発言に相槌を打った。

「政党は、本来、理念や政策を共有する人たちの集まりだ。現在、政党は選挙互助会になっている。そんな業界のためになぜ６００億円もの税金を使って選挙を行うのか、理由が説明できない。政治的シニシズム（冷笑主義）が広がり、民主主義が成り立たない」

立憲民主党の枝野幸男代表も、安倍首相と同じく哄笑したくちか。「筋を通した」男気が功を奏した。それに、都議選で都民ファーストが大勝したのはリベラル層を取り込んだせいだが、小池氏は、これを忘れ、枝野氏は、これを実践した。

江田憲司・元民進党代表代行は、「立憲民主党は立ち位置がはっきりしている。自民党は保守に軸足を置いて中道まで取り込む。立憲民主党はリベラルに軸足を置いて中道までを取り込んだ」という見方は当たっている。

戦い済んで、各メディアは、自民圧勝を「敵失」、「漁夫の利」と、立憲民主党の躍進を「筋を通した」、完敗の希望の党を「踏み絵」などと総括していた。およそ、民主主義とはかけ離れている言葉だ。

冒頭の丸山眞男の言葉は、正鵠を射ている。丸山は、こう続ける。「およそ民主主義を完全に体現した制度はない。人はたかだかヨリ多い、あるいはヨリ少ない民主主義を語りうるに過ぎない」

（「NO．151」2017．10．24）

◆昭和・平成を振り返る

「平成」を振り返る新聞や雑誌の特集が目立つようになった。天皇陛下の退位を実現する特例法が成立、2019年4月30日に天皇陛下が退位、翌5月1日に皇太子さまが新天皇に即位する。来年には新しい元号になる。かつて新聞社の皇室担当記者としては感慨深いものがある。

天皇の退位は江戸時代の光格天皇（1771～1840）以来、約200年ぶりだという。光格天皇の退位は47歳のときで、同天皇は和歌や音楽を好み、性格は温厚で周囲の信頼と敬意を集めたと伝えられている。

平成は30年、長いようで短い、短いようで長い気がする。目を通した新聞や雑誌の平成特集で、わかりやすくコンパクトにまとまっていたのは『週刊朝日』（2018．1．5・12）の「識者が分析する平成30年史」。

天皇の退位と即位をノンフィクション作家の保坂正康、平成の政治を政治学の御厨貴、経済を経済アナリストの森永卓郎、社会・事件を社会学者の宮台真司が平成30年を語っていた。

保坂は「天皇制の在り方も変わっていくと思われる」、御厨は「改革の30年から保守の時代になる」、森永は『金持ちのための経済』で格差が拡大した」、宮台は「家族が空洞化して孤立が引き起こした犯罪が目立った」と述べていた。

僕が皇室を担当していたのは、昭和50年代前半。昭和天皇の那須御用邸での記者会見が行われていた。ベテランの皇室記者は、戦争責任に関わる天皇発言を引き出そうと躍起になっていたが、巨象に立ち向かう蟻という構図だった。

那須御用邸の会見は、邸内の丘の上の東屋で行われ、そこに行くまで10分程度、陛下とご一緒に歩いた。幹事だった僕は、陛下のおそばを歩き、「今年の夏は冷夏でしたが、御用邸の植物などに変化はございましたか」とお聞きした。

陛下は、「きみー、それは、上（東屋）で喋べるから」と、あの口吻でお答えになった。機転のよさに驚いた。記者団と陛下が一緒に歩く道々で、宮内庁広報担当者が写真を撮ってくれた。役所とも牧歌的ないい関係だった。写真は、いまも自宅に飾ってある。

当時、今上天皇は、皇太子だったが、取材した記憶は薄い。昭和天皇の存在が重く大きかったからかもしれない。現皇太子が浩宮時代で、ちょうど20歳の「成年式」があり、浩宮さまを取材したことは、鮮明に覚えている。

伊勢神宮へ成年式の報告に行く新幹線の車中で、浩宮さまに「囲み取材」をしたが、一つひとつ丁寧にお答えになった。また、伊勢神宮で記者団に出された弁当が、宮内庁記者と現地の記者とで「差」が出て大騒ぎになったことも忘れられない。たしか、宮内庁記者クラブの弁当が二重だったのに対し、地元の記者たちには駅弁が配られたような気がする。

前出の保坂は、「昭和天皇は、戦争が天皇制を崩壊させかねない危険な選択であることを感じとっていたはずだ。今上天皇は、昭和天皇のその苦哀を皇太子時代に読み抜いたのであろう。80代に入ってもなおパラオやフィリピンに赴いて追悼と慰霊を繰り返している」と述べ、現政権の進める憲法改正に触れ、「平成は重要な問題を提起している」と結ぶ。

森永は、「昭和の時代は、会社は従業員のものだった。（平成は）一部の金持ちによる金持ちの経済。定年時に貯金が数千万円ないと老後が大変と言われるが、それを信じて不安になる必要はない。もう、お金に縛られる生き方はやめよう。文化活動など自分の好きなことをやればいい。貧困で一番怖いのは、『することがないこと』」と言うが、こちとら、そんな自信も度胸もない。

平成が終わると、浩宮だった皇太子さまが天皇陛下になられ、今上天皇は上皇となられ、新元号が決まる。僕は、昭和40年、平成30年、そして、次の新元号の時代は10年ちょっとは生きることになる。平均寿命からして、たぶん。

僕にとっての昭和と平成。「戦争を知らない子供たち」の団塊世代。学齢期は、50～60人のすし詰め学級、青年期は、全共闘と大学紛争、壮年期は、バブル期の銀座豪遊、中・老年期は、年金ドロボーなんていわれている。いいことも、そうでないこともあった。次の時代、三つの時代の〝人生の帳尻〟が合うように生きたいものである。

（「NO．154」 2018．1．19）

◆森友問題の背後には？

森友学園への国有地売却に関する決裁文書の書き換え問題。麻生太郎財務相は財務省・理財局の指示による書き換えを認め、理財局長だった佐川宣寿前国税庁長官を更迭した。この財務省スキャンダルは、麻生財務大臣の責任問題だけでなく、安倍晋三首相の自民党総裁選3選の構図にも影響しそうだ。

「佐川氏の更迭は、トカゲのしっぽ切り。新聞社の社会部は、この疑惑を追及する気があるのか。新聞は政局がらみの記事に仕立てている。財務省近畿財務局の国有地売却担当の職員が自殺した重さがわかっていない。これは、自殺でなく、政治による殺人だ。松本清張の描く政治的事件と捉え社会面でもっと追及すべきだ」

悲憤慷慨居士の大学のM先輩から、こんな電話があった。元政治家秘書のM先輩の怒りは止まらない。「検察は、補助金詐取などで7月末に逮捕した森友学園の籠池夫妻を未だに釈放しない。安倍首相に気を使い、娑婆に出てきて喋らせないようにしている。検察も新聞も財務省と同じように忖度、忖度かい」

財務省によると、書き換えは昨年（２０１７年）２月下旬〜４月、近畿財務局作成の14の文書で行われた。当時、同省理財局長だった佐川前国税庁長官の答弁との整合性を取るため、学園との事前の価格交渉をうかがわせる記述などが削除された。

麻生財務相は、12日、文書原本から、「特殊性」などの文言や、複数の政治家の名前を削除したことを認めた。「書き換えは、理財局の指示で理財局と近畿財務局の一部職員が行った。最終責任者は佐川だった」と述べた。

読売新聞夕刊（3．13）は、「7日に自殺したとみられる50歳代の男性職員が、本省の指示で文書を書き換えさせられたとの趣旨のメモを残していた」と報じた。男性職員は、森友学園と売買交渉を行っていた２０１６年を含むここ数年、国有地売却などの仕事に携わっていたという。

松本清張の小説『点と線』は、省庁汚職にからみ上司からすべての罪を被せられる課長補佐の死から始まる。汚職の容疑が政界や官庁上層部に波及しそうになるとき実務者の課長補佐クラスが上司の秘密を隠したまま自殺するケースが多い。

森友問題は、安倍政権が、財務省など各省庁の人事権を官邸が一手に握ったことが背景にあるといわれる。安倍政権は、２０１４年に内閣人事局を設け、霞が関の幹部人事を官邸主導で決める方式に改めた。

官邸は霞が関の人事権を握ったうえに、５年にわたる安倍一強長期政権になったことで、霞が関にはモノ言えば唇寒し、の空気が覆う。加計学園問題を告発した文部科学省の前川喜平前事務次官が「出会い系バー」通いを新聞に書かれたが、これは官邸のリーク。こうやって、官僚の官邸への忖度が強まった。

問題のキーマン、麻生財務相は「原因究明と再発防止が与えられた仕事」と辞任を否定、安倍首相も擁護する。「麻生財務相が責任を取らないのは世の中に示しがつかない」（立憲民主党の辻元清美氏）と野党は息巻く。

しかし、政府部内では、麻生氏には、財務相だけ辞めて副総理は留任させるなんて奇策が検討されているとか。麻生財務相の一連の疑惑を挑発的な言動ではねつける傲慢・不遜・不誠実な態度は任にあらず、だ。

小泉純一郎元首相は、13日夜のテレビで、財務省の決裁文書改竄当時に財務省理財局長だった佐川氏の国税庁長官起用に関し「安倍首相も麻生氏も（長官への起用を）適材適所と言い切った。これにはあきれたね。判断力がおかしくなっているのではないか」と語った。

国会では、佐川氏の証人喚問が行われる見通し。野党は「本丸の安倍昭恵夫人の国会招致を実現させる世論を高めていく」と攻勢を強める。世論と言えば、安倍内閣の支持率がどこまで下がるか。安倍3選は、これにかかっている。

前出のM先輩は、こう言って電話を切った。「佐川氏の証人喚問は、麻生財務相や安倍首相へ責任が及ぶのを避け、あくまで佐川氏ら官僚の責任で逃げ切る姑息な策。官僚らの忖度の背後に政治家がいるのは間違いない。H議員なんか臭い」。野党はもちろん、検察、新聞などメディアは、疑惑追及の本気度が試されている。

（「NO．156」 2018．3．15）

◆情のない首相が三選へ

幼児性が抜けきらず品格に欠ける首相と思っていたが、細川護熙元首相が、もう一つ「情のなさ」をあげていた。自民党総裁選は、安倍晋三首相の三選で決まり。国会で野党議員に野次を飛ばす首相、品のない発言を繰り返す副総理の政権は続く。その支持理由が「他よりよさそう」という世論がわかっているのか。

麻生太郎副総理兼財務大臣の対立候補の石破茂元幹事長に対する発言にあきれた。両候補について、「どちらの顔で選挙したいか。暗いより、明るい方がいいのではないか」「代える以上は前より良くなくてはおかしい。もう1人の顔は、そうなる可能性があるのか。よく顔を見てもらいたい」

「麻生氏は、安倍首相が国政選挙で連勝していることや、国際社会の評価が高いことから、〝選挙の顔、日本の顔としてどちらがふさわしいか〟と言っている」なんて擁護する声もあるが、自分の顔を見てからいうべき発言ではないのか。

品のなさは安倍首相も同類。「日教組」を連呼した野次だけではない。2月の衆院予算委で、立憲民主党の議員が森友問題で質問したところ、「(あなたは）議員でおられなかったからご存知ないかもしれませんが……」を3回も繰り返し、落選して返り咲いた同議員を苛め抜いた。

さて、自民党総裁選だが、開戦前に勝負ありで、「安倍陣営は、勝つことでなく勝ち方。それは、地方票での圧勝。2012年の総裁選で地方票で完敗して石破氏を党三役に起用せざるを得なかった悪夢が忘れられない」そうだ。

岸田文雄政調会長の不出馬は「情けない」の一言。理由が、西日本豪雨への対応や来年にかけての重要な政治・外交日程が控えている、とは見当はずれもいいとこ。岸田氏の宏池会が党内リベラル派なら安倍氏と憲法観で対峙すべき。禅譲狙いの熟柿作戦なんて、宏池会も終わった。

細川氏の発言は、雑誌『選択』9月号の巻頭インタビュー。安倍首相を「いったい、何がやりたいのか。安倍首相からは、総理在任歴代1位とか、東京五輪をやりたいとか私的名誉しか見て取れない。西郷隆盛のいうリーダーに最も必要な『無私』を感じない」とバッサリ。

情のなさは、こうだ。「仲井眞沖縄県知事の頃は大盤振る舞いしていたのに、翁長知事になったら知事が上京しても首相どころか官房長官も会わない。振興予算も4年連続で減額した。かつて橋本龍太郎さんなど『贖罪心』をもって接した政治家がたくさんいた」。政権が田中派から清和会（細田派）に移ってから変わった。

外交やアベノミクスについても手厳しい。米国のパリ協定脱退、核廃絶など「トランプが右といえば右、左といえば左」、北朝鮮の拉致、日露交渉も「自分の時代の成果にしたい気持ちが見え見えだが、それは難しい」。「景気や雇用、企業収益はいくらかよくなったが、それは日銀の金と年金の資金で（株価を）膨らませているだけで、財政はとんでもない状況に陥っている」

安倍一強が生じたのは、民主党政権の野田佳彦首相が安倍総裁との党首討論で、安倍氏の主張に応じた解散も一因だ。野田氏は、「結果的には破れ、その後の5年間の安倍政権の〝製造物責任〟を招来した結果責任はある。（民進党の拡散分裂について）『うそでもいいから固まれ』ということです。二大政党の野党というのはそんなもんだと考える」（朝日新聞、9．8）とまるでトンチンカン。

細川氏は、「日本が変わる」シナリオを示す。「今の野党には期待できないから、変化は自民党内からだ。自民党総裁が代わるしかない。誰がなっても目先が変わり、ムードが変わる」。僕を含めた世論の声を代弁しているといえる。

返す刀で、「小泉進次郎氏など若い人は『義侠心』をもってもっとやるべきだ。上手くやろうと技巧に走って何もしないのでは、日本の未来がしぼんでしまう」と小泉ジュニアを切り捨てる。

安倍首相だけでなく、だらしない野党やマスコミが持ち上げる優柔不断な小泉進次郎をも切り捨てるあたり、大新聞の論調と異なり痛快だ。義侠心に富む殿様評論家のご高説には何度も肯いた。

（「NO．162」　2018．9．19）

◆田中派政治が懐かしい

政治がつまらない。国会議員の3分2が2世、3世といった世襲議員で、政治のダイナミズムが失われた。代表格の安倍晋三首相の空虚な国会答弁、情のなさを見れば合点がいく。今年は田中角栄生誕100年。情があり、「決断と実行」の田中元首相＝田中派政治が懐かしい。

雑誌『月刊日本』12月号の亀井静香元自民党政調会長と志位和夫共産党委員長の対談が面白い。2人は、90年代の志位氏と橋本龍太郎首相の国会論戦を語る。

志位　書記局長時代の橋本首相との論戦はものすごく面白かった。私がどんな質問をしても、噛み合わせて答弁してきた。強引な質問もしたが、それでも噛み合わせて答弁した。相手が共産党の若造でもきちんと議論したんです。

亀井　当時は、野党がどういう質問をしてくるか明かさなかったし、当然、答弁も用意していなかった。その場でやり合っていたからね。

志位　いまでは、そういう正面から論争するという姿勢がなくなっちゃった。安倍さんは、こちらが聞いていることに答えないで、いかに時間を潰すか、いかに逃げるかしか考えていない。

志位氏は、安倍首相の森友・加計問題、沖縄の米軍基地問題、経済政策などをめぐる答弁を指していているとみられる。安倍氏の「情のなさ」については、細川護煕元首相が指摘していた。

「仲井眞沖縄県知事の頃は大盤振る舞いしていたのに、翁長知事になったら知事が上京しても首相どころか官房長官も会わない。振興予算も4年連続で減額した。かつて橋本龍太郎さんなど

『贖罪心』をもって接した政治家がたくさんいた」（雑誌『選択』9月号）
橋本首相も、次の小渕恵三氏も田中派（旧経世会、現平成研究会）。稲嶺恵一元沖縄県知事は、こう述べている。「沖縄はこれまで、小渕恵三元首相や野中広務元自民党幹事長（田中派）」ら『沖縄に思いを持っている有力者』に頼ってきた」（読売新聞、8．19）
小渕氏の後、首相は田中派から清和会（旧福田派、現細田派）に代わる。森喜朗、小泉純一郎、安倍晋三（第1次）、福田康夫と続いた。敬愛する元沖縄県副知事の嘉数昇明さんは、こう話していた。
「政府の沖縄に対する姿勢は、政権が清和会に代わってから変わった気がする。田中派の橋本さん、小渕さん、野中さん、梶山さん（静六・元通産相）らは沖縄に足を運び、沖縄米軍基地の整理・統合問題などに真摯に取り組まれた」
田中角栄については、朝日新聞（11．29）の「ザ・コラム」で駒野剛編集委員が「角栄氏と保守政治」のタイトルで書いている。〈弱肉強食を疑い、弱者の救済を掲げた彼(田中角栄)の考えは、低成長にあえぐ一方で格差が拡大する今、改めて吟味されるべきだ。五輪と万博という高度成長の夢を後追いする時代こそ、「決断と実行」が求められている〉
今の田中派（平成研）は、どうか。「顧問格の青木幹雄さんは、平成研の継承者に小渕優子を考えている。しかし、安倍首相は、外様の茂木敏充経済再生相や加藤勝信厚労相を後継に推すなど平成研を掻きまわしている。このままでは、平成研は安倍植民地になってしまう」(政治部記者)

こうなったのも、安倍一強政治。亀井氏が、対談で述べている。「自民党は本当に柔軟性を失ってしまった。昔の自民党は左もいれば右もいたし、幅が広かった。今の自民党は、官邸にいる新自由主義者たちが考えた政策がそのまま自民党の政策になってしまっている」

田中角栄は、議員時代、33本もの議員立法を成立させた。史上最多で、これを超える議員は出ていない。ソ連のブレジネフ書記長との日ソ首脳会談（1973年）では、「北方領土で色よい返事があれば、樺太を買い戻してもいいと特別機に札束を積んでいった」という。

外交手腕でも、ロシアのプーチン大統領の手玉に取られている安倍お坊ちゃん外交とはスケールが違う。情があり、決断力と実行力も備えた宰相は、これからも出てこないのだろうか。

（「NO．165」　2018．12．20）

◆「れいわ」と「N国」の躍進

勝者なき参院選挙（7．21投開票）。自民党は公明党と合わせて改選定数の過半数上回ったが9議席減、立憲民主党も事前の予想ほど伸びず。5割を切った低い投票率が示すように盛り上がりにも欠けた。一方で、れいわ新選組は2議席、NHKから国民を守る党（N国）は1議席を獲得。両党の躍進はネット選挙だそうだ。

4月に立ち上げたばかりの山本太郎代表率いる「れいわ」は、比例区で228万票（得票率4・55％）を集め2議席を獲得。「N国」は、「NHKをぶっ壊す」を連呼して99万票を獲得、立花孝志代表が当選した。

こんな見方に頷いた。「れいわの山本代表は、消費増税反対でなく、消費税廃止と踏み込んだ。既成政党が非正規労働者らの声を代弁しきれていないという不満も鬱積している。れいわの躍進は欧米で台頭している左派ポピュリズムの日本版といえる現象だと思う」（山口二郎法政大教授）

N国の候補者は選挙中に国政に関する態度は示さず、「NHKをぶっ壊す」とワンフレーズを繰り返すだけ。立花代表は当選後、北方領土問題で酒に酔って「戦争発言」した丸山穂高衆院議員に呼びかけ入党させた。誰を守ろうとする党なのか。

両党の躍進は、SNSを駆使したネット選挙。国民民主党の玉木雄一郎代表は「今回の参院選は、ネットの影響力が議席数や政党の設立に影響を与えた日本で最初の選挙だ。れいわとN国はネットがなければ存在しなかった政党だ」と語る。

ネット選挙から参院選を分析した朝日新聞（2019．8．2）の記事がおもしろい。参院選の期間中、各政党に関する話題に触れたツイッターの投稿（約1179万件）を抽出、政党ごとに分類して割合を算出した。

最も割合の高かったのは自民党の30・7％、れいわが17・8％で、両党で、ほぼ半数を占めた。公明は7・1％、立憲は11・5％、国民は1・8％、共産は16・5％。野党第一党の立憲は、れいわだけでなく共産も下回った。

ツイッターの投稿の割合と、実際の比例区の得票率との差も分析。れいわは、ツイッターの割合が比例区得票率を13・2ポイント上回り、各党の中で最大。N国も0・9ポイント上回った。自民、公明、立憲、国民は、比例区得票率が上回った。

「ネット選挙が解禁されてから6年、SNSの盛り上がりが票につながることが徐々に示されつつあるなかで、各党の明暗がくっきりわかれた」とまとめる。

ネット選挙の盛り上がりは、マスメディアを撃った。山腰修三慶應大学准教授（ジャーナリズム論）の「民意の『代弁者』ゆらぐ神話」（朝日新聞、2019．8．9）のレポートは、民意を代弁してきたマスメディアという神話がメディア環境の変化で揺らいでいると指摘した。

〈ソーシャルメディアやネット放送局など、政治の世界へアクセスする「窓」が多様化し、その結果メディアによって代弁される民意も断片化する。ただ、少なくとも民意を代弁するという新聞やテレビの特権が失われているのは確かだ。その兆候が参院選で見えてきた。テレビは選挙報道を自ら減らし、新聞は投票を呼びかけたが人々を動かすほどの力はなく、むしろ、「れいわ」や「N国」を支持する民意を十分に伝えてこなかったと批判されたのである〉

こう提言する。〈ジャーナリズムは自分たちが共通の民意を代弁していると素朴に想定することがもはやできない。この苦境は社会に分散する小さな民意を拾い上げ、「共通の」民意へと作り上げる方法を改めて模索する好機でもあるのだ〉

SNSを駆使したれいわとN国が、政権交代可能な二大政党の実現を目標にした平成の政治改革、そしてマスメディアを大きく揺さぶった。いままさに、マスメディアの存在意義が問われている。

（「NO．173」 2019．8．19）

◆世襲による政治支配

「お友達ねぎらい内閣」と自民党内でも言われているとか。第4次安倍再改造内閣が11日に発足した。メディアは、台風15号の影響で千葉県の大停電より小泉進次郎環境相を上位で伝え、党役員人事と合わせて「ポスト安倍」を書き立てた。抜け落ちている視点がある。

安倍晋三首相の「自民党は老壮青、人材の宝庫」「大胆な改革に挑戦する」の自賛に呆れた。野党は聞きあきた「お友達内閣」批判や外相、防衛相らの顔ぶれからの「対韓強硬シフト」攻撃。千葉の被災地の政治利用をたしなめたらどうだ。

抜け落ちているのは、二世、三世ら世襲議員による政治支配。改造内閣では、安倍首相、麻生太郎副総理・財務相、河野太郎防衛相、小泉環境相、加藤勝信厚労相、江藤拓農水相、党役員では、岸田文雄政調会長、鈴木俊一総務会長ら。

安倍首相は、直系の祖父が安倍寛（元衆院議員）、父が安倍晋太郎（同）、母方の祖父が岸信介（元首相）。河野防衛大臣は祖父が河野一郎（元建設相）父が河野洋平（元衆院議長）。小泉環境相の父は小泉純一郎前首相。加藤厚労大臣は岳父が加藤六月元衆院議員。岸田政調会長は父が岸田文武衆院議員、鈴木政務会長は、父が鈴木善幸元首相。

〈「ポスト安倍」競わせる布陣〉。朝日新聞（9．11）は、こんな1面大見出しで〈2021年9月までの党総裁の任期をにらみ、後継者を競わせる布陣となった〉と、こう報じた。

〈今回の組閣では「ポスト安倍」をねらう岸田政調会長を続投させたほか、茂木敏充氏を外務相、加藤氏を厚労相、河野氏を防衛相に起用、小泉氏を環境相に初入閣させた〉。茂木氏以外は、世襲議員だ。

「ポスト安倍」候補で名前の挙がる菅義偉官房長官は留任、石破茂元幹事長は今回も無役に。報じられてきた「ポスト安倍」候補で、世襲でないのは、茂木外相と菅官房長官だけ。数では「ポスト安倍」が世襲議員になる可能性が高い。

面白い新聞記事（朝日新聞、2019．5．22）を見つけた。「自民党内で国会議員の世襲制限を真っ先に打ち上げたのが、菅選対副委員長だ」の書き出しで、菅氏のコメントが載っている。

「基本的に3親等以内の親族を公認しないことを考えている。党内論議によっては、次の選挙からの適用も検討したい。議員連盟でまとめ、党に提案する」「出たい人は無所属で出ればいい。党の体質改善には、身を削る覚悟が必要だ」

菅氏も、いいことを言っていたが、実現せず。肩書きは〈高校卒業後、集団就職で上京し、働きながら大学を卒業……〉とあった。これが偽りだったのを雑誌『選択』（2019．5）が暴露。同誌は〈「菅政権」を予想するのは政治音痴〉と追撃していた。

銀の匙をくわえて生まれてきた世襲議員。当選に欠かせない「地盤・看板・カバン」が労せずに手に入る。世襲候補の当選率は、80％を超える。国政の場に新たに出るには、公務員や会社員らは職を捨てる覚悟と相当の資金が必要だ。

この現実から、政界に志を持つ人材もチャレンジに二の足を踏んでしまう。その結果、政治の家業化が一層進む。国会議員の収入は、歳費、政党交付金、公設秘書3人の給与等で年間1億円。世襲すれば、年商1億円の家業が引き継がれる。

世襲議員には、「ひ弱さ」が指摘される。かつて、安倍氏と福田康夫氏の世襲議員の首相が続けて政権を投げ出した。政治は歌舞伎のような伝統芸能ではない。親の七光りで何とかなるような甘い仕事ではない。

かつて、田中角栄元首相は「首相の条件」として「党3役のうち幹事長を含む二つと蔵相（現財務相）、外相、通産相（現経産相）のうち二つ」と言った。田中氏以降、三木武夫、福田赳夫、大平正芳の各氏は条件を満たして首相になったが、小泉純一郎氏が条件を一つも満たさず首相になり、田中方程式は崩れた。

「自民党には、念願の大臣になったら、次の目標は、いかにして子供を自分の後継者にするかしか頭にない国会議員が多い」（政治部記者）そうだ。崩れたとはいえ「首相の条件」に「世襲」を入れるのだけは勘弁して欲しい。

（「NO．174」　2019．9．17）

「エイリアンが地球に攻め込んできたという構図だ」。新聞社時代の友人は、新型コロナウイルスの蔓延を、こう表現した。映画「エイリアン」（1979年公開のSF映画）に登場する「攻撃的な異星人」に見立てたのが意に適った。いま、コロナ後のことが語られるが、収束は見えていない。

◆コロナ後の世界

新型コロナウイルスによる世界の死者は、米ジョンズ・ホプキンス大の集計（6月29日）で50万人を超え、感染者も累計で1千万人以上に達した。感染者は欧米の先進国を中心に急増してきたが、6月になって新興国と途上国で猛威を振るっている。

WHO（世界保健機構）によると、現在は毎日の新規感染者数の75％を新興・途上国が占めており、感染拡大は新たな局面をむかえている。WHOのテドロス事務局長は「世界は新たな危険な局面に入った」と警告を鳴らしている。

日本においては、緊急事態宣言が解除された5月25日以降、全国の1日当たりの新規感染者数は、20～100人で推移している。東京都は「東京アラート」を6月11日に解除したが、1日50人前後で感染は収まっていない。

日本銀行が7月1日に発表した企業短期経済観測調査（短観）は、大企業製造業の最近の景況感を示す業況判断指数（DI）が3月の前回調査から26ポイント下落のマイナス34となった。リーマン・ショックの影響が残る2009年6月調査依頼、11年ぶりの低水準となった。

世界経済は、ＩＭＦ（国際通貨基金）がまとめた２０２０年の世界の成長率（6月24日）は、前回予測(4月)より1・9ポイント悪い前年比4・9％減とした。米国は4月の予測より8・0％減、ユーロ圏は10・2％減、日本は5・8％減。中国は主要国で唯一、1・0％増のプラス成長。

こうしたなか、日本政府は、再び緊急事態宣言を出す状況にはないという。むしろ、冷え込んだ経済を一刻も早く回復させたいというスタンス。今月10日にも社会経済の活動水準をもう一段引き上げ、イベントの参加人数の上限を緩める方針だ。

緊急事態宣言の全面解除を決めた5月25日、安倍晋三首相は「希望は見えてきた。出口は視野に入っている」、6月20日、全国で移動の自粛が解除された際には「失われた日常を、段階的に、確実に取り戻す」と力を込めた。

大仰な物言いだが、国民は「新しい生活様式を」「ウィズコロナ」の掛け声で行動を押し付けられている。曰く「人との間隔は2メートル」、「横並びに座って」……。政府の新型コロナウイルスに対する支援策は、想定が甘いうえに、すべてが後手後手に回った。そう思っている国民は多い。

欧米で感染が広がり始めた3月上旬、官邸サイドは「中小企業等への融資を手厚くして資金繰りを支えておけば、中国での感染も収まり、日本の景気もゴールデンウィークごろには戻るだろう」と想定していたとか。この間、職を失うなど生活保護者は前年の3割増え、自殺者の増加も危惧されていた。

政府の2回の補正予算の総額は57兆円を超えた。「安倍首相は『世界最大』と胸を張るが、第

1次補正に旅行喚起の『GoToキャンペーン』を押し込み、いち早く求められていた雇用調整助成金の拡充や家賃補助は第2次補正に回った。危機感に欠けていた」（新聞社デスク）

「緊急事態の全面解除　教訓くみとり『次』に備えよ」（朝日新聞社説、5．26）。いま、コロナ後のことが、新聞等を賑わしている。雑誌『選択』（6月号）の「誤解だらけの感染症の本質経済V字回復の楽観シナリオ」というレポートがいい。説教調でなく楽観的だ。

〈世界中の人々は、ウイルスに対してはミサイルや空母などの軍備や国境が何の役にも立たないことを痛感した。役に立つのは、医療チームの派遣や医療物資の提供による支援、ワクチンや特効薬の驚くべき速さの開発、それを可能とする国際的な情報共有、金融市場におけるマクロ政策の協調だ。いずれも国益を超えたグローバルな価値であり、完璧でないにしても、目下着実に推進されている〉

「攻撃的な異星人」たるエイリアンをやっつけるには、「国際的な情報共有、金融市場におけるマクロ政策の協調という国益を超えたグローバルな価値」ということかもしれない。それも楽観的に。

（「NO．177」　2020．7．2）

◆安倍首相辞任と後継

だから言ったではないか。辞任表明した安倍晋三首相について、本レポート165号で「逃げの答弁」や「情のなさ」を指摘。後継をめぐって自民党内は喧しいが、有力視される菅義偉房長官についても174号で「首相の任にあらず」と記した。志あるジャーナリストは、早くから安倍退陣を迫った。

安倍首相の辞任が潰瘍性大腸炎再発という持病が理由だったせいか大手紙は概して好意的だった。〈歴代最長を誇った政権は2012年12月の第2次内閣発足から約7年8ヶ月で幕を閉じる。経済政策「アベノミクス」で雇用増に成功し、集団的自衛権の限定的行使を認める安全保障関連法を成立させ、日米同盟の再構築を実現した〉等々。

165号（2018．12．20）では、国会議員の3分2が2世、3世といった世襲議員で、政治のダイナミズムが失われた。代表格の安倍首相の空虚な国会答弁、情のなさを見れば合点がいく。情があり、「決断と実行」の田中角栄元首相による「田中派政治が懐かしい」と記した。

雑誌『月刊日本』（2018．12月号）の亀井静香元自民党政調会長と志位和夫共産党委員長の対談を紹介。志位氏は、「逃げの答弁」を語った。

「橋本龍太郎首相との論戦はものすごく面白かった。私がどんな質問をしても、噛み合わせて答弁してきた。強引な質問もしたが、それでも噛み合わせて答弁した。相手が共産党の若造でもきちんと議論したんです」と述べ、こう続けた。

「安倍さんは、こちらが聞いていることに答えないで、いかに時間を潰すか、いかに逃げるかしか考えていない」。志位氏は、安倍首相の森友・加計問題、沖縄の米軍基地問題、経済政策などをめぐる答弁を指弾した。

安倍氏の「情のなさ」については、細川護熙元首相が雑誌『選択』（2018．9月号）で指摘。「仲井眞沖縄県知事の頃は（沖縄に）大盤振る舞いしていたのに、翁長知事になったら知事が上京しても首相どころか官房長官も会わない。振興予算も4年連続で減額した。かつて橋本龍太郎さんなど『贖罪心』をもって接した政治家がたくさんいた」

橋本首相も、次の小渕恵三氏も田中派（旧経世会、現平成研究会）。小渕氏の後、首相は田中派から清和会（旧福田派、現細田派）に代わる。森喜朗、小泉純一郎、安倍晋三（第1次）、福田康夫、安倍（第2次）と続いた。

首相辞任表明以前に、ジャーナリストの青木理は『月刊日本』8月号で「志の欠如」と書いた。〈当面の至上課題は政権の維持だから、ひたすら支持率を気にし、公金で株価を支え、あらゆる疑惑や醜聞を嘘や詭弁でごまかすのも平気の平左。さほど頭がよくなく、広い知見や深い洞察力があるわけでないから、外交では何の成果も残せず、危機管理ではコロナ禍でその無能を白日の下にさらした〉

評論家の柳田邦男は、『文藝春秋』7、8月号で「この国の危機管理を問う」のタイトルで、国民の自覚を促すドイツのメルケル首相の演説がいかに人間味に満ちたものであるか、と比較して述べている。

〈安倍首相の言語感覚は、戦後の権力者の中で最悪のレベルにまで墜ちたと言いたい。言葉を壊す政治家は、国を壊す〉。森友・加計問題、公文書改ざん、河合前法相夫妻の参院選買収事件などでも安倍首相は「責任はある」と言うが、責任を取ったためしがない。

174号（2019．9．17）では、菅氏の経歴が〈秋田の寒村から集団就職で上京した叩き上げの苦労人〉という美談は偽りだったことを『選択』（2019．5月号）が暴露。同誌は「菅氏は説明能力が絶望的に欠けている。いくらほかに能力があっても表情が暗すぎる。第一、話に中身がない。あれじゃ首相は無理」という元首相のコメントを載せた。

今朝の民放テレビは、恥ずかしくもなく「叩き上げの苦労人」を垂れ流していた。菅氏の出馬理由は、「コロナ対策など安倍政権の継承」。安倍－菅コンビは、コロナ対策では迷走しただけ。いち早く菅支持を表明した二階派、麻生派にはポストと利権の維持が透けて見える。菅氏周辺には政治的腐臭が漂う。

「だから言ったではないか」は、反骨のジャーナリスト、桐生悠々（1873～1941年）の論文の書き出しにある。二・二六事件の際、「だから、言ったではないか、はやくに軍部の妄動をいさめなければ、その害の及ぶところ実に測り知るべからざるものがあると」と喝破した。

菅氏が継承するという安倍路線は安全保障関連法案や特定秘密保護法の成立など安保政策の転換を図った。二・二六事件のあと、日本は戦争への道を突き進む。いつか来た道を歩むつもりか。

（「NO．178」　2020．9．1）

◆日本学術会議問題の考察

日本学術会議の会員候補6人を菅義偉首相が任命拒否したことが、大きな問題になっている。菅首相は、拒否理由には口をつぐんだままで、政府・自民党は、学術会議という組織の見直しを言い出した。学術会議に問題があるのなら改善すべきだが、野党の言うように議論のすり替えだ。この問題の背景に迫った。

菅首相は記者会見でうっかり、「自分は6人が既に除かれた名簿しか見ていない」と口を滑らせた。いったい誰が6人を拒否したのか？　6人を名簿から削除したキーパーソンは杉田和博官房副長官であるらしいことが報道等で明らかになっている。

杉田氏は、警察庁出身で警備・公安畑を歩んできた。2012年に第2次安倍政権が発足すると、官僚トップの事務担当の官房副長官に就いた。在職日数は7年9ヶ月と歴代2位。安倍政権では、公安筋の情報を活用し、公安的手法で危機管理を担ってきた。

安倍首相が病気退陣した際、杉田氏は79歳という高齢を理由に引退するとみられていた。しかし、菅内閣では経済産業省出身の首相秘書官ら官邸官僚が退任するなか、同じ警察庁出身の北村滋国家安全保障局（NSS）局長とともに留任した。

なぜ、杉田氏は留任となったのか？　「菅氏は、これまで内閣人事局を通じて霞が関に睨みを利かせてきた。しかし、警察人脈を使った杉田氏の永田町や霞が関の人事情報などにはかなわず頼らざるを得なかったのが一つ、もう一つの理由があやしい」（政治部記者）

もう一つは、こうだ。「菅氏には、政治とカネをめぐる噂が、ずっとあった。カジノを中核とする統合型リゾート（ＩＲ）の横浜誘致、国際医療大学の認可、大手ゼネコン「大成建設」に勤める息子が沖縄米海兵隊普天間基地の辺野古移設工事を担当した利権疑惑などだ。地縁、血縁もない選挙区で市議から国政に進出した政治家にはありがちなケース」（同）

こうした金銭にまつわる疑惑を握りつぶすために、警察官僚出身の杉田氏を留任させたというのだ。今回の学術会議問題でも、杉田氏は６人の任命拒否の「影の首謀者」とみられている。

杉田氏は、「任命できない候補者がいる」との趣旨を事前に菅首相に説明。菅首相は、これに理解を示し、推薦者から６人を除外した99人分の任命を決裁したという。加藤官房長官は、杉田氏について「官邸における総合調整の役割を果たしている」と述べている。

杉田氏については、前川喜平元文科事務次官が、以前にも杉田氏から政権に批判的な人物の排除を要請されたことがあると暴露。前川氏は２０１７年の加計問題の会見のさい、「杉田氏から呼び出され、出会い系バブの件で警告を受けたことがあった」と話していた。

前川氏の出会い系バブ問題は、同氏が加計問題で告発をするのを抑えるために、読売新聞や週刊新潮に前川氏が出会い系バブに通っていたという情報が流されたもの。スキャンダルを使って不都合な人間を潰そうというのはまさに公安的手法といえる。

今回の学術会議の問題では、「学術会議の会員ＯＢは年間２５０万円の年金がもらえる」「任命拒否の６人は学者としてのレベルが低かった」といった誤ったものを含め様々な情報がＳＮＳなどを通じて流された。明らかに政権側から意図的に流されたものもある。

このように、杉田氏ら公安警察官僚の暗躍、跳梁跋扈が続けば、戦前の特高警察が目を光らせるような暗黒政治の復活につながりかねない。僕のような小心者は、そう危惧せずにはいられない。

（「NO．179」 2020．10．19）

◆もういいよ　ガースー

新型コロナ感染拡大、医療体制ひっ迫。菅義偉首相は、記者会見も十分に開かず、国会答弁は官僚作成文書の棒読み。「GoToトラベル」では土壇場まで継続を主張、支持率急落であわてて停止というお粗末。就任3ヶ月の菅首相、そして自民党の劣化は如何ともしがたい。

「こんにちは、ガースーです」。インターネット番組に出演（2020．12．11）してやってしまった。ガースーは、菅氏のニックネームだとか。緩い笑いを浮かべての物言いは、コロナ感染が急拡大しているさなかだけに、「呆れた」を通り越して批判を浴びた。とにかく言葉に鈍感すぎる。

日本語学の金田一秀穂さんが政治家の言葉の軽重を語っている。「政治家は、言葉それ自体が行為だと自覚しなければならない。吉田茂や佐藤栄作はそれがわかっていた。岸信介は『私には声なき声が聞こえる』と言って安保改定を強行した。良し悪しは別として、言葉に重さがあった。今の政治家は言葉が軽い。小泉純一郎あたりから、白か黒かのデジタル的で単純な言葉が増えた。

薄くペンキで塗るような言葉遣いになってきている」

昨年末に親しい先輩と交わした会話。「とても国のトップには見えない。風体といい、言動といい村役場の係長だな」、「決断力、危機管理意識がない」、「品性がなく、態度もおどおどしている」、「首相になろうとした菅氏も、推した連中も国の将来を全く考えていなかった」

自民党内から聞こえてくる声。「自衛隊まで出動してコロナは災害になっている。そんなときにＧｏＴｏトラベルで税金投入して、旅行してくれというのもおかしい。菅首相が二階俊博幹事長の意向を気にしすぎて、ズルズルと先延ばしした結果、コロナ感染拡大、医療体制ひっ迫につながった」

「こんな状態があと１、２ヶ月続けば、来年秋の自民党総裁選、衆院解散の期限まで菅首相は持たないのではないか。コロナ退陣になりかねない。『ポスト菅は誰か』などと模索する動きも出てきた。『やはり安倍さんがよかった』なんて声も聞かれる」

菅政権のコロナ対策は、完全に失敗だった。感染拡大は「ＧｏＴｏキャンペーンのせいじゃない」と言い張り続けた。12月中旬に感染拡大防止に向けて呼びかけた「勝負の３週間」は、沈静化には程遠く、新規感染者や重症者数は増加に転じた。ＧｏＴｏトラベル停止を含めて対策はすべて後手に回った。変異種の国内感染も心配だ。

ＧｏＴｏトラベル停止を発表した日、菅首相は、都内の高級ステーキ店で、二階幹事長ら８人と会食。政府が「５人以上による飲食は、飛沫が飛びやすいから注意するように」と呼びかけていた矢先だった。これには、野党だけでなく自民党内からも批判が出た。首相は、「国民の誤解を招くという意味では真摯に反省している」と平謝り。言動がまるでちぐはぐ。経済が大事なのは子供でもわかる。命あっての経済ではないのか。菅政権は、安倍晋三前首相の「桜を見る会」政治資金規正法違反で秘書の略式起訴、元首相の事情聴取や側近の吉川貴盛元農林水産相の収賄容疑による強制捜査でも大きく揺さぶられている。

菅内閣の直近の支持率は、報道各社の世論調査で相次いで40%を下回り、「支持しない」も40%に近づいている。新型コロナの感染拡大で医療現場はひっ迫し、外出自粛で次々と企業が倒産し、たくさんの人たちが仕事を失い、全国の自殺者数も急増している。

サントリー学芸賞受賞の『五・一五事件』(小山俊樹著、中公新書)を読む。〈(五・一五事件の決起は)厳しい格差社会のなか、決してわかり合うことのない、支配階級と一般大衆のあいだの不信感。庶民を顧みない政治への不信と、民衆が困窮を極める眼前の惨状に憤る青年の焦燥を背景として……〉。現代(いま)に重なる警鐘として読んだ。

(「NO．180」 2020．12．25)

◆吹き荒れたトランピズム

昨年11月の米国大統領選挙は、ジョー・バイデン前副大統領が勝利宣言、12月14日の各州の選挙人による投票で勝利が確定。ドナルド・トランプ大統領は「選挙に不正があった」と敗北を認めていない。このトランプ氏を応援する市民が米国のみならず日本にもかなり存在することに驚いた。政治に求められる道義や良識はどこへ行ったのか。

往生際が異様だ。再集計の申し立てや法廷闘争を続けたが、勝敗を覆す州はなかった。さらに、身内への恩赦の乱発や米主要メディアが伝えた戒厳令を敷いて大統領選激戦州に軍隊を展開し、選挙をやり直すという構想が12月18日の会議で話し合われた一件。

戒厳令の発動を呼びかけたのは、ロシア疑惑で偽証罪に問われ、11月にトランプ氏から恩赦を与えられたフリン元大統領補佐官（国家安全保障問題担当）。会議では戒厳令を出して軍を動員し、トランプ氏が敗北した複数の激戦州で再選挙を行うべきだと唱えたという。メドウズ大統領首席補佐官らが猛反対して却下されたというが、驚きだ。

12月初旬、新聞記者時代から親交を温めている仲間三人と懇談した。米大統領選の話題になったさい、元週刊誌記者のSさんは国際政治学者、藤井厳喜の『トランプの真実』を手にしながら「大統領選で不正があったのは事実。トランプ大統領の主張は正しい」と力説した。

「トランプ大統領の再選を応援しよう」。トランプ氏を支持し、大統領選での不正を訴えるデモ行進が11月29日に東京都内で行われた。デモには６５０人が参加した。中国共産党が邪教とする「法輪功」のメンバーら新宗教の関係者が含まれていたという。

「宗教的信念より、ＳＮＳ時代の情報の流れ方の問題と理解したほうがいい。自分の価値観にあうメディアを選択し、その情報だけで世界を理解する人が増えている。原理主義的な宗教の見

方と似ている」という宗教社会学の学者のコメントが載っていた。（朝日新聞、12・10）

トランプ大統領は、来年1月20日には大統領ではなくなる。〈しかし、同氏の過激な政治哲学＝トランピズムはさながら触手のように共和党の中心部分まで深く潜り込んでいる。彼が職を退いた後も、本人の影響力は依然として共和党内に残るだろう〉とCNNは伝えた。

トランピズム（トランプ主義）は、トランプ氏の政策や発言の根底にある考え方や政治姿勢。自国の利益を最優先するアメリカ第一主義の立場から既存の政策枠組みや国際合意を否定する一連の言動や文化的多様性に対する非寛容な態度などをいう。

トランピズムで拡大したといわれる米国の分断。近刊『アメリカ大統領選』（久保文明、金成隆一著、岩波新書）によると、〈分極化が少しずつ激しくなっている。民主党は都市で、共和党は地方で強い。マイノリティーは民主党支持、白人の中でも分断が拡大、白人の低学歴男性はトランプとそれを支える共和党、白人高学歴女性はトランプ的価値観やレトリックに反発、民主党に惹かれている〉

『アメリカ大統領選』には、前回の大統領選で敗北したヒラリー・クリントンの言葉が出ている。「昨夜、私はドナルド・トランプを祝福し、国家のために協力することを申し出ました。彼がすべてのアメリカ人のために成功した大統領になることを望みます」。選挙にもノーサイドの精神は肝要だ。

同著は、S・レビツキーハーバード大学教授のインタビューを掲載。「トランプ氏はジャーナリストや野党を裁判に訴えて黙らせようとしている。民主的なルールに従うという意思を示さない。彼が今年の大統領選で負けると悟った際に、どのような行為に出るか心配だ」。まさに、これが現実になってしまった。

米国出身のタレント、パトリック・ハーランのコメントに頷いた。「この4年間で分断は深まった。僕はバイデン氏に投票したが、米国に住む警察官の弟はトランプ氏の支持者。弟は僕が読んでいるニューヨーク・タイムズを認めていない。『ファクト』が違うと議論でなく口論になる。政治的な意見が違うのはいい。でも『空は青くない』と言われたら話ができない。事実すら共有できない。そういうアメリカになっている」（朝日新聞、2020．11．10）

アメリカンドリームで、まぶしく輝いていた「未来のある国」は、いつのまにか「事実すら共有できない国」に堕ちてしまった。

（「NO．180」　2020．12．25）

◆五輪会長人事　迷走の果て

森喜朗会長が東京五輪組織委員会会長の辞任を表明した時、最初に流れてきたのが橋本聖子五輪相の〝横滑り〟だった。その後、山下泰裕JOC会長らの名前が挙がったが、結局は最初の案に落ち着いた。密室人事、ジェンダー平等の大声が、本来、重視すべきだったオリンピックの商業主義からの脱却をかき消した。

「義理と人情の人生劇場だな」。「森辞任、後任川淵」のニュースが駆けめぐったさい、早大の先輩から届いたメールだ。川淵会長は、一夜で消えた。菅義偉首相による〝政治介入〟もあった。森氏が、早大の盟友で元Jリーグチェアマンの川淵三郎氏を後継指名したさい、「引責辞任した人が後継を決めるのは問題だ」と密室決着に異議を唱えた。

橋本氏は、大臣を辞任するというフトコロ事情と過去のセクハラ騒動が蒸し返されることもあり、「要請があっても断りたい」と周囲に明かしていた。それが一転したのは、菅首相サイドがカネと五輪後のポストを保証、「検討委で選ばれたのに、五輪相の立場で断れない」という事情もあった。

さて、五輪の商業主義だが、森会長の辞任を決定づけたのは、米放送局NBCだった。IOCに莫大な放送権料を支払っており、東京オリンピックの真夏の開催も大会の延期もIOCがNBCにお伺いを立てた。

近代オリンピックの黎明期は、富豪の寄付金、万国博覧会の一環、宝くじや自治体の予算などによって成り立っていたという。戦後のローマ大会（1960年）からテレビ放映権料が収入源に加わった。五輪に商業主義が加わった。

オリンピックには大きなお金が動いている。東京大会(64年)ではメーカーから選手へのシューズ提供など「緩やかな商業主義」がはじまり、ミュンヘン大会（72年）からは「大会エンブレム」など商業主義が加速した。

NBCは2014年のソチ五輪から2020年の東京大会までの冬と夏の4大会合わせた43億8000万ドル（約4680億円）でIOCと契約。猛暑の期間の開催も、巨額を支払っているNBCの要望を無視できないからだ。五輪の商業主義は、いまやマーケット至上の新自由主義にからめ捕られている。

オリンピック憲章は、「オリンピックの目的を、スポーツの基礎である肉体的、道義的性質の発展を推進し、スポーツを通じ相互理解の増進と友好の精神によって若人（わこうど）たちを教育し、それによってよりよい、より平和な世界の建設に協力することと」と謳っている。NBCの動きだけをとってみても、絵空事に映ってしょうがない。

今回の迷走した会長人事では、プロセスの「透明性」が求められた。本来、今回のコロナ禍という非常事態にトップを務める人物は、性別も年齢も関係なく、適任者でなければならない。「老害」を避ける必要も菅首相の希望する「女性で若い人」である必要もない。

必要なのは、「スポーツを通じ相互理解の増進と友好の精神によって若人たちを教育し、より平和な世界の建設」というオリンピック憲章を掲げて邁進し、商業主義から脱却することではないのか。

そして、組織委会長に求められるのは、東京五輪開催に向かうために必要な安全、安心を担保して、それを世界へアピールできるかというリーダーシップと、東京五輪の〝顔〟としての発信力ではないのか。そう考えると、橋本氏より川淵氏が適任ではなかったのか。

その川淵氏は、13日にツイッターを更新し、心身ともに疲れ果てた心情をこう吐露している。「みなさんご支援本当に有難うございました。今はスッキリした気分ですので他事ながらご安心ください。と自分でも思っていたのですが流石に身体は綿のように疲れ切った感じです。偶(たま)には弱音を吐かせてください」。人生劇場　いざ序幕。

（「NO．182」　2021．2．18）

第二章　ジャーナリズム魂

◆新聞の積年の宿痾

熊本地震の衝撃で、米ケリー国務長官の広島訪問、バドミントン選手の違法賭博のニュース性が希薄になった。旧聞は忘れ去られるが、この二つのことは書いておきたい。新聞の宿痾ともいえる両論併記という無責任体制と「池に落ちた犬は叩け」という悪しき習性である。

G7外相会合のために広島を訪れていたケリー米国務長官は11日、広島市の平和記念公園の原爆死没者慰霊碑に献花した。広島が世界初の原爆攻撃を受けた都市になって以来、最も高位の米政府関係者の訪問となった。

新聞によると、初めて訪れた原爆資料館の感想を、ケリー長官は「原爆が炸裂してきのこ雲が舞い上がり、町が破壊された」と話した。同資料館館長は「これまで案内した中でも印象に残る熱心さだった」と述べた。

ケリー長官は、アメリカの世論を考慮して原爆投下を謝罪こそしなかったが、自身の広島訪問を「過去についてではなく、現在や未来についてのものだ」と述べたという。

問題は、これに続く被爆者の反応の記事。どの新聞も、概ね、こう書いていた。〈「被害の実態を目の当たりにしてくれた」と評価する被爆者がいる一方、約30分間の視察に「もっとじっくりと見てほしかった」と不満の声も上がった〉

自ら主張せず、意見の異なる関係者に代弁させる常套手段。ある民放テレビは、「アメリカの国務長官が資料館を視察したのはよかった。核政策を見直す出発点にしてほしい」と被爆者の声を流した。素直な反応は、爽やかだった。

政治問題では、旗幟を鮮明にする産経のような新聞もあるが、多くの新聞は、消費税10%アップなど国論を二分する問題では、それぞれの立場の評論家のコメントを載せ、お茶を濁してきた。もう一つの違法カジノ店での賭博問題。バドミントン男子で世界ランキング2位の桃田賢斗選手（21）と田児賢一選手（26）はさらしものにされた。新聞は、「メダル候補　落ちた闇」などと断罪。２人の記者会見も大々的に報じた。

新聞報道に忖度したのが、2人の所属する日本バドミントン協会であり、NTT東日本だった。前者は、わざわざ記者会見をセットし、後者は、２人に厳しい処分を下した。

新聞は、社会的な事件を起こした者は徹底的に叩く。先の経歴を詐称したコメンテーターもエジキとなった。そうしたなか、今回のバド賭博問題では、野球評論家の張本勲氏の意見が異彩を放った。

張本氏は、民放のテレビ番組で、「極刑に値する罪ですか。さらしものみたいに、呼んで説明会とか、記者会見。何をさすの？　悪いことは分かっていますよ。誤解しないでもらいたい。行っちゃいけないところに行くんだから」と話し出した。

「ただ自分のお金でやったというのがあるし、一般から言ったら極刑に値する罪ですか。あんまりさらしものにしてもらいたくない。（記者会見で質問した記者に）質問していた人はミスしたことないの？　間違ったことしていない？　あなたの息子なら、孫ならどうするか」

こう結んだ。自身も同様のことでオールスターに出場できず、1週間も食事がノドに通らなかったことを明らかにし、「ペナルティーは課してもいいとは思いますがね、残る道を探してやってもらいたい」。「張本節」を清々しく聞いた。

二つの新聞報道の背後には、自らは安全地帯にいて批判を金科玉条とし、判断しかねる問題から逃避するという積年にわたる新聞、新聞記者の性がある。評論家の内田樹は、こう言っていた。「壊すことがもたらす快感にメディアは酔っている。メディアの劣化の理由は、何より言論が生身の身体に担保されていないということだ」

（「NO．133」　2016．4．19）

◆朝日新聞の事大主義

朝日新聞の体質は変わっていない。2014年9月に東電福島第一原発事故の「吉田調書」報道の取り消しと「慰安婦報道」の誤報で謝罪してから2年経った。この夏の甲子園で起きた女子マネジャーの練習参加制止と大々的な大学の全面広告を見て思った。朝日の事大主義は宿痾か。

〝事件〟は、2日、大分高校が甲子園で練習中に起きた。ユニホームを着た3年生の女子マネジャーが練習補助員として参加。守備練習でノッカーにボールを手渡していたが、10分が経過したころ、大会関係者が気づいて制止した。

大会規定では、「危険防止」のため、グラウンドに立つのは男子のみと明記。甲子園練習も準じる形になるが、手引きには男女の明記がなく、ジャージーでの参加は禁止とし、ユニホーム着用とだけ書かれていた。

この一件がネット上で報じられると、「規定は守るべき」とする意見もあったが、「男尊女卑ではないのか」、「一緒に戦っている仲間なのに」、「大人の判断は理不尽すぎる」といった批判の声が多く上がった。

「これはまずい」と思ったのか、主催者である朝日新聞は、「女子の練習参加めぐり議論」、「高野連　大会規定に沿い判断」という記事（4日）を載せた。編集委員の安藤嘉浩が『視点』で「安全策を幅広く考えたい」とこう書いた。

〈性別に関係なく練習補助員を務められるよう、万全の安全対策を講じられないか。いま一度検討することを含め、幅広く考えていきたい〉。凡庸な視点だった。上層部から書かされている、という印象だけ残った。

同じ紙面の2人の談話のほうが真っ当だ。「（高校野球は）世の中と最もずれている競技になりつつある」（元陸上選手の為末大）、「これってなにがいけないの？　危険って性別関係ないじゃん。即刻見直すべき」（マジシャンのふじいあきら）

やることが姑息なのだ。5日には、報道陣に女子マネジャー本人と選手、関係者に今回の件に関して取材をしないように通達したという。以前から朝日新聞＝高野連の権威主義を苦々しく思ってきた。こんな記事がしばしば紙面に載る。

〈日本学生野球協会（高野連）は高校〇件の不祥事を審議し、処分を決めた。【対外試合禁止6ヶ月】〇〇高校、部員のいじめ【同3ヶ月】〇〇高校、部内暴力【同1ヶ月】〇〇高校、部内暴力……〉

多くの読者に関係あるとは思えない記事を大事な紙面を割いて飽きずに載せる。これにより、ほかの大事なニュースがボツになってしまう。このことに何の疑念も感じない朝日の記者諸兄のジャーナリズム精神には首を傾げざるを得ない。

また、朝日の広告で近年、目立つのは、大学の全面広告。この夏も、国公立大学の全面広告が載った。「税金で運営される国立大学が何千万円もの広告費で宣伝するなんて論外。そんな余裕のない中小私大は踏みつぶされる」と私大関係者。

全面広告の費用は？　各紙のサイトから調べると、全面広告（全15段）の掲載料は、朝日が3600万円～4200万円、読売4700万円、毎日2500万円、日経2000万円。値引きがあるので1000万円～1500万円が相場とか。

首都圏の中規模大学の広報担当者の悲痛な声が真実を突く。「10段で800万円の新聞広告を出したが、翌春の受験生の数は増えなかった。入学者アンケートで、本学を知ったきっかけを聞いたが、『新聞広告を見て』は1人もいなかった」

ブログ「社会科学者の随想」氏は、各大学（私立のみならず国立も含めて）が新聞に掲載している全面広告のありようを批判的にこう論じている。

〈広告の実際的な効果が不明である、大学が出稿する新聞紙への全面広告は、基本的に社会的にぜいたくであり、単なるムダである。大学が一般社会向けの広告予算を確保できるのであれば、その経費は奨学金に転用するか、学費などを値下げするために充当するほうが、よりまっとうな支出の仕方である〉

甲子園の女子マネジャーも少子高齢化を迎えた大学も弱い立場にある。「社会の木鐸」を任ずるなら新聞は事大主義に陥ってはならない。朝日新聞綱領が泣いている。「常に寛容の心を忘れず、品位と責任を重んじ、清新にして重厚の風をたっとぶ」

（「NO．137」　2016．8．19）

◆読売新聞社会部は死んだ

読売といえば社会部と言われた時代があった。特ダネを連発するだけでなく、優しい庶民目線があった。〝加計学園疑惑〟で、前川喜平前文部科学事務次官の「出会い系バー通い」を報じたが、官邸のリークをそのまま社会面に載せたという批判が出た。疑惑は、国会閉幕で幕を閉じようとしている。

「TBSは死んだ」。かつて、キャスターの筑紫哲也が言った。1989年、オウム真理教（当時）事件で、TBSがオウム側に坂本弁護士とのインタビュービデオを事前に見せたことが、坂本弁護士一家殺人事件を引き起こす発端となった。

読売（5月22日）が前川氏の「出会い系バー通い」を報じ、前川氏が3日後に記者会見をしたとき、僕は海外に出かけており帰国後に知った。ここで取上げるには遅きに失するが、かつて新聞社で禄を食んでいた者として一言いいたい。

読売は、社会面で、「前川前次官　出会い系バー通い　文科省在職中　平日夜」の3段見出しで大きく報じた。「御用新聞」といった批判が読売読者センターにも寄せられたことから、6月3日付けで社会部長の解説記事を載せた。

社会部長は、〈次官在職中の職務に関わる不適切な行動についての報道は、公共の関心事であり、公益目的にもかなう。前川氏の「告発」と絡めて議論されているが、これは全く別の問題である〉と書いた。

いや、書かされたというべきだろう。「あの記事はさすがにないですよ。他社の記者からは批判どころか同情される始末です」という現役の読売記者のぼやきを週刊文春（6・15）が紹介していた。

前川氏は、「(出会い系バー通いは)事実だが、買春も、ましてや未成年との淫行もしていない。彼女たちに食事をおごって身の上を聞いた」と潔い。女性の証言も週刊誌で読んだが、解説記事を付すほどのニュースか。

読売大阪社会部OBの大谷昭宏が唯一、正論を吐く。「同じニュースでも東京、大阪、西部それぞれの本社が編集するので、見出しや記事の大きさは異なる。でも、あの記事はすべて同じ。これは依頼が断れない記事を指す『ワケアリ』の特徴。政権のために、社会部がアシとなって記事を書く。こんな理不尽になぜ記者は抵抗しないのか」

読売といえば社会部。立松和博、本田靖春、黒田清……社会部には凄腕記者がいた。立松のことは、後輩の本田が『不当逮捕』で書いているが、検察担当で特ダネを連打したが、売春汚職の記事で逮捕。検察内部の権力抗争が底流にあった。

本田は、雑感記事の名手だったが、「黄色い血キャンペーン」で売血を止めて献血の道を開いた。読売退社後はノンフィクションの世界で活躍、病で両脚切断、右腕切断の決断を迫られながら口述筆記を拒否してノンフィクションを書き続けた。

黒田は、大阪読売の社会部長として、社会部記者集団「黒田軍団」を率いて、特ダネを連発。「窓」というコラム、「戦争展」など差別と戦争を憎んだ。東京本社と編集方針が合わず退社、「世の中を変える」とミニコミ紙で発信した。

本田と黒田に共通するのは、読者と同じ身の丈、同じ目の高さで接した。自制と誇りがあった。

本田は、「黄色い血キャンペーン」で売血でなく献血を訴えた。売血の実態を紙面で告発するため自ら売血を行い、その代償としてC型肝炎、肝ガンとなり命を縮めた。黒田の「窓」は、「差別を受け、誰にも言えず悩み苦しんでいる人たちを受け止める場」だった。

立松和博、本田靖春、黒田清は、今回の古巣読売の前川氏の「出会い系バー通い」報道を、どう感じ取ったか。

本田は、読売を退社するとき、社会部サツ回り時代からの親友でもある朝日新聞の「天声人語」の書き手で知られる深代惇郎から「うち（朝日）にこないか」と誘われた。そのとき、こんな理由で断った。本田の著書『我、拗ね者として生涯を閉ず』（講談社）に出ている。

〈友情が身に染みたが、心は動かなかった。私を育ててくれた、「よき時代のよき読売社会部」に深い恩義を感じていたからである。私は生涯、「読売ＯＢ」の看板を背負い続ける。それが、私の誇りであり、古巣に対する愛着心の表明でもある〉

（「ＮＯ．１４７」　２０１７．６．19）

◆読売新聞社会部の良心

本レポート１４７号で「読売社会部は死んだ」のタイトルで〝加計学園疑惑〟で、前川喜平前文部科学事務次官の「出会い系バー通い」を報じた読売新聞社会部を批判した。その直後、友人の読売社会部ＯＢが『文藝春秋』８月号に「古巣読売新聞の前川報道を批判する」という渾身のレポートを寄せた。

読売社会部OBは、中西茂さん。読売新聞の現役記者時代、「教育ルネサンス」という連載を立ち上げるなど、教育問題を長年取材してきた。大学問題の勉強会を通して知己となった。現在は、玉川大学教授で教育ジャーナリスト。

中西さんのレポートを要約すると——。〈一貫したスタンスを持ち続けた前川氏を、個人的に貶めるかのような記事が、5月22日の読売新聞朝刊に掲載された。この記事には私も、当初から違和感を禁じ得なかった。取材が十分でない点が容易に読み取れたからだ。批判される前川氏の言い分を取材できていないばかりか、買春を疑わせるような書き方をしながら、買春の相手をした女性の証言も、買春を裏付けるような第3者の証言もない。

買春という法に触れる行動に疑いを持ち、報じるならば、本人のコメントを取る努力を続けるのは報道機関の常識である。コメントを取れないまま報じるとしたら、相当に高度な判断が欠かせない。ところが、読売新聞は、編集局内に設けた適正報道委員会にかけていなかった。これが不可解で仕方がない〉

さらに、前川氏が、義務教育費国庫負担金が廃止されそうになったとき、「クビと引き換えに義務教育が守れるのは本望」と言ったことやフリースクールや夜間中学などの「調査」に出かける現場主義者であったことを紹介している。

文芸評論家の斎藤美奈子は、〈前川前次官は「(出会い系バーに行ったのは)女性の貧困について扱った番組を見て、話を聞きたいと思った」と説明した。これをウソと決めつける人たちは貧困問題にも関心が薄いだろうと私は勝手に思っている〉と週刊誌の書評に書いていた。

中西さんは、フェイスブックでも持論を展開。〈今回の報道で、読売は御用新聞などと批判を受けていますが、私の思いは別のところにあります。この10数年、教育報道で読者の一定の信頼を得る形を作ってきた思い（自負）が私にはあるのです。それが崩れさってしまうのか。そこに忸怩たる思いがあるのです〉

ジャーナリズムの在り方にも言及する。〈『現場』をなにより重視するのが社会部ではなかったのか。（中略）最近まで長く勤務していた新聞社を批判するのは心苦しいが、おかしいと思ったことを指摘するのがジャーナリストだ。おかしいことがおかしいと言えない世の中は来てほしくない〉

本レポート147号では、「読売といえば社会部と言われた時代があった」と立松和博、本田靖春、黒田清といった凄腕記者を紹介しながら、「読売社会部は、特ダネを連発するだけでなく、優しい庶民目線があった」と指摘した。

〈報道機関としての矜持をもってちゃんと説明してほしい〉。中西さんの論考は、単なる読売批判にとどまらず、教育問題を長年取材してきたジャーナリストとしての「目線は低く、志は高く」という姿勢がある。英国の代表的なロマン派詩人であるワーズワースの詩の一節を思い出した。

「暮らしは低く　思いは高く」

（「NO．149」　2017．8．23）

◆記者と捜査機関の劣化

新聞社の実態と新聞記者の追った事件を描いた二冊を読んだ。新聞は、ネットの普及で読者は減り続け存続が危ぶまれている。このことは理解していたが、二冊に載った捜査機関の捜査能力と新聞記者の力量の劣化を嘆いた。僕が記者だった茫々30年前、新聞も捜査機関も輝いていた。『石つぶて　警視庁二課刑事の残したもの』（清武英利著、講談社）と『新聞社崩壊』（畑尾一知著、新潮新書）。

『石つぶて』は、2001年に発覚した外務省職員による横領事件捜査の裏側に迫ったノンフィクション。著者の清武は当時、読売新聞東京社会部記者で、警視庁捜査二課担当だった。僕も清武記者のいた数年前に同じ警視庁「二課担」だった。

警視庁捜査二課の4人の刑事が、地を這うような取材によって個人口座に億単位の預金を持つ外務省ノンキャリア職員にたどりつく。内偵捜査で、男は都心のマンションに愛人を住まわせ、12頭の競走馬の馬主であることがわかった。

この大金はどこから出たのか。男は「しゃべったら殺されます」とつぶやく。追い詰められて、ついに自供する。「あれは領収書がいらないカネなんです。総理の外遊時の経費です」。使い込んだ金は、官邸の「機密費」の一部だった。

外務省の要人外国訪問支援室長だった男は、総理一行が外遊先の迎賓館などに宿泊しても、ホテルのレターヘッド付き用紙に「〇百万円」と書き込んだ領収書を偽造。官邸はたいしたチェックもせず札束を渡していた。

横領でなく贈収賄事件での立件を狙ったが叶わなかった。〈警視庁は、2014年に摘発した贈収賄事件はゼロ。捜査二課長を経験した元警察官僚のなかには「政治家や役人が身ぎれいになった」、「検察が及び腰になった」という指摘もある〉

捜査員の質の劣化は、本著に出てくる刑事の言葉に頷いた。「時代が変わって、警察組織や世間が、はみ出し刑事の存在を許さなくなった」。僕が「二課担」の頃、危ない人物をネタ元にしたり、一緒に飲んで暴れた豪快で有能なデカがいた。

本著は、登場する刑事を実名で書いている。捜査二課は汚職・知能犯が担当で、刑事は自宅を公表しない。そうした刑事から具体的な捜査手法、自白時や調べ室の様子などを聞き出した力業には、元「二課担」として脱帽だ。臨場感あふれ、ノンフィクションの骨法を示した。

『新聞社崩壊』を読んで、新聞は、大学に似ていると思った。ネットの普及で新聞の読者は減り続け、今のままでは存続が危ぶまれている。大学は、少子化で志願者が激減、4割の大学が定員割れで統廃合が現実味を帯びている。

帯から険しい。〈10年で読者が4分の1減り、売上はマイナス6000億円。限界を迎えつつあるビジネスモデルを、独自データを駆使して分析、全国43紙の経営評価から、生き残る新聞社

と消えてゆく新聞社の姿をとらえる〉

著者は、元朝日新聞の販売担当で流通開発部長や販売管理部長などを務めた。「新聞大好き人間」で「今のような形態の新聞を一生読みたい」が執筆動機。氾濫する新聞社批判の書籍とは一線を画す。

〈スクープでは部数は伸びない〉、〈50代の半分以上は新聞を読まない〉、〈朝日と読売は、購読者に対する見方が根本的に異なる。朝日は読者がずっと読んでくれると思っているのに対し、読売はいつやめられてもおかしくない、と考えている〉など「目から鱗」も多い。

新聞記者の劣化について、「メディアの凋落の最大の原因は、ジャーナリストの力が落ちたことにある。ジャーナリストの知的な劣化がネットの出現で顕在化してしまった」という評論家の内田樹の意見を引用しながら、こう述べる。

〈朝日は60、70年代は大学生の就職ランクの上位だったが、いまは100位以内に入るかどうか、人材の総合力が落ちている。記者も休みが取りやすい文化部や整理部希望が多く、夜討ち朝駆けの政治部などは人気が下がっている〉

僕の古巣、産経には手厳しい。〈東京本社の発行をやめて大阪本社に集中する選択肢もある〉。著者は、新たな新聞のビジネスモデルとして①新聞代の値下げ②夕刊廃止③紙面のコンパクト化など七つをあげていた。

こう締めくくる。〈このまま紙の新聞が滅んでしまうのは社会にとって甚大な損失である〉。紙の新聞を大学に置き換えても文章は通じる。いま、大学団体で禄を食んでいるが、不謹慎ながら、滅びるのはどっちが先か、なんて思ったりした。

（「NO．157」2018．4．16）

◆ セクハラ発言とメディア

批判が届いた。前号で、財務省の福田淳一事務次官のセクハラ発言を〈酒の席のことだし、女性記者の会話録音もあり更迭はきつい〉と書いた件。息苦しい管理社会の中では許容範囲という思いからだった。批判には、森友・加計問題と同列に大仰に扱い喫緊の課題を見失ったメディアや野党とともに違和感が残った。

福田氏のセクハラ発言に疑問を感じて発言した政治家が〝被害者たたき〟とメディアの集中砲火を浴びた。麻生太郎財務相の「はめられたという意見がいっぱいある」、下村博文元文科相の「隠しテープでとっておいて週刊誌に売るなんてある意味犯罪だと思う」……。

自民党の長尾敬衆院議員は、ツイッターで、黒い服装でセクハラに抗議する女性国会議員らの写真を添付して「セクハラとは縁遠い方々」などと書き込んだ。麻生、下村氏は謝罪、長尾氏は、発言を削除してブログで謝罪した。

麻生、下村氏の発言は、「こういう意見もある」と紹介したものだし、長尾氏の書き込みは、ある種、ブラックユーモアだ。すぐに謝罪する政治家も政治家だが、謝罪するまで許さないというメディアの姿勢は〝魔女狩り〟を連想させる。

女性記者の所属するテレビ朝日の記者会見とメディアの反応もおかしかった。テレビ朝日は、それまで、録音提供を「報道機関として不適切で遺憾」としてきたが、会見では「公益目的から被害を訴えたもので理解できる」と豹変した。

女性記者から「この事実を報道すべきだ」と相談を受けた上司が「今のメディア状況の中で、自分の経験から放送するのは難しい」と答えたのは真っ当だ。しかし、多くのメディアは「反応が鈍く、社の責任は大きい」と容赦なかった。

財務省批判は、「森友問題の公文書改ざん問題に続く不祥事」、「財務省は、次官と国税庁長官の2トップ不在という異常事態」と仰仰しかった。「大蔵省汚職のときでも、こんなことはなかった」と大蔵省解体の原因となった「ノーパンしゃぶしゃぶ事件」以上の問題とした大新聞の認識には笑った。

フジテレビの情報トークバラエティ番組「バイキング」でMCを務める坂上忍とお笑い芸人の柳原可奈子のやりとりがネットに出ていた。坂上が、「事務次官から情報を得られるとしたら、どうすればいいか」と聞いたさいの柳原の返事。

「もっとうまく切り抜けることはできなかったのか。私だったら、この流れで『おっぱい触っていい?』って言われたら『どこがおっぱいでしょう』とか言って『それより森友の件どうなっていますか?』って。(私は)切り返し、切り返しを学んで来たので、大変なセクハラだと感じなかった」

坂上は「福田さんの立場ってものは、絶対的権力の持ち主ですから、僕らと一緒にするべきではない」と芸能界と政界には〝違いがある〟と釘を差した。ツイッターでは、柳原発言に賛否両論があったというが、こっちのほうが健全に思えた。

福田次官のセクハラ発言では、野党は、メディアの応援もあって与野党対決の好材料といきり立ち、安倍政権追求に前のめりとなった。福田氏のセクハラ発言と森友・加計問題の〝同列大報道〟が展開された前後、世界情勢はどうだったか。

3月上旬、南北が首脳会談開催で合意、北は非核化の意思を表明、米トランプ大統領が米朝首脳会談を決断、26日、金正恩が訪中、4月17、18日、日米首脳会談、27日、南北首脳会談と続いた。

安倍政権が得意としている外交政策も瀬戸際に立たされていた。とくに、拉致問題の解決という大きな課題を抱える北朝鮮問題。完全に「米・中・韓」の蚊帳の外に置かれていることが明確になった。

北朝鮮問題だけでなく、鉄鋼・アルミの関税問題で綻びの見える米中関係、日ロ問題も経済援助のみで絶望的な領土問題、さらに、財政悪化と来年10月の消費税率引き上げなど課題は山積みだった。

安倍政権を擁護するつもりは毛頭ないが、麻生財務相の辞任や関係者の証人喚問を求め審議拒否を続けた野党は存在意義が皆無だった。福田氏は更迭でなく辞任し、狂騒の報道も静まった。

安倍内閣の支持率は、朝日新聞（5．21）によると、36％で、前回調査（4月14、15日）の31％から回復基調にある。

（「NO．158」2018．5．21）

◆「拗ね者」の戦後

本田靖春が生きていたら、どう書いただろうか。新元号の「令和」はいいと思うが、ショーアップされた政府の元号発表にメディアが加担したのに鼻白んだ。新元号が発表されたのは、本田の生涯を、作品と関係者の証言を通して描いた『拗ね者たらん』（後藤正治著、講談社）を読み終えた直後だった。

新聞もテレビも「令和」一色となった。官房長官だけなく首相も大仰に会見、メディアは大仰に報じた。政府が公表しないとしていた「令和」の考案者の断定、元号候補案やその数、令和にちなむ名前や酒等々……お祭り騒ぎは数日続いた。

批判は識者に委ねた。朝日新聞（4．2）の思想家、内田樹のコメントがそうだ。「令和に政治的なにおいはしない。問題は、政権が元号発表を政治ショー化したことだ。首相や官房長官ら現政権が大量にメディアに露出し、お祭り気分をあおることで、政治的な難問は棚上げされた」

さて、『拗ね者』こと本田靖春は、読売新聞社会部記者として名を馳せ、独立後は『誘拐』『私戦』『不当逮捕』『疵』『警察回り』『「戦後」美空ひばりとその時代』『我、拗ね者として生涯を閉ず』……数々の傑作ノンフィクションを残した。
『誘拐』は、戦後最大の誘拐事件と呼ばれた昭和38年に起きた「吉展ちゃん事件」の全体像を描く。『私戦』は、昭和43年の静岡県・寸又峡の旅館で宿泊客らを人質にした金嬉老事件を書き込んだ。ともに臨場感に満ちたドキュメント。
『不当逮捕』は、名誉棄損で逮捕された先輩記者の立松和博を描く。〈本田は、本書を、個人的な立松和博のレクイエムに終わらせたくなかった。底流にある主題はジャーナリズムの復権である。立松事件以降、社会部の士気は落ちた〉
『疵』は、力道山が「敬さん」と呼び一目置いたヤクザ、花形敬を描く。〈私にとって花形は、千歳中学校における2年先輩でもあった。彼を暴力の世界に、私を遵法の枠組内に吹き分けたのは、いわば風のいたずらのようなものだった〉
『警察回り』は、社会部で上野、浅草などを管轄する警視庁第6方面担当時の青春記。通い詰めた上野署そばのバー「素蛾」のバアさんと呼んだママを死ぬまで面倒を見た。〈本田にとって、バアさんの死はイコール「戦後」の終焉と思えたのだろう〉
『「戦後」美空ひばりとその時代』。〈(戦後、) 人びとは桎梏から解放されて自由であった。新しい社会を建設する希望に満ちていた。そうした可能性の時代の子として美空ひばりはいた〉
無頼記者の栄光と挫折を活写した『不当逮捕』も、闇市時代のアウトローを描いた『疵』も、記者時代の若き日を綴った『警察回り』も底流に流れていた主題は〈戦後〉だった。

戦後と並んで〈新聞社社会部〉への思い入れも強い。読売社会部に憧れて入社し、大いに手腕を発揮した本田であったが、社主・正力松太郎が紙面に登場する「正力コーナー」の執筆に、ひとり抵抗するも、社会部の溌剌とした気風は失われていった。71年、37歳で退社する。

〈「新聞社を辞めて長い年月が経た今も、変わりなく社会部記者をやっているつもりである」と書いているが、確かにそうだった。場は変われども、本田を貫いているのは社会部記者の問題意識であり生き方だった〉

〈(読売退社後、朝日新聞の友人から「うちに来ないか」と何度も誘われた) 友情が身に染みたが、心は動かなかった。私を育ててくれた「よき時代の読売社会部」に、深い恩義を感じていたからだ〉

失明、腸がん、壊疽による両足の切断……という体で、病床において書いた『我、拗ね者として生涯を閉ず』の連載最終回を残して04年12月4日、本田は命終した。享年71。作家の伊集院静は、本田靖春のことを「漢（おとこ）という言葉が浮かびますね。いまやめったに出会うことのなくなった、漢という言葉が似合う人であったと……」。漢は、政府の姑息な新元号発表なぞに加担などすまい。

（「NO．169」　2019．4．11）

◆政権と馴合うメディア

政治が、政治記事がつまらん。批判精神やダイナミズムが失われた。安倍晋三首相のトランプ米国大統領に対する「おもてなし」もそうだった。菅義偉官房長官の訪米をめぐる報道もしかり。メディアは、安倍一強政治にひるんだのか、政権と馴合っているようにみえる。

令和初の国賓として5月下旬に来日したトランプ大統領は4日間接待漬け。初日は午前中に千葉・茂原カントリーでゴルフ、午後は国技館で大相撲観戦、夕食は六本木の炉端料理……。丸一日、安倍首相が同行するという過剰接待。

日本のメディアは、トランプ大統領の一挙手一投足を詳しく報じたが、アメリカのメディアは違った。トランプ氏と安倍首相の会談での発言内容の食い違いなどを指摘していた。こんな具合に。

〈あらゆる華やかさも壮麗さも、北朝鮮と貿易に関する両者の緊張を覆い隠せなかった〉（ワシントン・ポスト紙）

日米貿易交渉をめぐっては、〈トランプ氏が「おそらく8月に何らかの発表ができる」と述べているのに対し、日本政府は否定している。安倍首相は今夏に予定されている参院選後に農業交渉で譲歩する圧力に直面することになる〉（CNBCテレビ）

北朝鮮による今月の単距離弾道ミサイルの発射については、〈トランプ氏が「個人的には気にしない」と述べたことは、安倍首相との関係に傷をつけた。安倍氏はミサイルについては「極め

て遺憾」と話しており、安倍氏はトランプ氏に同意しなかった〉（政治専門のメディア、ポリティコ）

トランプ氏へのおもてなしについては、〈日本を貿易交渉からいったん遠ざけ、休息を与えた〉（CNBCテレビ）、「安倍氏とトランプ氏の笑顔は、これから高まるだろうと緊張を隠している〉（ウォールストリート・ジャーナル電子版）

雑誌『選択』は、「安倍官邸と慣れ合う大メディア」と日本のメディアをやり玉に挙げた。〈安倍政権が、政策課題を食べ散らかしているのに、日本のメディアは、実現性を問わぬまま、ひとつが萎めば別のものに飛びつき、あたかも歴史的偉業が進んでいるように報じている〉

すぐにも実現しそうに報じた日露交渉や日朝首脳会談を例に挙げ〈政権の情報操作の巧みさか、メディアの不見識か、この状況が政治を劣化させているという自覚は、双方とも乏しい〉と記したが、トランプ訪日報道も五十歩百歩だ。

もう一つの菅官房長官の訪米報道。〈菅官房長官が強烈な外交デビューを果たした〉、〈ポンペオ国務長官と二人並び、堂々と写真撮影に応じたシーンは世界に存在感を見せつけた〉と、歯の浮くような記事が新聞を飾った。

〈四月一日の新元号発表で指名度を上げた「令和おじさん」は一躍、ポスト安倍レースでも他の候補を圧倒しそうだ〉なんて記事もあったが、同じ雑誌『選択』5月号は、菅氏の虚像を剥ぎ、「首相の器にあらず」と、こう断じた。

「秋田の寒村から集団就職で上京した叩き上げの苦労人」は、〈父親は町会議員を務め地元の名士。母親、叔父叔母、二人の姉も教師。成績が振るわず、田舎が嫌で上京、一念発起して入った法政大学も、働きながら通う夜間部ではない。

「裏方に徹し支えぬく忠義者」は、〈実像は、議員秘書から横浜市議を経て国政入りした家柄も学歴もない男がなりふり構わずあがく野望の塊である。担ぐ総裁候補も次々と変え、自己の利権を固めてきた〉

もと首相のひとりは「いくら能力があっても表情が暗すぎる。第一、話に中身がない。あれじゃあ、首相は無理」、事務次官経験者は「政策の勘が悪い。想像力がなく、いくら人事や利権に通じていても、政策の体系的理解や社会的広がりがわからない」と証言している。

大新聞は、こうした菅氏の実像をなぜ書かないのか。前段の「官邸と慣れ合う大メディア」と底流は同じだ。青臭い物言いになるが、権力を監視し、批判することこそメディアの使命ではないのか。

（「ＮＯ．１７１」　２０１９．６．20）

第三章　集まり散じて

◆ 再び同窓会賛歌

食欲の秋でも、読書の秋でもない。今年の秋は、僕にとって「同窓会の秋」となった。10月1日が中学校、16日が高校、21、22日が新聞記者時代、23日が大学……連れ合いから「今日もドーソーカイですか」と馬鹿にされながらも皆勤賞。「昔の自分を捜しに」東奔西走した。

昨年今頃の本レポートにも同窓会を書いたが、21日からの同窓会3連荘はきつかった。大学卒業後に赴任した産経新聞前橋支局のOB会。群馬県の妙義温泉に10人のOBと現職の前橋支局長が集った。85歳の最高齢の先輩記者はシャンとしていた。

21日は現地集合で、午後6時から宴会スタート。酒宴は、宴会場から部屋まで続いた。未明になって、僕は美味い地酒を飲みすぎダウン。寝物語のように酒宴の会話が聞こえた。「オマエは……」「オマエとはなんだ」……昔のままだった。

翌22日朝は、宿の隣の妙義神社参拝へ。階段が続く本殿までお参りする元気な仲間もいたが、僕は半分ぐらいで力尽きた。朝食を食べて解散。大半は自宅へ向かったが、僕は仲間2人と「高崎で、軽く飲んで帰ろう」となった。

駅ビルの鶏料理店に11時開店と同時に入る。焼酎のボトル2本を開け、午後4時まで飲んだ。某先輩の愛人秘話、支局ストライキの真相……これを大声で喋るのでランチの客は眉をひそめていた。傍若無人は、記者の悪しき徳目。

自宅へ帰ったのは、午後8時過ぎ。翌23日の大学同窓会は幹事なのでそのまま寝た。総会は12時開催、幹事は10時半集合。だが、集合時間を失念、もうひとりの幹事とともに遅刻。「2人ともアルツの兆候がある」とマジに言われた。

大学の同窓会は「1971年次稲門会」で、71年に早大を卒業した仲間が年に1度集まり総会を開く。同期は7000人もいるが、今年の参加は45人。地域やサークルの稲門会があるので、年次は年を追うごとに参加者は減る。

それでも、現役で頑張る早大教授の鵜飼信一さんと上村達男さん、元NHKアナの山根基世さん、衆議院議員（福島5区）の吉野正芳さん、医師の笠置真知子さん（教育学部から東京医大）らが顔をみせた。彼らからみんな元気をもらった。

同窓会月間のスタートは、1日の埼玉・杉戸中学の有志同窓会。僕らの年度は、宴会とバス旅行を1年おきに繰り返している。ともに50人以上が参加する。有志同窓会は、その中の同窓会好きの集まり。春夏秋冬、地元の居酒屋で開く。

今回は、「毎回、酒飲んで喋るだけじゃあつまらない、2次会はカラオケ」となり、10数人が集まり午後5時スタート。カラオケで勢いがついたのか、「今年の忘年会は鬼怒川温泉でやろう」となった。酒毒は気を大きくする。

翌朝、目が覚めて手帳をみると「12月00日　鬼怒川温泉」とあった。冷静なT幹事に電話、「鬼怒川行きは、全体のバス旅行もあるし、人数がそろわないよ。忘年会は、いつもの店でいいんじゃない」。結局、そうなった。

埼玉県立春日部高校の有志同窓会は、同級生の経営するJR高崎線鴻巣駅前のレストラン。男子高なので初老の男40人近くが参加。5、6人ずつのテーブルに分かれた。僕のテーブルでは、『月刊文藝春秋』の「同級生交歓」が話題になった。

昨年の同誌に、母校の同窓生が2回にわたって登場した。元広島カープの木下富雄、作家の折原一ら6人と、作家の北村薫と元NHK放送総局長の日向英実の2人。みな後輩だが、木下、北村、日向の3氏は杉戸中学の後輩でもある。

「俺たちの学年には、文春の同級生交歓に登場するやつはいないな」。なんとなくみんな納得。思わず、石川啄木の歌が浮かんだ。「友がみなわれよりえらく見ゆる日よ花を買い来て妻としたしむ」

ところで、同窓会といえば、嵐山光三郎。『同窓会奇談』の著書もあるが、『週刊朝日』(2016.9.30)連載「コンセント抜いたか」の「オルチン同窓会」も面白い。

23年くらい前、フジテレビの早朝番組に「オルチン」という50歳以上の早起き視聴者向けの番組があった。オルチンの語源は不確かだが、50歳で一度ご破算にして、新年齢で再スタートしようという主旨だという。

実年齢から50歳差引いたのがオルチン年齢。当時51歳の嵐山はオルチン年齢1歳で同番組に出演したそうだ。『週刊朝日』には、小学校同窓会での仲間との思い出話や当日の会話が出てくる。〈幹事のきよさまは、この日が誕生日で、オルチン年齢で25歳になられ、男子一同がバラの花束を献上した〉、〈イケメンのやすさんが歩くと、いまだにオルチン10歳ぐらいの女子がついてくる〉

そういえば僕のオルチン年齢は18歳。同窓会よりオルチン年齢に戻りたいなんて考えたら同窓会を語る資格がなくなりそうだ。同窓会は郷愁とともにある。

（「NO．139」　2016．6．28）

◆「あのころ　早稲田で」

『あのころ、早稲田で』（文藝春秋）の著者、エッセイストの中野翠は、ずっと気になる存在だった。同じ埼玉県生まれで浦和一女から同じ早稲田大学で2学年上。高校時代、浦和一女は憧れの的だった。それはともかく、昨年、早稲田がらみの本を上梓した手前、新聞の書評を見てすぐに読んだ。

中野翠について、演出家で作家の久世光彦が面白いことを言っていた。〈この子は、故人について物を言うとき、ふだんのように目が泳いでいないところが面白い。〈いまの文化〉のなかに、しゃれた指定席を持っていて……〉（『ひと恋しくて』、中公文庫）

『あのころ』は、中野が入学翌年に勃発した学費値上げや学館管理運営権をめぐる早大闘争が起こるなどワセダ疾風怒濤の時代。早大革マル派トップは、のちの宝島社社長の蓮見清一、タモリも吉永小百合も、『突破者』の宮崎学も、久米宏、田中真紀子、村上春樹もいた。

青の時代が蘇る。あのころの懐かしい早大学生運動の闘士たちが登場する。全学共闘会議議長の大口昭彦には、党派を超えてみんなが好感を寄せていた。早大除籍後、京大に入り直して現在、弁護士で活躍している。

彦由常宏は、大口（社青同解放派）と違って革共同中核派だったが、セクトを超えて親しくしていた。テレビの世界に入ったが52歳で亡くなった。フランケン高島と呼ばれた革マル派の高島は、派内の論争のあげく自殺した。

中野は、高校時代から『共産党宣言』やエンゲルスの著作を読みかじった。早大に入学してすぐ、左翼サークル社研（社会科学研究会）に入部。高校3年後半から、大学に入ったら「社研」に入ろうと決めていた。

〈合宿ではいちおう読書会はしたものの、山歩きがメインだった。セクトに入っている人もいたけれど、論争じみたことは無かったと思う〉

立派な左翼を目指しながらも「運動」には加わらず、当時、花盛りだったマンガ雑誌「ガロ」、早稲田小劇場、ＡＴＧといったサブカルチャーにのめり込んだ。

久世の言う故人への追悼に泣いた。〈口惜しいなぁ、石井君（大学のサークルの後輩）、早く死んじゃって。いや、早世したからこそ石井君の人物像がくっきり鮮やかになっているかもしれないが。死者は生者より確固とした存在感があるものだから〉

〈（中学の同級生の秀才の宮原君も早世）石井君と宮原君。若くして逝ってしまった二人。私の中では生き続けている。あざやかに〉

「いまごろ、早稲田で」。２学年違うと見聞きした政治・経済状況や社会現象など若干異なるが、中野が再訪して感じた早稲田キャンパスの印象には、静かな共感を覚えた。

〈（大隈像のそばで）その昔は、多くの学生が群がっていたんだよねー。声をからしての熱烈なアジ演説、活動家たちが配って回るガリ版刷りのアジ・ビラ、拍手、かけ声、シュプレヒコール、キャンパス内駆け足デモ……。〉

そうそう、久世は、中野をこうも表現していた。「一度だけ会ったことがある。桔梗納戸の着物の肩が細い、影が薄くて頼りなげな子だったが、えてしてこういう子の肌はやわらかく、その中の骨はまっすぐで硬い」

久世の中野評には足元にも及ばぬが、学園紛争の嵐と、「ガロ」、早稲田小劇場、ＡＴＧ、フーテン、グループサウンドなどサブカル百花繚乱の六〇年代後半。迷いながらも、時代に柔軟に、自分にまっすぐ生きた団塊元ワセ女のおもしろく、やがて悲しき青春譜といえる。

（「NO．147」 2017．6．19）

◆早稲田わが街

ワセダへの愛情が、行間に、そこはかとなく漂う。早稲田大学そばにある「八幡鮨」四代目が著した『早稲田　我が町』（安井　弘著、書籍工房早山）。かつて戸塚と言われた、西早稲田と高田馬場の大正、昭和期の郷土エッセイ。大学卒業後、何度か、暖簾をくぐったことがある鮨屋。「八幡鮨」のHPでも紹介。〈三年の歳月をかけて四代目が書き上げた渾身の一冊。当時の古老たちから聞いた昔の話や、書き溜めておいた資料などをもとに、そして四代目の思い出や記憶をもとに書き上げました〉。郷土史として一級品だ。

あの時代が蘇る。関東大震災。〈母ゆきの体験談では、余震が続く中、夜が来ると外にビール箱を並べて戸板を乗せ、その上に布団を敷いて寝た〉

太平洋戦争中の五月二十五日の山手大空襲。〈警防団の父は、翌日、焼死者の移送作業に駆り出され……。夏目坂の横穴式防空壕から、百人の遺体を運び出す作業では、窒息によるものか、まるで生きているようだったと父は話していました〉

初めて知ったことも多い。明治期、早稲田に日本初の本格的な洋式病院「蘭疇舎」が建てられ、その後、同地に資生堂が設立された。早稲田は茗荷の名産地で、「鎌倉の波（初ガツオ）に早稲田の付け合わせ（茗荷）」という川柳があったとか。

僕の思いと重なる。ワセダは、「門のない大学」といわれた。〈学園騒動で門を閉め、塀をより高くしました。古き良き時代は遠くへいってしまったようです〉、〈昔の学生さんは就職のために大学を選ぶのでなく、建学の精神や校風に憧れを持って入学してきたので、母校愛は、今以上に深みが感じられました〉

ワセダ愛。〈昔から「この町は、飯は食っていけるが、蔵は建たないよ」と皆が言うのを耳にしていた〉とこぼしながら、〈最近、早稲田大学は敷地内の空間を町と共有して、一体感を出そうとしているようです。洗練されたスマートさはないが、とにかくいい町です〉

「この町に生まれ育ったことを誇りに思っています」と著者の言う町にある大学で学べたのは誇りである。

（「NO．151」　2017．10．24）

◆年に一度の惜春会

古希を迎えた。今年も秋から冬にかけて同窓会が続いた。中学、高校、大学、社会人……それぞれで〝昔の自分に会いに行った〟。会の冒頭、逝った仲間への黙祷が多くなった。小椋佳の『惜春会』の♪年に一度の　惜春会　特に話題は　無いけれど　友の訃報が　また一つ♪の歌詞が風に飛んでいく。

『惜春会』は、NHKラジオ深夜便で聞いた。♪老い衰えに　もうと言い　残る命に　まだと言い……♪なんて歌詞もあるように初老より上の世代の歌。惜春とは、過ぎ行く春、青春を惜しむこと。高浜虚子の次女、星野立子の句がある。

惜春や　いつも静かに　振舞ひて

今秋最初の同窓会は、10月中旬にあった大学の同期稲門会の総会。大学構内の会議室に55人が集まった。同期の「おじさんバンド」が僕らの〝青春の音楽〟を演奏、酒を手に料理を食べ、輝いていた青春時代の話に酔った。

大学関係では、11月末にサークル早稲田精神昂揚会のOB会、人生劇場倶楽部の総会。来年の創部60周年記念誌の出版を決めた。2つの総会の最後は、肩組み校歌。♪集まり散じて♪のくだりで目が潤む。齢を重ね涙腺が段々ゆるくなる。

高校の同窓会は、大学のそれと同日で残念ながら欠席。同窓会直後に朝日新聞埼玉版（2018.10.13）が、「青春スクロール」のタイトルで母校の県立春日部高校を取り上げた。163号でも取り上げたが一部を紹介する。

連載第1回は、経済界で活躍するOBで、2回以降、作家の北村薫、折原一、芸能界の劇団キャラメルボックスの西川浩幸、落語家の三遊亭落生、春風亭一之輔、元ヤクルトの青島健太、元広島の木下富雄らが登場したが、僕ら世代はいなかった。団塊世代は質より量だったのか。

秋の終わり、禄を食んだ新聞社の同窓会が伊香保温泉であった。記者になって最初に赴任した産経新聞前橋支局のOB会「上州会」。11人が出席、年齢は、上は87歳、下は65歳で、平均年齢は75歳という、足元がふらつきそうな同窓会。

しかし、酒量は衰えを知らず。宴会はビールで乾杯したあと、仲居さんが1合の日本酒徳利10本の入った籠を運んでくる。5～6籠を飲み干した。幹事部屋の2次会でも、2籠を空けた。これに焼酎5合瓶を3、4本飲んだ。

飲むほどに酔うほどに「俺は、運転免許を県警の広場で夜練習して取った」「3人でオートバイの試験を受けたが、2人はエンスト、1人はエンジンがかからず不合格。『3人を合格させたら他の受験者から抗議が来るので……』と県警幹部が恐縮していた」……古き良き時代の思い出で盛り上がった。

「給料は安かったが、好きなことさせてもらった」「他の新聞社から誘われたが、産経の自由な雰囲気は捨てがたかった」……ぼやきを笑い飛ばす勢いが残っていた。作家の司馬遼太郎は、産経新聞のOBである。

京都支局で宗教や大学の記者クラブを担当、大阪本社文化部に配属され、新聞記者の仕事のかたわら小説の執筆をはじめ、「梟の城」で直木賞を受賞。司馬の口癖は、こうだった。「もう一度、産経新聞の記者をやりたい」

上州会のメンバーも、おそらく、司馬と同じように「生まれ変わっても産経の記者でいたい」という気持ちでいるのではないか。「記者は食わねど……」の会社だったが、みんな、自由闊達な産経の社風を愛していた。

中学の同窓会（全体とは別の有志の会）は、春夏秋冬、年に4回開く。12月半ば、地元の春日部温泉で忘年会があり、9人が集った。お互い、顔を見合わせ、逢えたことを悦び、酒を酌み交わし、『惜春会』を、それぞれ心の中で歌った。

♪幸い明日（あす）もありそうな　また一年（ひととせ）よ 無事であれ　花を見送る 惜春会
兎にも角にも 健やかで　また逢えたこと 悦ぼう♪

（「NO．165」　2018．12．20）

◆二教授の最終講義を聞く

団塊世代の大学教授も古希を迎え定年だ。1月下旬、早稲田大学同期の2人の教授の最終講義を聞いた。開催日等は早大近くで書店を営む後輩の前野雄一君から知らされた。法学部の上村達男教授と商学部の鵜飼信一教授。学生時代、講義は居眠りが多かったが、今回は真面目に聞いた。

上村教授の専門は、会社法、資本市場法。堀江貴文社長によるライブドア事件で論陣を張り、NHK経営委員会委員長代行を務め、『NHKはなぜ、反知性主義に乗っ取られたのか』（東洋経済新報社）を出版、当時の籾井勝人NHK会長、安倍政権を批判するなど硬骨漢の学者。

最終講義のタイトルは「株式会社法にルネッサンス（人間復興）を求めて」。「株式会社に人間復興を求めるのは、木に縁りて魚を求むの類いか？　と思うだろうが、株式会社制度はヒトが運営しヒトのために役立つものでなければならない。株式会社法理の基本に、株主以前の『買い手』

(市民)としての投資家を据えることで市民社会を射程にすべき」と切り出し、株式会社制度への批判、議決権は人格権という発想、株式平等原則などについて話した。

法学部の同期だが、僕が理解できたのは3分の1程度。最後のまとめだけは腹にストンと落ちた。「近時の海外の動向はどれも人間を志向しているが、日本は機械的化石化を最高の文明到達点と自惚れている」と高校時代から愛読してきたというマックス・ウェーバーの言葉を引きながら結んだ。

「比較法分野では、日本は経験のない分、理論を勉強してきた。(法学の)研究者は、人間疎外の側面を持つ株主に対して基礎理論を基に過剰な権利、過剰な支配を指摘し、時間をかけてでも欧米が忘れている論理を新しい発想で掘り起こし、途上国の期待にも応えることのできる理論モデルを構築すべき。株主主権は当然だが、SDGsもESG『も』大事、でよいか。早稲田法学は、『学の独立』の精神で、持続可能社会法学(Law and Sustainability)をめざし、グローバル分野でも存在感を示すべきだ」。講義の後、お孫さんから花束を贈られ柔和な顔に戻った。

鵜飼教授は早大学院商学研究科博士課程修了後、社会工学研究所、三菱総合研究所に勤務したあと教授に。専門は、中小企業の研究で、主に製造業の小規模企業を対象としている。学生時代は、ウェイトリフティング部に所属、教授になってからは同部の部長を務めた。

最終講義のタイトルは「身につけたもので生きる人たち」。2部構成で、1部は「モノづくりの光景」で、訪れた中小企業の人たちの働く姿を、2部は「私的随想」で、自身や父親、恩師の思い出をそれぞれ話した。

1部の「この街で生きる」は大田区羽田が舞台。「羽田の祭は大田区で働く人たちの意欲再生装置だ。祭だけでなく地域社会そのものがこの街に住み働く人たちに活力を与える。基盤のしっかりした地域社会は働く人たちに活力を注ぎ込む」

「モノづくりに生きる町工場の人たちを見てきた。これらの事例の中に日本の中小企業の本質が示唆されている。地域の片隅で働く現場に光を当てたつもりだったが、光を放っていたのは働く人たちのほうだった。日本の経済はこのような光景によって活性化する」

2部は、「私の生き方に多大な影響を与えてくださった恩師のことを書き記しておきたい」と2004年に死去した林文彦早大教授の言葉を紹介して自身を語った。

「就職難だった大学院時代、『周行不殆』という老子の言葉をいただいた。これにより思い切って民間中小シンクタンクに31歳で飛び込む踏ん切りがついた。大学に戻った時には『人を知るを智と言い、己を知るを明と言う』という老子の一節を引用されて『智不如明』という言葉をいただいた。まさに『言葉は力』ということを身をもって教えていただいたように思う」

「私がよく使う『身体化された知識』の原点もまさにここにある。頭脳労働においても肉体労働においても、身体化される知識の出発点は言葉である。これが自分のものとなっていく過程が身体化なのである」。最後に重いダンベルを持ち上げて見せ、卒業生ら出席者の喝采を浴びた。

前出の前野君は、「先輩、大学の最終講義は昭和初期、早大文学部の創設者・坪内逍遥が大隈講堂で行った『シェークスピア最終講義』が嚆矢で、爾来、各大学に広がったとのことです」。近頃、同期や後輩から教えられたり学ぶことが多くなった。

（「NO．167」2019．2．12）

◆早稲田精神とは？

早稲田精神とは何か。早稲田精神昂揚会という硬派のサークルに所属した学生時代からずっと考えてきた。在野、反骨、学の独立、進取の精神……なるほどと思うが、もひとつ、腹にストンと落ちない。最近あったメキシコ在住のサークルの先輩とのやりとりや亡くなった早大OBのジャーナリズム魂から積年の疑問が氷解した。

『人生読本　ダンディズム』（昭和55年発行、河出書房新社）には、こんな一文がある。「真のダンディズムは、文学上に於いても、服装上に於いても、時潮の常識に対するプロテストの叛逆精神を本質としている」（萩原朔太郎）

「ダンディズムという言葉は、19世紀に出てきた言葉だという。主要な特徴は、冷静さと、ある種の慇懃無礼と、洗練された趣味にある。ボードレールは、ダンディズムの信奉者で、彼によってダンディズムは内面的になり、くだいて言えば『精神のおしゃれ』といってよいものになる」（吉行淳之介）

早大で2期上の荻野正蔵さんは、学生時代にメキシコ縦断を行い、卒業後、メキシコに魅かれて永住、邦字紙社長等を務めた。今年、サークルが創立60周年を迎え、その記念誌に寄稿を依頼した際、メールでやりとりした。

荻野さんは「メキシコと大隈重信」のタイトルでの寄稿を承諾したあと、こう寄せた。〈メキシコには早稲田の卒業生があちこちにいた。早稲田大学医学部卒という名医がいた。彼の専門は産婦人科で、鉗子を使わず手で赤ん坊を取り上げるのが得意だった。大正のはじめ、メキシコ南部の僻村で最初に電気を起こしたのも、稲門出身だった。彼は「都の西北」をレコードで聴きながら亡くなった。早稲田の講義録を取り寄せて勉強した先輩もいた〉

東京交通新聞社創業者の二村博三さんは、7月28日、心不全で逝去。享年90。同紙の編集方針は「批判精神の昂揚と迎合主義の排除」で、一般紙に負けない紙面づくりをめざした。数年前、同紙にいた僕の新聞社時代の先輩の紹介で知り合った。

二村さんは、1929年、長野県飯田市生まれ、52年、早大商学部卒。60年、東京交通新聞社を創立。一般紙に比べ地位の低かった専門紙の地位向上を図るため、日本専門紙協会の創設に参画。副理事長などの要職について専門紙業界の社会的認知の向上に努めた。「専門紙の良心」ともいえる新聞人だった。

荻野さんは、日系邦人向けの新聞「日墨新聞」社長やレストラン経営者を務めた。日本人のメキシコ移民、日墨交流などの著書を出すなど日本とメキシコの交流に尽力。『海を越えて500年　日本メキシコ交流史』（2016年発行）は、440頁の大書。書評がネットに載っていた。

〈荻野氏は1970年に早稲田大学を卒業、その直後にメキシコへ移住。徐々に日本人移民労働者の経緯や体験を知るようになり、彼らがどのようにメキシコ社会に溶け込んでいったのか、また各地にどのように定着したのかを自ら調べるようになった。素晴らしいジャーナリストとしてのセンスを持つ荻野氏は、東西南北にいる日本人をインタビューし、何百という証言を取った。また、日系社会の有力者とも親密な関係を築いたことで、日本人の組織力や日本人がどのような方法で大きな混乱に立ち向かったのか、理解を深めることができたのである〉

二村さんは、趣味も多彩で俳句をたしなんだ。昨年、句集『迷走果てず』(2018年5月発行)を送っていただいた。その句は、洒脱で反骨精神に富んでいた。

晩節に向き合う思惟や梅の花
一強の我儘馳せる初時雨
反骨と迎合の間や冬の靄
どこまでが戦後なりしや沖縄忌

僕が一番気に入っている句。初春やロマネコンティと米寿かな

荻野さんと二村さんの思いや歩みに共通するものがあると思った。それは、在野の早稲田精神とともにダンディズムではないか。この言葉から早大OBでは、政界では言論人でもある石橋湛山元首相、経済界ではソニー創業者の井深大、文学界で詩人の寺山修司、ノンフクション作家の本田靖春らの顔が浮かぶ。

「時潮の常識に対するプロテストの叛逆精神」、「精神のおしゃれ」……くだいて言えば、早稲田精神とはダンディズムである。

（「NO．174」　2019．9．17）

第四章　教育・大学論

◆大学と新聞めぐる二冊

産経新聞を定年後、大学団体でお世話になっている。読書の秋、東京藝大を扱った大学ものと新聞記者の回顧ものの二冊を読む。『最後の秘境　東京藝大　天才たちのカオスな日常』（二宮敦人著、新潮社）と『ブンヤ暮らし三十六年　回想の朝日新聞』（永栄　潔著、草思社）。秋深し……。

『最後の秘境　東京藝大』。東京藝大の実像が、より鮮明になった。4年前に取材した同大の宮田亮平学長（現文化庁長官）の話が総論だとすれば本著は各論。宮田学長の話には笑って泣いた。「入試倍率は、僕のころは40倍でした。僕は運よく2浪でしたが、娘は4浪で合格。現役は1割、今年は、10浪がいました」、「就職率は10％。残りの90％は、自分の可能性に就職しているんです」本著はベストセラー。キャッチコピーが購読意欲をそそる。「入試倍率は東大の3倍！　卒業後は行方不明多数!!『芸術界の東大』の型破りな日常」

卒業後の行方不明多数は、〈平成27年度の卒業生486名のうち「進路未定・他」が225名とある〉が根拠で、学生の声は辛辣。「ある意味、就職している時点で落伍者という見方もある。あいつは芸術を諦めた、みたいな」

一般的な大学とは違う。「センター試験は1割しか取れず、実技で上から3番目で絵画科に合格した」、「仕送りは毎月50万円、演奏会のドレスやパーティー費用などお金がかかる」、「昔、学内のピアノがまるまる1台盗まれた」

登場人物もユニーク。▽口笛で世界チャンピオンになって合格▽校内に出没する仮面姿のブラジャー・ウーマン▽絡繰り人形を作る漆芸専攻の学生……学びの秘境は奥が深い。

宮田学長の言動も出てくる。「何年かに1人、天才が出ればいい。他の人はその天才の礎」との発言や、学園祭で、「ニッポンの文化芸術を背負うのは、お前らじゃあああァ！」と絶叫したり……。

4年前の宮田学長の言葉が忘れられない。「人は食べるためだけに生きるのでなく、喜びを知ることが究極の目的。それが就職で得られると思えば就職すればいいし、芸術で得られるなら芸術家を目指せばいい」。この学長にこの学生あり。「芸術界の東大」は、こうでなくちゃあ。

『ブンヤ暮らし三十六年』。朝日新聞に、こんなに面白い記者がいたことに驚き、安堵した。記者として型破りだが、ここまで書いていいのか、という原稿満載。イニシャルで、実名で朝日の仲間や上司の無責任ぶりなどを切り捨てる。

駆け出し時代から定年退職するまで36年間の回想記。取材現場での生々しいやりとりを採録。

朝日新聞の報道姿勢を暴き、中内㓛、堤清二、石原慎太郎、赤尾敏ら著名人の意外な素顔を洗い出す。著者の言動も記事になりそう。

入社式で、社長に「新聞記者は短命、長生きのコツは？」と問うた。支局時代、県知事から見合い話を持ち掛けられ、「私には子供が二人います」。経済部の「夜回り」で、ソニーの盛田社長夫人をお手伝いと間違え「家内です、帰って下さい」

名だたる朝日人が実名でやり玉に。「経済部に戻りたかったら、この記事を載せろ」、「相手（中国）が嫌がることは取材する必要がない」、「なんで朝日の経済部長が二流商社の部長と会わんといかんねん」なんて傲慢な発言が暴露された。

瀬島龍三氏には、近づかれ、無視された。そこで、〈記者の仕事は先方に都合の悪い情報を握れば相手にしてもらえるが、持たなければ無視される場合が少なくない。このことは瀬島氏に限らない〉と悟った。

産経新聞のパーティーで、後藤田正晴元副総理から「永栄君を産経で獲ったらどうだ。右翼だぞ」と言われた。〈自分では「朝日のなかの朝日」と思っているのに、「産経向き」はないなあと思った〉と述懐。

著者は〈悔やむことは多いが、記者・編集者の哀傷でなく、愉悦をお伝えすることができていたら嬉しい〉と記す。読後、哀傷でなく愉悦を満喫した。

秋が深まり、今朝は冬模様。自分に重なる2冊の本。寒さに震えながら、懐かしく宝石箱のような自分の記者時代、そして大学の置かれた厳しい状況に思いをめぐらせた。

（「NO．140」 2016．11．10）

◆文科省天下りあっせんに思う

文部科学省の天下りあっせん。文科省の脇の甘さは度し難いが、どうもしっくりこない。内閣府の再就職等監視委員会は、これまで何をしてきたのか、なぜターゲットが文科省だったのか、米トランプ大統領の乱暴な政策を押しのけるほどのニュースか。早大教授に天下った前高等教育局長の辞任が哀愁を誘う。

再就職等監視委員会なる組織を知らなかった。2007年の国家公務員法改正で、国家公務員の退職や再就職の管理・規制を行うため、内閣府に設けられた。再就職等規制違反行為の調査、任命権者等に対する勧告などが業務。

監視委が、この10年間、今回のような摘発をした例は仄聞するところ聞かない。監視委によると、これまで国交省や消費者庁で7人が規制違反と認定したが、当事者の退職や処分により是正勧告は出ていない。そして、突然の文科省摘発。

監視委の調査結果も釈然としない。①文科省審議官と人事課職員は、国家公務員法に違反して再就職のあっせんをした②高等教育局長は在職中、同法に違反して求職活動をした③人事課職員は、①②が発覚しないよう再就職等観察官に対して隠していた――などとした。

国家公務員は在職中の職務と利害関係のある企業への求職活動が禁止されている。各省庁の多くの再就職者の退職時の官職は大臣官房付。利害関係のある役職に就いても、退職直前に大臣官房付に異動していれば問題なしとか。前高等教育局長も大臣官房付になっていれば不問になったのか。

07年の国家公務員法改正で、官僚の天下りは規制が強化された。「それもあって、どの省庁も天下り先は減っている。そうはいっても、各省庁は民間に指定席があり、代々ＯＢが引き継いでいる。文科省はわきが甘すぎた」（新聞社社会部記者）

文科省なんかより、強大な許認可権限を持つ財務省、経産省、国交省、総務省、厚労省、警察庁などで、天下りあっせんがなかったとはいえまい。

雑誌『選択』2月号は、〈文科省以外の役所の大学への天下りは恒常的、組織的に行われている。「禁じ手」まで駆使してより悪質だ〉と、厚労省の薬系技官の大学薬学部への天下りリストを実名で載せ、こう書いている。

〈薬系技官は新薬の承認や保険適用拡大を決める薬事行政で絶大な権力を握る。「大学教授ポストを狙う薬系技官が後を絶たない。就職の箔付けに『学位』が利用されている。教授となれば年収1千万円以上が保証されている。今どき珍しい『ナマの利権』です」（厚労省ＯＢ）〉

一連の報道の中で、元経産省の古賀茂明氏のコメントが明快だ。「現役職員によるあっせんは規制されているが、次官や人事課長らが役所を辞めてからあっせんしても問題にならず、ＯＢによるあっせんは今も続いている。あっせんをするのも懲戒処分をするのも人事当局。犯人に警察権と司法権を与えるようなものだ」

また、文科省の天下りあっせんに対する新聞・テレビの報道が度を超えていた。「天下り仲介役の団体事務所家賃　文科省補助団体が負担」（朝日新聞、1．18）なんて記事が一面に踊った。「池に落ちた犬は叩け」というマスコミの悲しき性。

メディアもエラソーなことはいえまい。定年後に大学へ再就職する新聞やテレビ局の記者も結構いる。「大物政治家や、それこそ文科省幹部に頼んで大学に行った仲間を何人か知っている。まず頭の上の蠅を追ってから、だ」と皮肉気味に新聞社ＯＢ。

この問題に対する新聞やテレビの報道ぶりは、それこそ大統領に就任して国際的物議をかもすトランプ報道を押しのけるほど。野党も今国会では文科省追及に前のめり。どっちが、この国の今と将来にとって重要な問題なのか。

民と官の癒着・天下りといえば、財務省と金融業界、経産省と自動車・石油業界、国交省とゼネコン・航空業界、厚労省と製薬業界、警察庁とパチンコ業界……積年囁かれてきたが、近年の摘発はない。文科省の天下りが小さく見える。巨悪は静かに眠っている。メディアは、頭の上の蠅を追い払い、巨悪に立ち向かったらどうだい。

（「ＮＯ．１４２」　２０１７．２．３）

◆大学は消えていくか

私大団体に奉職している関係で、大学関係の本をよく読む。「消える大学」なんて危機を煽る本が多いが、〝本物〟もある。大学の正確な情報が政治家や国民に伝わらないのは、脆弱な教育ジャーナリズムにあると明言。同時に定員割れに対して学術的アプローチの少ない大学教員まで撃つ。

『消えゆく「限界大学」私立大学定員割れの構造』（小川洋著、白水社）。〈私大経営の採算ラインは経験的に定員の８割。18歳人口が減少に入る２０１８年以降の18年間に大学進学者は10万人以上減り、入学定員５００人の大学が２００校以上消えてなくなる計算だ〉

こう言い切る著者。高校教諭、国立教育政策研究所、大学教員という経歴に裏打ちされた経験と文献・資料の深い読み込み。戦後の教育行政の変遷や高校側の事情なども踏まえ、私大弱体化の背景と定員割れの実態のメカニズムに切り込む。

限界大学とは、〈恒常的な定員割れを引き起こし、人材的にも財力的にも大学を経営するだけの能力に欠ける、文字どおり弱くて小規模な弱小私大〉。私大の定員割れは加速、経営困難校の公立移管や統合、閉校が相次ぐと警鐘を鳴らす。

「混乱のゴールドセブンとその後」の項では、88年～92年の7年間は空前の受験ブームで私大に莫大な臨時収入もたらした。84年の臨時定員（臨定）の設定は、ピークが去った後は増加分をゼロに戻す計画だったが、臨定廃止後も50％以内を恒常定員化することになった。

四大は臨定に慎重だったが、短大は積極的だった。〈学校教育法第一条（学校の定義）にその名のない短期大学〉にメスを入れる。短大から転換した四大の相当数は「短大以上で大学未満」とバッサリ。

臨定の導入以降15年までに、私大は３３４校から６０４校へと1・8倍も増えた。新設された２６４校の母体は、短大が１９０校と7割強で、このうち82校が四大に移行。１０８校は短大を並置しての四大開設だった。

98年発行の『私学経営情報』での文部省の大学政策担当者の報告は興味深い。「臨定を含め定員をどのように調整しても10年ごろには大学は潰れざるをえない」と述べ、短大からの退場を〃四大への転換というハッピーな死に方〃と表現。短大の四大への改組転換は文部官僚の目には「消滅」に見えていたのだ。

短大経営者の罪にも言及。〈短大から改組転換した大学は、医療系は別にして志願者をつなぎ留めることができなかった。形だけは既存の大学を真似ても、勝負はついているのに、多くの経営者は大学を手に入れたことで満足していた〉

組織改革や財務健全化に取り組んだ大学の成功事例も紹介。総合大学に転換した武蔵野大学、計画的なキャンパス開発した目白大学、教員組織を刷新した名古屋外国語大学、地域に根差した前橋国際大学、松本大学……。

私大の公立化を一刀両断。〈地域に求められる大学になるべく努力している大学がある一方で、

政治的な動きによって定員割れの窮状から脱しようとする大学もある。これでは、大学経営や運営の責任者として責任回避である〉

「弱小私大の生き残る条件」を提示。▽地域の信頼を得る▽入学前教育と初年次教育の充実▽ターゲットを絞った学生募集▽短大文化の清算（教育・研究の活性化）をあげ、「留学生依存と流行学部設置は、安易な道で自滅のパターン」だと述べ、こう締めくくる。

〈今後、経営面でも所在地との関係においても能力に限界のある弱小大学が淘汰されていくことは、遅れていた受験バブル清算の意味もあり当然の成り行きである。文部科学省の姿勢も、地域に必要とされている、その努力をしている大学には存続の機会を与えようとするものにみえる〉

大学が破綻したら、その影響は学生や教職員だけにとどまらず、立地する地域社会にも及ぶ。米国第32代大統領、テオドール・ルーズベルトは、こう言っている。「教育は国家をつくることはできないが、教育のない国家は、最後には滅亡をまぬがれない」

（「NO．145」　2017．4．26）

◆23区定員抑制と谷川雁

「東京へゆくな　ふるさとを創れ」。詩人、思想家の谷川雁の有名な詩の一節。文部科学省が2018年度から、東京23区内の大学の定員増を原則的に認めない方針を公表したさい、この詩を思い浮かべた。しかし、「永久工作者」といわれた谷川雁と文科省の思いが重なるところはない。

谷川雁の「東京へゆくな」は、難解な詩である。一節を紹介する。
あさはこわれやすいがらすだから　東京へゆくな　ふるさとを創れ
おれたちのしりをひやす苔の客間に／船乗り　百姓　旋盤工　坑夫をまねけ
かぞえきれね恥辱　ひとつの眼つき／それこそ羊歯でかくされたこの世の首府
駆けてゆくひづめの内側なのだ
「この詩の底に流れているのは、あくまでも日本の社会変革に向けての根拠地をどこに見出すかのビジョンをめぐる革命家雁の熱いメッセージにほかならない」と松本輝夫は自著『谷川雁永久工作者の言霊』（平凡社新書）で述べる。
谷川雁は、60年安保闘争や九州・筑豊の大正行動隊で活躍。60年代、思想家として吉本隆明とともに若者らに多大な影響を与えた。「原点が存在する」、「連帯を求めて孤独を恐れず」、「下山の時代」など数々の言葉を残した。
さて、今回の文科省の方針は、学生の東京一極集中を是正するのが目的。東京23区の大学に通う学生の数は、全国の大学生の2割近くいる。その一方で、地方の大学は資金難や定員割れに苦しんでいる。
政府の有識者会議は、5月、「23区内での大学の定員増を認めない」とした中間報告をまとめた。これを受けて閣議決定された地方創生の基本方針にも「定員増は認めないことを原則とする」との方針が盛り込まれた。

２０１６年度の地元大学への進学率を見ると、東京では、都内の高校を出た学生の66％が都内の大学に通っている。地方では、11県（福島、茨城、長野、富山、岐阜、奈良、和歌山、鳥取、島根、香川、佐賀）で2割未満。

地方の学生たちの進学先は、東京23区内にある大学に集中している。全国の約２８７万４０００人の大学生（大学院生含む）の2割近くになる約52万６０００人が、23区内の大学に通っている計算だ。

困ったことに、東京の大学を出た学生の多くが地元に戻らない。このため、地元の企業は人材確保に苦戦している。また、地方大学の経営が立ち行かなくなると、地域の経済や社会にも多大な影響を与えることになる。

他方で、早慶やＭＡＲＣＨといった東京のブランド大規模大学では、首都圏の学生が6、7割を占め、地方からの学生が減少。早稲田大学などは、地方の学生に対する奨学金制度を設け、地方からの学生確保に力を入れる。

文科省が、いくら東京の大学に対する規制を強化しても、本質的な解決には繋がらない。東京の大規模大学のなかには、「東京の大学に進学したいと考える学生の道を狭める結果になりかねない」という意見も消えていない。

「田舎の学問より京の昼寝」ということわざがあるが、地方の若者はなぜ、東京の大学をめざすのか。谷川雁の「東京へゆくな」の詩について、前出の松本輝夫は、こう述べている。

「1952年11月発表の作品で、『東京へゆくな　ふるさとを創れ』の1行だけが有名になったが、それは後年、日本社会で東京一極集中傾向が顕著になって以降のこと。こうした傾向に対する真っ向からのアンチテーゼの詩句として明快、鮮烈だったからだろう」

谷川が茫々65年前に夢見た「革命」の根拠地づくりは、ベルリンの壁崩壊、ソ連邦解体などで雲散霧消した。最近、元気のない文科省だが、23区内の定員規制では、谷川の「東京へゆくなふるさとを創れ」をキャッチコピーに使うぐらいの度量を見せたらどうだい。

（「NO．149」　2017．8．23）

◆科学組を知ってますか？

「科学組」を知っているだろうか。第二次世界大戦末期、優秀な科学者育成を目的に当時の高等師範学校附属中学などに設けられた特別科学学級。最近、これを取上げた本に出会った。茫々、40年前の新聞記者時代に「科学組」を取材、ヒトラーの優生学を彷彿とさせる政策に驚いた記憶がある。

小林哲夫氏の近刊『神童は大人になってどうなったのか』（太田出版）が、その本。四谷大塚など進学塾で全国トップの子供達、東京大学を首席卒業した人や、灘や開成、麻布、ラサールなど名門校で伝説の人物らの足跡を追った。先日、小林と会ったささい会話を交わした。

「話題の人物が登場するので思いのほか売れています」と小さく笑った。黒田東彦日銀総裁と前文部科学省事務次官の前川喜平氏。〈東京大学、財務省は神童の宝庫で、黒田は、在学中に司法試験に合格し、国家公務員試験も二番で合格。前川も、東大文Ⅰから官僚に……〉

小林との会話で盛り上がったのは、「神童を英才教育で鍛える」の章に出てくる第二次世界大戦の末期、文部省が英米との科学戦にうち勝つべく、主に中学校レベルの英才を選抜して設置した英才学級「科学組」のことだった。

僕が新聞記者時代に取り上げたのは、東京高等師範学校附属中学に設置された科学組。当時の生徒だった人たちを訪ね歩き、鹿島建設社長だった鹿島昭一氏や東京大学教授だった平川祐弘氏らにインタビュー取材した。

科学組は、1944年9月、衆議院議員の永井柳太郎が、「戦時穎才教育機関設置に関する建議案」と衆議院に建議、同年9月に可決。同年12月、文部省は、科学組の方針と設置校を決めた。「科学に関し高度の天分を有する学徒に対し特別なる科学教育を施し我国科学技術の飛躍的向上を図らんが為之が実施に関する方途を研究せんとす」と宣言。東京高師附属中学(現・筑波大附属高)、東京女高師附属中学(現・お茶の水女子大附属高)、広島高師附属中学(現・広島大附属高)などに設置した。

科学組メンバーは、全国各地の国民学校の4~6年生と旧制中学校の1~3年生の中から物理学・化学・生物学・数学に秀でた児童・生徒を選抜。授業は、数学や物理学や化学から当時敵性語だった英語のほか、国語・漢文・歴史にわたった。

数学では、中学1年で関数、対数、3年で導関数、積分、微分方程式を学ばせた。各高等師範学校や帝国大学の教官が、旧制高等学校レベルの授業を行い、物理・化学の実験や生物の実習などにも重点を置いたという。

科学組は、第二次世界大戦で日本が敗北してから「差別的で民主主義に反する」といった批判を受けて1946年11月に廃止が決定され、1947年3月31日をもって幕を閉じた。

僕が取材したとき、「科学組はヒトラーの優生学を真似て、天才を集め、敗色濃い戦争を挽回する狙いがあった」という話を聞いた。東京高師附属中科学組メンバーは、戦後、社長や大学教授になった人物もいたが、凡庸な生活をしている人も多く、安堵した記憶がある。

現在、科学組は、文科省が進めるスーパーサイエンスハイスクール（SSH）構想に受け継がれているとみる向きがあるとか。ヒトラーの優生学を真似るような発想はなかっただろうな。米朝のきな臭い動きがある中、戦後生まれ団塊は、そう杞憂するのだった。

（「NO．153」 2017．12．21）

◆日大アメフット部事件の根源

監督らが部員に悪質タックルを指示したとされる日大アメフット部事件の報道も沈静化した。メディアの宿痾である一過性が露呈した。真価を発揮したのは週刊誌、問題の根源は日大トップの田中英寿理事長のガバナンスにあると迫った。新聞は表面をなぞり、スポーツ原則論に終始した。今月末に出される日大第三者委員会の最終報告が注目される。

私立大学では、学校法人に置かれる理事会の理事のうち1人が理事長となり、学校法人を代表し、その業務を総理する（私立学校法第35条〜第37条）。昨今、各大学ともグローバル化や経済再生、地方創生など社会情勢が大きく変化する中、理事長のガバナンスが強く求められている。日大の年間収入は、資金収支計算書（２０１６年度）によると、２７４０億円で、２位の早稲田大学の１４７６億円を遥かに凌ぐ。私学助成金や地方自治体からの公的補助の金額も１４５億円と、早大（１１４億円）を３割も上回っている。

『週刊文春』によると、田中理事長は、暴力団、六代目山口組の司忍組長とのツーショット写真が海外メディアで報じられた時、「あれは合成写真だ」といい募り、超ワンマン体制を堅持したまま異例の４期目の再選を果たした。

青森県北津軽郡金木町の出身。作家の太宰治と同じ町だが、尊敬する人物は、「太宰ではなく吉幾三」だそうだ。酒が入る時の口癖は「勉強なんて東大に任せておけばいいんだよ。こっちはな、数と喧嘩だったら誰にも負けねえんだ」

学生時代は、日大相撲部に所属し、34個のタイトルを獲得。96年に誕生した第10代総長の総長選挙参謀を務めてから出世街道を歩んだ。２００８年、理事長となり、「カネと人事権で周囲をイエスマンで固め、不満分子を左遷した」という。

『週刊新潮』によると、田中理事長の懐刀はアメフット部監督の内田正人ではなく同部ＯＢの井ノ口忠男氏だという。井ノ口氏は、大阪でビジネスをする一方、２０１０年に作られた「株式会社日大事業部」の運営を一手に担ってきたそうだ。

同事業部は、田中理事長率いる相撲部の関係者が複数採用されている。利益の大半は日大への寄付として処理されていて、「現体制の集金マシン」とか。今回の問題で、井ノ口氏は辞任したが、田中理事長は居座った。

初めての日大当局の記者会見で、司会の広報担当者が記者の発言を再三制止したうえ、「日大のブランドは落ちません」とぶち切れた。司会は、共同通信ＯＢだそうだが、日大だけでなく、共同通信のブランドまで落とした。

これをテレビで見て、ブラックジョークか、と笑った。日大は、２０１６年に危機管理学部を開設。教授陣には元四国管区警察局長、元埼玉県警本部長ら警察ＯＢが就任。同学部の開校祝賀会では、田中氏の隣に森喜朗元首相、國松孝次元警察庁長官らが座ったそうな。何のための、誰のための危機管理学部だったのか。

私立大学では、大きな総合大学は総長（オーナー系大学は、理事長と学長を兼務するところもある）が教学と経営の両方に関わる。日大は、総長を学長に名称変更、教学面をみることになり、理事長が大学運営のトップになっている。

日大第三者委員会の中間報告（6．29）は、選手の危険なタックルは監督とコーチの指示で行われたと認定、これを受けて日大当局は「誠に遺憾であり関西学院大学の選手ら関係者に深くお詫びしたい」と公式サイトで謝罪した。

最終報告は、田中理事長のガバナンスやコンプライアンスに踏み込むかどうかが焦点になる。先の会見で、大塚吉兵衛学長は、田中理事長の説明を求める記者の問いには「どこまで必要かどうか判断しかねる」と述べるにとどまった。

哲学者、鷲田清一の7月21日付の「折々のことば」（朝日新聞）は、米国大学バスケットボール界の伝説的コーチ、ジョン・ウッデンの言葉だった。「強さでなく優しさで、恐怖心ではなく誇りで、人を動かしなさい」

鷲田はいう。〈選手たちにまずは《敬意》を払うこと。それによって彼らは優しさと誇りを内に感じ、チームのために努力を惜しまなくなる。翻ってわが国の「リーダー」たちはこの《敬意》を確たる下敷きとしているだろうか〉

（「NO．160」 2018．7．23）

◆東大野球部と沖縄

戦中最後の沖縄の知事、島田叡から起筆する。沖縄戦で覚悟の最期を遂げ、沖縄県民から「沖縄の島守」として今も慕われている。東京帝大野球部OBの一人。『敗れても敗れても——東大野球部「百年」の奮戦』（門田隆将著、中央公論新社）は、野球の本質＝東大野球部だけでなく沖縄をも問うている。

島田のことは、敬愛する元沖縄県副知事の嘉数昇明さんから以前より聞いていた。沖縄が戦場となること必死の状況下の1945年1月、死を覚悟で沖縄県知事に就任。玉砕主義の中で県民に「生きろ」と説き、疎開や食糧確保に奔走した。

島田は、旧制神戸二中、旧制三高、東京帝大時代は野球部で活躍。糸満市摩文仁付近で消息を絶った。献身的な活動は「島守」として地元で語り継がれ、摩文仁の丘には島田らを慰霊する「島守の塔」が建てられている。

嘉数さんは「島田叡氏事跡顕彰期成会」の会長を務めた。同期成会は、野球をこよなく愛した島田の足跡を残し感謝の気持ちを伝えようと発足。没後70年にあたる2015年6月、奥武山公園内に「島田叡氏顕彰碑」を設置した。

『敗れても敗れても』は、〈日本の野球史そのものである東大野球部の歩みには、卒部生の数々の壮烈な人生が浮かび上がる。野球の「本質」とは何か。ひとつの目標に向かってひた走ることの「価値」とは何か。その原点を追う〉

東大野球部は、1981年、〝赤門旋風〟を起こしたが長く続かなかった。〈推薦制度がなかった立教が方針を転換、他大学にも実力ある高校球児が入部した〉。2011年入部の選手が在学中の戦績は4年間で80戦全敗となった。

〈入学試験が難関であるために、ほかの5大学とは、もともとの力量が圧倒的に劣っており、仮に勝利を得るとしても、まさに創意と工夫、そして努力によって「実力差」を克服しなければ

ならないという「宿命」を負っている〉

10年10月から〝前人未踏〟の94連敗を記録。15年5月、それをストップさせた。当時の助監督の「檄」が選手に浸透した結果だった。「明治や法政が一勝して喜んでいるか。自分たちが勝ったときのことを頭において練習しろ」

17年秋には、150キロ左腕、宮台康平投手の力投で法政に勝って悲願の勝ち点を取った。〈その価値は、ひょっとしたら「優勝」以上の意味を持つものかもしれない〉。監督の浜田は、4年間「全敗」で去っていった代のことを思い、「ヘボ監督でごめんね」と号泣した。

最後にも、島田が登場する。18年2月、東大野球部員は、島田が祀られている摩文仁の平和記念公園内にある「島守の塔」を参拝、「東京大学」の文字が刻まれた野球ボールを供えて手を合わせた。これは、同部の恒例行事になっている。

〈昭和20年に亡くなった島田は、東大野球部にとって〝過去の存在〟ではなくて、いまも生きた先輩であり、指導者なのかもしれない〉

著者は、組織論で結ぶ。「自らの使命と責任のために、そして、沖縄県民のために、命を捧げた先輩を今も語り継ぐ組織とは、いったい何だろうか」

〈数多くある組織の中で、90年も前に世を去った人物を記憶にとどめようとしたり、あるいは後世に残そうとしたりする組織は少ない。東大野球部もそのひとつだ。（中略）これほどアナログで、これほど愚直な姿勢で、挑戦をつづける組織の貴重さを思う〉

ところで、沖縄は翁長雄志知事の死去に伴い、9月に知事選が行われる。嘉数さんが仕えた稲嶺恵一元知事は、沖縄の課題や選挙戦の争点について読売新聞（8．19）で、こう述べている。

「着眼大局、着手小局。大局的に状況を見極めなければ、いつまでも解決はできない。沖縄はこれまで、小渕恵三元首相や野中広務元自民党幹事長ら『沖縄に思いを持っている有力者』に頼ってきた。こうした方々が亡くなった今、政府に働きかけるだけでなく、多くの国民のコンセンサスを得る必要がある」

稲嶺の言った「着眼大局、着手小局」という言葉は、島田叡にも東大野球部にも当てはまるような気がした。東大野球部は、来年、いよいよ「創部百年」を迎える。

（「NO．161」　2018．8．22）

◆佐藤優の高校教育論

進みたかった高校である。いや、進めなかったというべきか。当時、僕の通った埼玉東部の中学校から浦和高校に合格するのは隔年で1人ぐらいの難関。『埼玉県立浦和高校　人生力を伸ばす浦高の極意』（佐藤優、杉山剛士、講談社現代新書）は、OBの評論家、佐藤優が浦高教育の真髄を語っている。優れた教育書だ。

浦高の事ばかりかと思ったが、佐藤の生き方、考え方を織り交ぜた人生論にもなっている。佐藤は1975年に浦高に入学。〈作家として活動し、複数の大学で教鞭をとるうちに浦高のよう

な地方の伝統校には教育上の深い知恵が詰まっているのではないかと思うようになった〉

佐藤は言う。〈本書は、「高校時代の生き方」「大学受験」全般に関する極意について論じたものだ。書籍化にあたっては浦高の生徒や保護者だけではなく、全国の高校生・浪人生や保護者、とくにお母さん方の参考になるよう心がけた〉

「世界で通用するために身につけるべき分野は何か」、「なぜ文系は数学を、理系は世界史を勉強しなければいけないのか」といった学習全般から、「浪人は何浪までしてよいか」、「海外留学にはどの程度の資金が必要か」などといった、受験産業が教えてくれないような話まで記している。

佐藤は、二点を強調する。〈総合的な教養の礎＝総合知を高校時代に体得しておくことは重要だ。もう一点は、浦高のような地方の伝統県立高校は、「経済格差＝教育格差」というテーゼに対するアンチテーゼになりえるのではないか〉

前者については、東大や国公立医学部への進学率の高い中高一貫校を「受験刑務所」と名付け、〈勉強を受験のためのものと考えるのは間違いだ。それだと受験刑務所か生徒の適性を考えずに進路指導する昨今の新興進学校と同じになってしまう。時間をかけてでもすべての教科を学ばせ総合知を築いておくべきだ〉

後者については、〈有名私立進学校に富裕層の子女しか通えないようになっている現状に対して、浦和高校のような、一定の学力があれば経済環境とは関係なく入学・学べる公立高校の重要

性は「機会の平等」という側面からもっと論じられるべきだ〉

後段は、佐藤と杉山剛士浦高校長との対談。佐藤が「浦高はきちんとエリート教育をやっていくと同時に、ノーブレスオブリージュを持たせる必要がある」といえば、杉山が「強く共感します。与えられた力は社会のために還元しなければなりません」と応える。浦高の伝統の底力を見た気がして、得心がいった。

ところで、浦高進学がとても無理だった僕は、埼玉県立春日部高校に進んだ。埼玉旧制一中が浦高で、同二中が熊谷高校、同三中が川越高校、春日部高校は第四中だった。あまり使いたくないが東大進学者数は、当時、この順番だった。

最近は、埼玉でも私立の中高一貫校が跋扈して、東大進学者数では、浦高は健闘しているが、残りの三高校は、私立の中高一貫校の後塵を拝しているそうだ。公立高校OBとしては、少し寂しい気持ちもある。

朝日新聞埼玉版（2018．10．13）が、「青春スクロール（母校群像記）」のタイトルで県立春日部高校（春高）を取り上げていた。「各界で活躍するOBの思い出を通して、母校のすばらしさを紹介する」という企画。

春高の卒業生たちの青春の第1回目は、経営の一線で活躍するOB特集で、清原當博ホテルオークラ東京元社長、山内裕司アフラック生保副会長、浅見郁樹JR東日本常務、東福寺厚樹フォルクスワーゲン販売社長が登場。

「世の中には自分よりすぐれた人がたくさんいると目覚めたのが春高時代」（清原氏）、「自由な気風が流れるいい学校だった」（山内氏）、「（柔道部で汗と涙の）３年間がなかったら全く違う人生になっただろう」（浅見氏）

こうした声を聞くと、佐藤が言うように、春高にも、「地方の伝統校には教育上の深い知恵が詰まっている」と思う。春日部高校校歌は「細き流れを集めきて」で始まり「八千草におふ武蔵野を」と続き、こう結ばれる。

♪時世をつくる英雄の　姿はこれに似たらずや　忍耐剛毅わがつるぎ　誠実質素われがたて♪。今でも歌うと涙腺が緩むのは、埼玉旧制四中の伝統の力か。

（「ＮＯ．１６３」　２０１８．１０．１８）

◆コロナと教育格差

新型コロナ感染の蔓延で、「教育格差」が露呈している。義務教育では、大多数がオンラインを含む学習を提供されていない。多くの大学でも、受講に必要なパソコンやネット環境を自己責任で用意させている。読了した『教育格差』（松岡亮二著、ちくま新書）と重なるところが多かった。

『教育格差』の帯。〈出身家庭と地域という本人にはどうしようもない初期条件によって子供の最終学歴は異なり、それは収入・職業・健康など様々な格差の基盤となる。つまり、日本は、「生まれ」で人生の選択肢・可能性が大きく制限される〉

著者は、気鋭の社会学者で、早稲田大学助教を経て現在、同大准教授。国内外の学術誌に論文を発表。SSMデータなど就学前から小中高、国際比較などの豊富なデータを駆使しての論考は際立っている。階層、地域、学歴から考察してこの国の教育格差を撃つ。

7章からなる。第1章「終わらない教育格差」は、親と子の学歴、出身地域による学歴格差、意識格差などを論じる。第2章から第5章までは、小学校（不十分な格差縮小機能）、中学校（「選抜」前夜の教育格差）、高校（間接的に「生まれ」で隔離する制度）と世代別に考察。第6章で格差を国際比較、第7章で具体的提案をする。

著者はいう、〈小学校入学前にすでに学力格差が生じている〉、〈親が大卒か否かで、就学前～高校までの格差が拡大している〉、〈1990年代は、地域格差が明確ではない。「大衆教育社会」であったようだ。しかし、2000年代になると、個人の階層だけではなく地域による格差も確認できる〉

新型コロナウイルスの蔓延で、オンライン教育が流行りとなった。ところが、「オンライン指導など学校も家庭もインフラが行き届いておらず、とても無理。私立校や予算の豊富な自治体との格差は広がる一方だ」（都内の区立中学教師）。学びたくても学べないという現場の声は切実だ。

文部科学省が5月、全国の自治体を通じて行った調査では、デジタル教材を活用した家庭学習をしている自治体は29％、パソコンなどの端末を使って、対面でのオンライン指導に取り組んでいるところは5％にとどまった。

文部科学省は、小中学校を対象としたデジタル端末の購入費を大幅に積み増しし、「平常時のルールにとらわれないで」と呼びかけるが、使いこなせる先生や端末の不足など課題は多い。テレビなどで小中学校のオンライン授業が紹介されるが、その多くは私立校か国立の附属校だ。都内の私立小学校では、オンライン授業だけでなく学校から宿題や家庭での指導方法が保護者にメールで送られてくるという。

『教育格差』の松岡は、〈コロナ禍で「子供たちに教育格差が広がる」といった声を耳にするが、「生まれ」による格差は以前から存在する〉と述べる。著書で、①分析可能なデータを収集する②教職過程で「教育格差」を必修にする、と提案をしたうえで、こう訴える。

〈この国では、実践・政策がどのような意味を持つのか、まっとうに検証されないまま「改革」が繰り返されてきた。遺伝による支配の到来を憂う前に、一人ひとりの潜在可能性を最大化するための教育環境の整備が先なのだ〉。「緩やかな身分社会」のこの国の教育格差を見事に描き出している。

（「NO．177」　2020．7．2）

◆　私学助成のあり方（「大学ランキング2014年版」朝日新聞出版）

「大学を改革するのは、墓場の移転と同じだ。内発的な力に頼ることは出来ない」。米カリフォルニア大学学長のクラーク・カー（1911～2003）が大学改革の難しさを語った言葉だ。

今後の私学助成は、「改革」がキーワードになる。
昨年末、朝日新聞に載った私学助成に関連する記事が私学関係者を困惑させた。今年度政府予算の私大助成が発表される直前、文部科学省を〝刺激〟するような記事だった。

〈全国の私立大学で、学費を値上げする動きが相次いでいる。日本大は、来年度の新入生から、14学部のうち6学部で5万～20万円値上げする。同大広報課によると、国の私大補助金の基準が厳格化され、定員に対して入学者が多すぎると補助金がもらえなくなった〉（12・26）

1ヶ月前の私学予算の要望実現をめざす「私立大学振興大会」（11・28）で、下村博文文部科学大臣は「大学改革を進める上で、高等教育の8割を占める私立大学の役割は極めて大きい」と挨拶の中で改革を求めた。

今年度政府予算では、私大助成（私立大学等経常費補助）は、前年度比9億円（0・3％）増の3184億円。教育研究に係る一般補助が2782億円（0・7％減）、特別補助が392億円（7・5％増）。

私大の場合、助成を受けている大学は9割超で、各大学は経常的経費の約1割を国の助成で賄っている。学生数が定員数の1・5倍以上になった私大の学部には助成しないなどの規制がある。

政府予算で注目すべきは、国際教育に取り組む国公私の30大学を指定し、重点的に支援する「スーパーグローバル大学」への77億円の計上。「予算配分にメリハリをつけ、大学の淘汰を進める」という文科省の大学政策に沿ったもの。

文科省は、一昨年まとめた教育改革案で、私大に対する助成システムを変えた。配分にメリハリを付け、グローバル化や社会人受け入れ、地域貢献などを進める大学に多く、定員割れや管理運営に問題ある大学には減らしたりゼロにする。

限られた大学へ重点配分する文科省の「アメとムチ」の政策は、国立大学で先行させた。昨年8月、国立大学への助成（運営費交付金）を東大、一橋大、京大、名古屋大、九大、筑波大など18大学に重点配分することを明らかにした。

これまで運営費交付金は学生数や規模に応じて全国立大学にほぼ機械的に配分されてきたが、限られた大学だけに政策的に配られるのは初めて。この「アメとムチ」政策がいま、私立大学にも向けられようとしている。

これには、財務省の意向が反映している。神田眞人財務省元主計官は、大学改革の必要性を力説する。「横並びの支援から改革へのインセンティブ（意欲刺激）予算への転換が大切だ。一方で、問題ある大学やプロジェクトの補助金は徹底して削減することだ」（読売新聞、2013．1．17）

政府財政が苦しくなり、高等教育への助成も私大などの要望には遠く、しかも今年度は授業料値上げが相次ぐ。大学生の2人に1人が受給している奨学金の役割が増すが、こちらも大きな課題に直面している。

日本では、貸与型が主流のため卒業後の返済に苦しむ人が多い。日本学生支援機構の奨学金の未返還額は876億円（2011年度末）。同機構は、昨年5月、「支給適格」という大学の判断を覆し、586人の学生の奨学金を打ち切った。

小林雅之東大教授（教育社会学）は「高等教育が家計頼みという現状では、日本の社会経済を支える人材を広く育てられない。返済の必要のない給付型奨学金の拡充や所得に応じて返済額が決まる奨学金の導入が急務」と語る。

OECDのまとめたGDP（国内総生産）に占める公的教育投資比率は、日本は3・6％で、比較可能な30ヶ国のうち最下位。小中高校の教育経費に占める公的支出は、93・0％でOECD平均（91・5％）と同水準。高等教育では34・4％で、OECD平均（68・4％）を大きく下回った。

下村文科相は、「文部科学省は自ら教育目的税等の財源を確保するための研究会、PTを立ち上げる予定にしている」と教育目的税に言及する。公的支出をOECD平均（5・8％）までに高めるのがねらい。だが、同種の福祉目的税は頓挫しており、実現の可能性は厳しい。

高等教育政策のパラダイムシフト（構造的大転換）を訴える日本私立大学協会の小出秀文事務局長は「高等教育への公的支援をOECD平均並に引き上げ、国立大学の学生一人当たり209万円、私大生一人当たり15万円という公的支援の格差を解消し、公正な競争条件を構築することが重要であり出発点ではないか」。

さらに、定員未充足が私学助成の減額措置に連動することに触れ、「これは人口減少社会の結果であり、地域差（都市と地方）もある。要諦は、その大学の教育力であり、地域や時代への貢献力ではないか」と述べる。

私学助成に関し、下村文科相は改革を促す。「（産業競争力会議などから）従来のような、（改革の）努力をしない大学でも生き残れる予算配分はすべきでないと指摘されている。意欲的な取り組みを行う大学に資金協力するようなインセンティブを与えないと、積極的な大学は増えないだろう」（読売新聞、２０１３．５．11）

どう改革すべきか。グローバル化はすべての大学が目指す必要はない。疲弊する地方を輝かせる研究や活動、留学生や社会人学生を増やす……これらを知恵とアイデアで具現化することが私立大学には急務だ。

文科省の「アメとムチ」の政策が推し進められようとする中、私立大学には、冒頭のクラーク・カーの言葉を覆すような大学内部からの目に見える「改革」が強く求められている。

◆大学包囲網狭まる（「大学ランキング2015年版」朝日新聞出版）

ミネルバのフクロウは黄昏に飛び立つ。ローマ神話の女神、ミネルバの使者で英知の象徴であるフクロウは、いつも夕暮れに飛び立って世界を眺める。

英知を紡ぐ学問は、そこに起こった現実を後から整理する役割を果たすに過ぎない。そうであるが故に価値がある。大学の役割は、この学問の探究にある。

近年、私学助成をめぐり、大学にはアゲインストの風が吹く。本間政雄・立命館アジア太平洋大学副学長は、2010年に財務省が私学助成と国立大学運営費交付金の10％削減を言い出したあたりから「大学包囲網が狭まった」（Between 2012．10—11月号）とみている。

財務省の言い分は、こうだ。「聖域とされてきた公共事業やODA（開発援助）を削るだけ削ったのに、私学助成と国立大学への運営費交付金を合わせた2兆円は固定費のように使われている。大学への公的予算は減額すべきだ」

逆風の嚆矢は、本間副学長が言うように、2010年秋、財務省が「国立大学運営費交付金と私学助成を毎年10％削減を3年間行う」と宣言してからだ。少子高齢化による青年層の激減、国際競争の激化、未曾有の財政赤字が理由だった。

民主党の菅内閣の2011年度予算編成の基本方針の一つだったが、国立、私立のそれぞれの大学団体は削減反対のキャンペーンを展開。マスコミも日本の高等教育が打撃を受けると同調、最終的には減額は見送られ、一定の増額となった。

されど、逆風は止まず。11年11月、政府の行政刷新会議の「提言型政策仕分け」では、「大学は社会の実情と乖離、社会のニーズに十分対応できていない」と批判。12年3月、経済同友会は「私立大学におけるガバナンス改革」で大学の教育の質の向上を提言した。

決定打は、12年4月、首相が議長の国家戦略会議が発表した「次世代の育成と活躍できる社会に向けて」という民間議員の提言。私大助成を見直し、グローバル化や地域貢献を重点配分の基準にすべきと、評価の指標を示した。

日本私立大学協会（大沼　淳会長、393大学）と日本私立大学連盟（清家　清会長、123大学）などで組織する日本私立大学団体連合会（私大団連）は、国立大学と私立大学の公正なファンディングをめざすなか、「私費負担の軽減の実現」を教育費の国際比較の数字をあげて異議申し立てを行った。

我が国では私大が大学生の4分の3を教育。高等教育に対する公財政支出の対GDP比はOECD平均1・1％に対し日本は0・5％。高等教育にかかる私費負担はOECD平均26・9％に対して66・3％。特に、私学に学ばせる親の負担は大きく、納税で国立大学の分まで二重負担して高等教育を支えている。

一連の大学包囲網は、12年6月の文部科学省が発表した「大学改革実行プラン」によって〝完結〟する。評価の指標が具体的になった。実績に基づく資金の重点配分、メリハリある資金配分によって改革を促す施策を打ち出した。

私立大学には、成長分野の人材育成、国際化、社会人受け入れに取組む大学と、大学情報を積極的に発信したり、先進的ガバナンス改革を行ったりする大学に対しては特別補助の充実を図るとした。

2011年度から、定員充足率50％以下、収容定員8千人以上の大学の場合、入学定員超過130％以上、収容定員超過150％以上には不交付にするなど定員充足状況に応じた傾斜配分をするなど大学包囲網は狭められつつあった。

大学改革実行プランでは、定員充足率といった直截的な物差しでなく、国際競争に耐えうる質の向上と、社会の求める質の確保が求められることになった。これまでの各大学に均等の条件で助成する現行制度は見直しを迫られた。

清成忠男・法政大学学事顧問（元総長）は、「私立大学の特徴は自主性と自己責任にある。質保証では私立大学の自主努力を活用すべきで、均等の経常費助成ではなく、質的向上につながる優れた個性的提案を助成すべきである」（日経新聞、２０１３．１．７）と述べる。

私立大学は、公教育を担い、地域の人材育成と再生・活性化に多大に貢献してきた。だが、収入は学生学納金に著しく依存、収入の77・2％が学生学納金で、私学助成は10・5％に過ぎない。私学振興助成法が2分の1補助を目標としているのに、現状の補助割合は10分の1に過ぎないのが現実である。

私立大学は、学生を惹きつけられなければ生き残れない経営構造になっている。経営の柱となる学生募集において、都市部の大規模伝統校と地方の小規模校と間の格差は広がっている。地方の中小規模の大学経営は一層厳しくなっている。

私大団連は、「地方の私立大学は、地域社会の人材育成や文化基盤として極めて重要な役割を果たしてきた。先の東日本大震災では、地域の私立大学が復興の拠点として不可欠な役割を果たした」と述べる。狭まる包囲網に、私立大学はどう対応すべきか。

大学改革実行プランのとりまとめに関与した神田眞人・財務省主計官の意見を重く受け止め

た。「大学としての経営努力や成果が見えないところに、いつまでも私学助成を交付することは説明がつかず、そうした意味でも、各大には、自ら率先して改革に取組み、成果を出して頂かなくてはいけないし、私学助成も各大学の取組みを効果的に後押しするものでなければならない」（「強い文教、強い科学技術に向けて」、学校経理研究会発行）
冒頭に、哲学者、ヘーゲルの言葉をあげた。私学助成を受ける、建学の精神に支えられた私立大学、それを束ねる私立大学団体は、ミネルバのフクロウが黄昏に飛び立つ理由（わけ）を拳拳服膺すべきである。

◆進む成果主義（「大学ランキング2016年版」朝日新聞出版）

「さあ跳べ、ここがロードス島だ」。朝日新聞の大学進学率の地域格差を如実に露呈させた記事（2014・10・15）は、この言葉を国の大学政策を司る政府＝文部科学省に投げつけた。

朝日の記事は、文科省の学校基本調査（速報値）から、4年制大学に進んだ高校卒業生の割合を、都道府県別に算出。昨春は全国で110万1543人が高校を卒業。大学には浪人生を含む59万3596人が入学、進学率は53・9％。

都道府県別では東京の72・5％が最高で、最低は鹿児島の32・1％。都道府県別の最大差は広がり、1994年の19・4ポイント（東京40・8％と沖縄21・4％）の約2倍になった。大都市圏と地方の二極化が進んだ。

大学進学率の地域格差は、ずっと言われてきたが、それが朝日の記事で実証された。能力があるのに進学できないという不条理。数字を突きつけられた文科省は急ごしらえで対応策を打ち出した。これも朝日（11・30）が報じた。

文科省は、大都市圏の私立大学に対して、入学定員を超過した場合、ペナルティーを課す方向で検討に入った。大学生全体の4分の3を占める私立大学生のうち、5割程度が首都圏に集中している現状を変え地方の過疎化に歯止めを掛ける。

具体策は、私学助成の交付要件を厳格化する。現行は、入学者が定員の130％以上、全体の定員が8千人以上の大学には120％以上だと助成金を交付しない。これを、それぞれ120％、110％に引き下げる案が有力だと伝えた。

日本私立学校振興・共済事業団によると、昨春の私大の定員充足率は、東京都が110％、大阪府105％、愛知県104％と都市部は超過しているが、宮城県を除く東北5県は82％、四国は90％と地方では「定員割れ」が顕著だ。

また、文科省は、この私大の定員超過抑制策とは別に、地方の過疎化を押さえ、地方の私大を活性化させる方針を示している。地方の小規模の私立大学に対して助成金を重点配分する。

今年度予算の概算要求の私学助成金約3300億円に50億円を盛り込んだ。経営効率化に積極的に取り組む250大学が対象。学部学科の再編や近隣の大学同士の提携や合併などを推進した大学に経常費補助金を上乗せする。

ところで、文科省は、近年、年を追うごとに助成の重点配分路線を強めている。私大助成に限らず、成果主義、アメとムチの政策を強力に推進する。

昨年9月に指定したスーパーグローバル大学もそうだ。トップ型（東大、早慶など13大学）に3億2千万円、けん引型（千葉大、会津大、ＩＣＵなど24大学）に1億4千万円を10年間交付。国際競争を勝ち抜ける大学を選んだという。

国立大学への助成（運営費交付金）でも、文科省は2016年度から86の国立大学を▽世界最高水準の教育研究▽特定分野で世界的な教育研究▽地域活性化の中核の3グループに分類、グループ内で高い評価を得た大学に重点配分する。

大学のパラダイムシフト（構造的大転換）を唱える小出秀文日本私立大学協会事務局長は、「国立大に対する締め付けが私大に及ぶことを危惧している。公費投入額の国私間格差は著しい。公費投入額は私大1校あたり3・5億円に対し、国立1校（142・7億円）の40分の1だ。

国私間格差は、学生への授業料減免も同様、国立大の学生の約3割が授業料減免に対する補助を受けているが、私大は2・2％。私大は、独自の給付型学内奨学金制度を設けて支援しており、一層の国の支援が必要だ」と訴える。

奨学金では、下村博文文部科学大臣は、自身が奨学金を受給したこともあって、給付型への転換を主張。文科省は、今年度予算の概算要求で給付型を3万人増やし、有利子型を1万8千人減らした。それでも有利子型が7割近くを占め、給付型への転換は至難の業だ。

奨学金は、返還延滞者の増加で社会問題化している。２０１３年度末で18万7千人、延滞額が約９３３億円に膨れ上がった。日本学生支援機構は、16年度から、奨学金の返還促進に向けて返還延滞者の割合を学校別に公表する方針だ。

みてきたように、私学助成は、厳しい経済状況もあって補助率を2分の1にすると定めた私学振興助成法の実現は厳しい。とくに、18歳人口の急減で、地方の中小私大の経営悪化が予想されている。

４年前に取材した神戸女学院大名誉教授の内田樹氏の意見を思い起こした。「サイズも教育理念も教育方法も異なる様々なタイプの大学が混在するのが最良の教育環境。資金力の弱いところが淘汰されて、巨大大学だけが生き残るのは知的未来にとっては望ましいことではない」

わが国の高等教育に対する公財政支出はＧＤＰ比０・５％とＯＥＣＤ加盟31か国中最下位。私大の学生数は、大学生全体の77・６％を占めており、学部教育の８割を私大が担っている。

前出の小出事務局長は、「公財政支出では、生徒や家庭に対する直接助成も必要だが、私大にとっては機関補助で大学の教育経営を支えてこそ、安定・継続した教育が展開できる。建学の精神に基づき、多様な人材を社会に送り出してきた私大の存立は不可欠である」と強調した。

内田氏は、こうも言っていた。「１２００もの大学が全国に展開しているというのは地域にとっては文化的にも環境的にも、経済波及効果から見ても、貴重な資源だ。大学の実数を減らさず、定員を一律削減する方向で強い行政指導を行っていれば、教育立国のインフラが整備されていた」

冒頭の「さあ跳べ、ここがロードス島だ」は、イソップ寓話に収められており、ヘーゲルやマルクスが、自著の中で引用、「論より証拠」の意もある。内田氏の言も、この言葉を政府＝文部科学省に匕首のように突き付ける。

◆「新しい」須賀敦子

反知性主義が蔓延している。そんなとき、須賀敦子を読む。没後17年を過ぎたが、須賀の特集本は引きも切らず。新作『新しい須賀敦子』（湯川豊編、集英社）に引き込まれた。時代が、知性のうつくしさにあふれた須賀の文章を求めているのかもしれない。

須賀は、１９９０年、61歳で初めてのエッセイ『ミラノ霧の風景』を刊行して文壇にデビューし、注目を集めた。評論家の山本夏彦が、「向田邦子は突然あらわれてほとんど名人である」と絶讃したが、向田を須賀敦子に置き換えていい。

須賀の魅力は、本著の惹句にある通りである。〈須賀敦子のエッセイや翻訳の文章には、類まれな知性のうつくしさがある。読むたびに新しい発見があり心地よい読書を約束してくれる〉

『新しい須賀敦子』は、一昨年、神奈川近代文学館で開かれた「須賀敦子の世界展」での対談や講演などをまとめた。須賀の担当編集者の湯川豊、作家の江國香織、『芸術新潮』で須賀特集を手がけた松家仁之の三氏が、須賀の魅力に迫る。

僕は、緑を食む大学団体の機関紙「教育学術新聞」で書評を担当している。この『新しい須賀敦子』を紹介したが、当然ながら他紙の書評が気になった。写真家の長島有里枝の書評（読売新聞、２０１６．２．７）に目がとまった。

須賀の文章を、写真家らしく、「モノクロのスナップショットに似ている」と、こう綴っている。〈日常を切り取った美しい諧調の印画紙は完璧だが、色彩を想像する余地を残している〉

長島の書評を先に読んだので、どう書くべきか悩んだ。そこで、タイトルの須賀の新しさとは何か？を改めて考えることにした。

新しさの一つが物語性。湯川との対談で作家の江國香織は「物語を書くまいと、もし思われても、物語になってしまう。（中略）言葉にしてしまった途端に物語性を帯びる。そういう人であったような気がします」と語っている。

家族の書き方も新鮮。日本文学では、家族は、私小説の格好な素材になるが、湯川は、こう述べる。〈物語によって一人一人が立ちあがってくるように書いている。ここが須賀敦子の家族の書き方の新しさです〉

「読むように」書くスタイルもそう。湯川の見方。〈須賀が『ある家族の会話』（ナタリア・ギンズブルグ著）を読んで「自分の言葉を、文体として練り上げたことが、すごい」と思ったのは、「読むように」書かれている文体を発見したからに違いない〉

ところで、数年前のイタリア旅行で、彼女の『ミラノ霧の風景』（白水社）、『トリエステの坂道』

などを旅行鞄に入れて旅した。いま、須賀の本を再読する日常の中で、イタリアを旅している気分＝非日常に浸るのが楽しみだ。

〈(東京の冬、まれに霧が出ることがある) 夜、仕事を終えて外に出たときに、霧がかかっていると、あ、この匂いは知っている、と思う。十年以上暮らしたミラノの風物でなにがいちばんなつかしいかと聞かれたら、私は即座に「霧」とこたえるだろう〉(『ミラノ霧の風景』)

〈(サン・ニコロー街をたずねる) 細い道で、馬車道の石畳をそのまま残した車道の両脇には、細い歩道をへだてて、日本でならすぐオギスやユトリロの絵にたとえてしまうような(映画だったらジャン・ギャバンやイヴ・モンタンが重い真鍮の把手を押して出入りする) 緑や紅殻色の鉄枠がついたガラス戸の、どれも似かよった構えの店が並んでいる〉(『トリエステの坂道』)

そうそう、長島の書評だが、写真家らしい視点で焦点が見事に定まっている。〈写真は撮影者の見た「事実」だけを写し取り、編集された写真群は物語を生む。須賀敦子の文章は、これに似ている気がする〉

これには脱帽だ。こっちは、『新しい須賀敦子』にも出てくる須賀が訳して有名になったイタリアの詩人、ウンベルト・サバの詩の一節を引き出して締め括ることにする。

「人生ほど、生きる疲れを癒してくれるものは、ない」

（「NO．131」 2016．2．19）

◆懐かしのキューバ

アメリカのオバマ大統領が、現職の米国大統領としては88年ぶりにキューバを訪問。経済の分野を含む両国の一層の関係改善に道筋をつける一方、キューバに民主化の推進を求めた。近刊『チェ・ゲバラ』（中公新書）を読みながら、4年前に旅したキューバが蘇った。

オバマ大統領は、訪問最終日の22日、首都ハバナで演説し、ラウル・カストロ国家評議会議長に「国民の言論や集会の自由、それに投票の権利を恐れる必要はない」と呼びかけ、社会主義体制のキューバに民主化の推進を訴えた。

フィデル・カストロ前議長は、オバマ大統領の「過去を捨て去る時だ」との演説に対し、米国による経済封鎖やカストロ政権転覆を試みたピッグス湾事件などに触れ、「この言葉を聞いたキューバ人は心臓発作を起こしかねなかったのではないか」と皮肉ったという。

オバマ政権は、キューバに対する経済制裁緩和を進めているものの、キューバで民主化や人権の尊重が進展していないこともあり、人権問題を重視する姿勢を改めて示した。だが、今回のキューバ訪問が、両国の新たな時代の到来を告げたのは間違いない。

ときに、チェ・ゲバラは、フィデル・カストロとともにキューバ革命を牽引した英雄だ。著書『チェ・ゲバラ』は、ゲバラの若いころの放浪の旅、キューバ革命、コンゴ、ボリビアでの革命活動……ゲバラの39年の生涯を描いた。

著者は、ゲバラを「キューバ革命の偉大な副産物」という。〈運命に後押しされ、時に運命に引きずられて生き急ぎ、死地に赴いた。だがゲバラの死は、ボリビア軍部やＣＩＡの思惑を大きく裏切ってゲバラに永遠の生命を与え、ゲバラを無限大に膨らませた〉

世界各国で数多くのゲバラの伝記が出ている。本著でもゲバラ人気の源泉に触れる。写真家のアルベルト・コルダは、60年のハバナ港のＣＩＡによる武器爆発の大惨事の合同葬儀に参列したゲバラの〈米国との対決を覚悟するかのような決然たる表情〉を撮った。

〈この写真によって、若く凛々しい31歳のゲバラは永遠の革命家になった。一枚の顔写真が一人の人物をこれほど印象深く捉えるのは稀だろう〉

僕は、２０１２年夏、仲間30人とキューバを訪れた。４年前の印象だが、真っ青な空と海、社会主義国で教育や医療は無料のキューバの人たちは豊かではないが、音楽やスポーツを楽しみ、ひたすら明るく映った。

ハバナの街には、チェ・ゲバラが〝氾濫〟していた。内務省の巨大なネオンのゲバラ像を筆頭に、お土産店には、ゲバラの顔を描いたTシャツ、本、写真などが山のように積んであった。

忘れられない光景が目に浮かぶ。ハバナの新市街では、街ゆくキューバ女性の大きなお尻に圧倒された。スペインの面影が残る街を、40～50年代のアメ車が堂々と走る。「ボディは昔のままだが、エンジンはみな新品」とガイド。

外国人オンリーのアイスクリーム店では、現地の子どもたちが「1ペソ」「1ペソ」と寄ってくる。着ているものは襤褸ではない。ヘミングウェイが通った「ダイキリ」の発祥の店「フロリダ」で、ダイキリを飲みながら魚料理を堪能した。

夜の観光名所、キャバレー「トロピカーナ」も訪れた。革命前は、米マフィアが経営、フランク・シナトラ、ナット・キング・コールらが出演。酒を飲みながら、野外ステージで繰り広げられる踊りと歌の華麗なショーを鑑賞した。

ところで、冒頭のオバマ大統領の演説に関するカストロ前議長の反応だが、その背景には、若さと革命体験があると思った。作家の堀田善衛が自著『キューバ紀行』で述べていた一文と重なるところがある。

〈キューバ革命のもっとも大きな特徴の一つは、革命というものに対する幻滅とか、挫折―特にスターリニズムによる粛清だとか裁判だとかということとはまったく無関係な若者たちによって遂行された点にあるであろう。そうして、正直さということに関しても無類のものであると思われる〉

いまでこそ老練な革命家だが、フィデル・カストロは、若い時代に革命を成し遂げた。それに比べ、オバマは、まだ政治的には若い。が、両国の関係改善の道筋は、その若さゆえ実現できた。若さは、それだけで武器になる。


（「NO．132」　2016．3．29）

◆川本三郎の生き方

131号で取り上げた須賀敦子と並んで好きな書き手がこの人。川本三郎の新刊『ひとり居の記』（平凡社）を読む。惹句に〈8年前に妻を亡くし、悲しみと寂しさにようやく慣れてきたという著者が、初老の一人暮らしの日常をつづったエッセー〉とあった。

ちょっと待てよ。初老は40歳台を指す言葉ではなかったか。著者の川本は、1942年生まれだから71歳。70歳は、唐の詩人、杜甫の詩「人生七十古来稀なり」にちなんで古稀と呼ぶが、70歳代を何と呼ぶのだろうか。

それはともかく、素敵な本のタイトルは、〈年を重ねてますます身近に感じられるようになったアメリカの詩人、作家のメイ・サートン『独り居の日記』に倣っている〉という。

一人暮らしになって一番寂しいのは何か？　川本にとっては、猫を飼えないことだという。〈旅や街歩きで家を空けることが多いので、猫が鍵っ子になってしまう〉

旅。北海道の小頓別という田舎町に行く。古い宿屋の80歳近い老夫婦に「寂しくないか」と聞くと、そんなことはないと言う。〈都会暮らしの人間の愚問だった。二人にとっては、ここでの暮らしが当たり前なのだ〉

街歩き。秋葉原から御徒町まで歩く。「2k540」という若い人中心の工房が並んでいた。〈トートバッグとノートを買い求めた。気分が少し若くなった〉

田山花袋の『田舎教師』の舞台、羽生へ。〈秋の一日、子供たちを連れて利根川に行くくだりは、

牧歌的な楽しさがある。ベートーヴェン「田園」の第一楽章、田舎に着いたときの晴れやかな気分を思い出させる〉

街歩きは、台湾にまで。〈台湾の面積は九州より少し小さい。国というのは小さいほどいいのではないか。（中略）鉄道が整備されているのは、小さな国だからこそだろう。年齢をとると、小さな国の良さがいっそう身に沁みる〉

映画。神保町シアターで『第三の男』を見る。〈平日の昼間に見たのだが、場内はシニアで満員。昔の映画を大事に記憶しているファンは多いのだとここでも安心した〉

読書。〈好んで読む三人の女性作家、角田光代、桜木紫乃、木村紅美に共通する特質がある。町の描写が丁寧なこと。読んでいて、知らない町、あるいは架空の町なのに行ったことがあるような既視感にとらわれる〉

音楽。コンスタンチン・リフシッツのリサイタルに行く。〈ベートーヴェンの最後のピアノ・ソナタ、30番、31番、32番。リフシッツの演奏は素晴らしく、32番の終盤の美しさには自然と涙があふれた〉

絵画。〈モネは若い頃に奥さんを亡くしている。夫人カミーユ（「日傘を持った女」のモデル）は、二番目の子を出産して亡くなった。まだ三十二歳の若さだった。その後、モネはしばらく女性の絵を描く気力をなくしたという〉

あとがき。連載中に、これまで世話になった先輩、親しい友人たちが相次いで亡くなった。〈そ

の死に粛然とすると同時に、近い将来、必ず訪れる最後の日を考えざるを得ない。これればかりは、天にゆだねるしかないが〉

行間に、川本のたおやかな人生の時間がある。著者は、ぼくより3歳上。仕事を離れたら、このように過したいと思った。

（「NO．133」2016．4．19）

◆「黄金のアフガニスタン展」秘話

美術展の鑑賞は、事前に得た知識が感動を左右する。東京国立博物館表慶館（上野）で開催中の特別展「黄金のアフガニスタン展」を見て来た。黄金の輝きを放つアフガニスタンの秘宝に魅了された。直前に会った日本体育大学の松浪健四郎理事長から聞いた秘宝が密かに保管された話が感動を深めた。

「黄金のアフガニスタン〜守りぬかれたシルクロードの秘宝〜」は、畏友、高橋司鹿島美術財団常務理事から「シルクロードの栄華を映し出すような展覧会なので、ぜひ見るべきだ」と招待券をもらい、出掛けた。

松浪理事長とは、先日、緑を食む教育学術新聞の取材で会った。アフガニスタンは、シルクロードを通じて西洋と東洋の文化が交わる地域で日本、中国とも縁が深い。松浪氏は、アフガニスタン国立カブール大学で教員を3年間務めた。

本番の取材の後、松浪氏から聞いた特別展開催までこぎつけた話に胸を高ぶらせた。「この二つを読めば、多くの障害を乗り越え実現したことがわかる」と秘宝に関わる著書とレポートもいただいた。それらをもとにまとめた「秘話」はこうだ。

アフガニスタンは、1979年に旧ソ連軍が侵攻した。その後、イスラム原理主義勢力タリバーンが支配するが、それ以前は共産主義政権だった。そのナジブラ政権のおり、松浪氏は、副大統領の招待を受け首都のカブールを訪れた。

大統領官邸で北部のティリヤ・テペでソ連の考古学隊によって78年に発掘された、数々の副葬品である黄金の出土品を日本人として初めて鑑賞する機会を得た。「逸品ぞろいの出土品に圧倒された記憶が脳裏に焼きついています」

京大の故樋口隆康名誉教授がカブール博物館でシバルガンの遺宝を撮影、当時の写真誌『アサヒグラフ』に発表された。だが、戦乱、内戦が休むことなく続き、その後はそれらの貴重な秘宝に関するニュースに接することがなくなった。

その後、ファティミ駐日大使から驚くような話を聞いた。「数人の勇気ある博物館の学芸員の命懸けの行動によって金、ブロンズ、彫刻品、象牙およびガラス工芸品などが大統領官邸隣の中央銀行金庫室に移されて隠されている」

それらはタリバーン政権が崩壊した2003年に中央銀行金庫室から取り出され、10数年間の眠りから再び目を覚ました。松浪氏は、バーミヤン大仏まで破壊した、偶像崇拝禁止のタリバーン政権から秘宝が奇跡的に守られたことに驚愕した。

「博物館の学芸員たちは、自らの文化が生き続ける限り、その国は生きながらえると信じ、勇気を出して命を懸けた。タリバーンの主張と残忍さを識る私にすれば、その勇気と行動は表現できないほどです」

これらの秘宝は、06年から仏ギメ東洋美術館、米メトロポリタン美術館、大英博物館など世界的な博物館で公開され始めた。これを知った松浪氏は、当時のカルザイ大統領に「日本でも展覧会を開いてほしい」と直訴した。

日本体育大学がカルザイ大統領に名誉博士号を授与したのを機会に要請。そのあと、大統領からカブール訪問の招待状が届いたので、カブールで再び大統領とラヒーン情報文化相にお願いして「承諾」を得ることができた。

しかし、途上国との交渉は一筋縄ではいかない。日本側の国家補償（保険）問題もあったが、アフガン側の大統領、大臣、博物館長らが入れ替わり、交渉が振り出しに。駐カブールの高橋博史日本大使を通じて、隔靴掻痒の交渉が続いた。

「外務省中東二課、ファティミ駐日大使の応援と粘り強い交渉の結果、やっと実現の運びとなりました。関係者のみなさんは、私どもの執拗な要求に閉口されたと思いますが、ほんとうに大変な協力をして下さった」

松浪氏は、こわもてのイメージがあるが、知と情と熱の人だ。世界の文化に対する深い理解、アフガンへの熱い愛情には頭が下がる。最後に、こう話した。

「特別展が、日本国民のアフガニスタン理解の出発点になればと期待しています。あの親日的なアフガニスタンの諸問題を風化させず、さらに友好の絆を強化したい」

特別展では、生きているような「牡羊像」、王の飾りの「ドラゴン人物文ペンダント」、王妃のしるし「黄金の冠」……時空間を飛び越え、まばゆいばかりの光を放つ秘宝の数々に目を奪われ、心を揺すられた。松浪氏から聞いた命がけで歴史的な美術品が守られた物語が黄金の秘宝を、より燦然と輝かせた。


（「NO．134」 2016．5．18）

◆輝いていた二人の女性

大女優と女性作家の生涯を取上げた書籍が同時期に刊行された。ノンフィクション作家、石井妙子の『原節子の真実』（新潮社）と妹の井上ユリによる『姉・米原万理』（文藝春秋）。原は95歳、米原は56歳で命終した。2人とも、その時代に輝きを放った。2人に共通するものはあったのか。
原節子。〈わずか14歳で女優になった。彼女が最も美しかった頃日本は戦争に明け暮れていた。会田昌江として大正9年に生まれた彼女は「原節子」となり時代を背負って駆け抜け、昭和37年の映画出演を最後に、忽然と姿を消した〉
このまえがきの記述を、石井は、豊富な資料、丁寧な取材で、原節子の「真実」を引き寄せる。

戦争の影。昭和15年の日独伊三国軍事同盟の陰に存在した一本の映画、そこで、日本を体現する役を担わされた。16歳だった。

この映画『新しい土』の試写会でドイツ、パリ、米国へ。船中で元憲兵大尉の天粕正彦と出会い、晩餐会でナチスのゲッベルス宣伝相と談笑。4ヶ月の外遊から帰国、帰朝第一作は不評で、「生意気な大根女優」のレッテルが貼られる。

勁い女優で、勁い女性。水着写真を拒否、唄を歌うことも拒んだ。撮影所では本ばかり読んでいた。節子、19歳。名匠、島津保次郎と出会う。〈島津は節子の中に既存の女優にはないものを見出していた〉。それは、思慮深さ、気品、理性と知性、強固な自我。

〈節子への賛辞を惜しまなかった〉小津安二郎との関係は、意外にも希薄。〈小津映画を代表作とされることに、節子は不満を抱いていた（中略）人生に果敢に挑んでいく女性を演じたいと思っていた〉

原節子という伝説を生き切った会田昌江は、95歳でその生涯に幕を下ろした。半世紀にも及んだ隠棲の末に。あとがきにある一文に、著者が追い求めた原節子の「真実」が垣間見えた。〈完全な男社会だった日本で、流されるのでなく抗い続けた。彼女の笑顔は、私には哀しく見える。原節子の美貌と風格、その孤高な演技者……私のイメージは、ライオンである〉。そう、石井の言うように、原節子は特別な女優なのだ。

米原万理。〈16年間、地下活動を続けて敗戦を迎えた父は、戦後「赤旗」の記者をしたあと、故郷の鳥取に帰って共産党の責任者となり……〉。米原姉妹の父は、共産党幹部だった米原昶。米原家は鳥取の財閥。光と影が付きまとう。

万理9歳、著者6歳、父が世界の共産党が作る雑誌の日本代表として派遣されたチェコスロバキアのプラハで過ごす。姉妹は、各国の子供達が通うソビエト学校で学んだ。ここで国際感覚と語学力を磨いた。

万理は、「いつも本を読んでいた」。〈18歳当時の万理の好みは、ソビエト学校の影響、共産主義者の両親の影響が色濃い。ロシアの作品、日本のプロレタリア文学の作家や登場人物……〉

子供のころ、共産党本部のある国電の代々木駅を通過するさい、姉妹は、〈「あそこにお父ちゃんがいるんだ」と自慢し始め、「民衆の旗、赤旗は♪」と歌い出したり……〉。妹は小学校で、「うちは共産党だから、席は左にして」とごねた。

中ソの共産党の路線対立が、日本に帰国する米原一家にも及んだ。ソ連では、形のいびつな小さな部屋で宿泊、〈手のひら返しでおかしかったが、北京に着いたら、今度は逆にすさまじいほどの歓待だった〉

万理はロシア語通訳から作家となる。〈ソ連崩壊をはさんだ十年の間、万理はめまぐるしい忙しさで荒稼ぎした。鎌倉に大きな家を建てることができた。通称「ペレストロイカ御殿」だ〉

米原万理の著作は、微笑ましい洒脱なタイトルが魅力。そして、その軽妙で知的な文章は、読み手を惹きつける。享年56と短い生涯。義弟の作家、故井上ひさしは、万理の言葉の力強さを「前のめりに邁進する」と表現した。

2人に共通するのは、丸顔の美人で、読書好き、節度と品位を失わなかった生涯。それから、映画の中で白いブラウスの似合った原節子、著書のイメージから原色のスーツが似合いそうな米原万理。2人とも、軽薄な時代のいま、だからこそ輝きを増す。

（「NO．136」2016．7．22）

◆「唐牛伝」に僕が登場

近刊のノンフィクション作品に、僕の名前とコメントが載っていたのに驚いた。著者から取材を受けたのは1年近く前だった。なかなか出版されず〝お蔵入り〟と思っていた。『唐牛伝　敗者の戦後漂流』（佐野眞一著、小学館）。60年安保の輝ける全学連委員長、唐牛健太郎の47年間の人生を描いた。

唐牛は、昭和の妖怪といわれた岸信介と対峙して60年安保を闘った。一方で、暴力団山口組組長の田岡一雄や最後の黒幕といわれた田中清玄の寵愛を受け、晩年は病院王の徳田虎雄の参謀になるなど型破りな人生を歩んだ。

〈60年安保を闘った若者たちは、「祭り」が終わると社会に戻り、高度経済成長を享受した。だが、唐牛だけは東京でのヨットスクール経営や居酒屋店主、紋別での漁師……と職を変え、日本中を漂流した〉。なぜ唐牛は、何者かになることを拒否したのか、に可能な限り集めた資料と証言で迫る。

〈「アーネスト・シャクルトンという探検家が『ライオンとして死ぬより、ロバとして生きたい』という言葉を残している。唐牛さんは、本当はロバとして生きたかった人だと思う」（ヨットの友人）。だが、周囲は唐牛にライオンの像を求め続けた〉

〈全学連委員長時代、あれだけ周囲に強烈な印象を残した唐牛も、紋別では全く存在感がなかった。そうした状況で、網走刑務所帰りの荒くれ者たちにまじってアザラシやトド狩りをしていた唐牛の姿は、胸に迫るものがあった〉

最終章の一文がいい。〈無名の市井人として一生を終えた。それこそが唐牛が生涯かけて貫いた無言の矜持ではなかったか。庶子として生まれた唐牛は、安保闘争が終わったとき、常民として生き、常民として死のうと覚悟した。それは、彼の47年の軌跡にくっきりと刻まれている〉

さて、僕が著者の佐野の取材を受けたのは、庶子である唐牛の異母兄妹にあたる女性を知っていたからだった。唐牛の同志ともいえる九大出身の全学連幹部だった篠原浩一郎氏と酒席を共にした際、この女性の話をしたのが発端だった。

僕の話を聞いた篠原氏は、佐野に「唐牛の腹違いの妹がお好み焼き屋をやっているという新聞記者がいるんだけど会ってみます」と伝えた。同著に「元産経新聞記者の野口和久」の証言としてコメントが載っている。

「そのお好み焼き屋は当時、池袋にありました。ママから唐牛は腹違いの兄だったたって話を直接は聞いたことはないけど、その店に出入りしていたスポーツ紙記者連中は、みんなそう言っていましたね」

佐野は、取材を始めた当初から唐牛の父親を捜していた。編集者とともに僕が教えたお好み焼き屋に赴いて取材する。しかし、〈女将は初めから強い警戒心を見せ、父親の名前だけは認めた。後は出身地も何も知らないの一点張りだった〉

著者の見立ては、こうだった。〈唐牛が安保後、様々な職業についたのも、忘れよう、忘れようとしてもつきまとって離れない〝瞼の父〟を必死で振り切るためだったのではないか〉

佐野の執筆動機は〝現場復帰〟だった。2012年、「週刊朝日」で、当時の大阪市長だった橋下徹の人物論の取材で、〈私は、インターネット上での日本のノンフィクションを殺した張本人だと名指しで批判された。「復帰第一作」として胸を張って言える作品になったかどうかは、読者の判断にゆだねるしかない〉

結びの文章に佐野の思いが詰まる。〈(60年安保で傷ついた唐牛をはじめとする若者たち)私には、彼らを決して忘れ去ることはできない。彼らを1960年の「忘れられた日本人」として葬り去ったとき、私たちは必ず大きな罰を下される。私はそう確信している〉

佐野の筆力によって描かれた有名無名の数々の人物が古い知り合いのように立ち上がってくる。心に突き刺さるノンフィクションだ。佐野さん、胸を張っていいよ。

(「NO．137」　2016．8．19)

◆京都案内本の双璧

いわゆる「京都本」が氾濫。京都の歴史・芸術ものや旅の案内から『京都嫌い』なんて本まで千差万別。近刊の『京都の歴史を歩く』（小林丈広、高木博志、三枝暁子著、岩波新書）を読む。名著『京都の平熱』（鷲田清一著、講談社学術文庫）と並ぶ京都案内の双璧といってよい。

『京都の歴史を歩く』。〈京都検定などにみられる観光ブームと一体となった「歴史」が影響を持っていることへの違和感があった〉と日本近代史の大学教授3人がまとめた。辛口で批判的な、手に持って歩ける歴史散策書。

15の散策コースを設けた。それぞれを歩きまわることで「本当の京都」に出合うことができる。先ごろ、僕は、本著を片手に二つのコースを歩いた。

「志士の道―高瀬川と明治維新」。〈文明開化の時代には、まだ高瀬川が物流に大きな役割を果たしていた〉、〈高瀬川畔には、佐久間象山と大村益次郎の遭難の碑が建つ〉。昔と今を対比させ、歴史が臨場感を伴って迫ってくる。

あの池田屋は三条小橋そばにあった。〈池田屋の当主惣兵衛は尊攘派志士と親しかった。会合がなされていた日、新選組が踏み込んだ〉。池田屋跡は、「海鮮茶屋　池田屋　はなの舞」という店に変貌していた。惣兵衛の気持ちは如何。

「学都京都を歩く」。京都御所周辺は、東京遷都後、同志社、京大など文教地区に。〈政府の足元の東京とは違い、近代の京都においては、自由で独自な学問が展開した〉。京大を歩き、「喫茶店進々堂」に寄り、店内の重厚さに気圧された。

同志社校内を見学した後、隣接する足利義満の創建による臨済宗の相国寺へ。幸運だったのは、同寺ゆかりの伊藤若冲展を開催中で、本邦初公開の「鸚鵡牡丹図」を鑑賞することができた。当然ながら、本著には出てこない。

『京都の平熱』。京都の街をぐるりと一周する市バス路線がある。路線番号は206番。このバスの路線をたどり、京都の街や人びとを語る。著者は京都生まれ京都育ちのお馴染みの哲学者。〈けったいなもんオモロイもんを好み、町々には三奇人がいる。「あっち」の世界への孔がいっぱいの「きょうと」のからくり——。〈聖〉〈性〉〈学〉〈遊〉が入れ子となって都市の記憶を溜めこんだ路線、哲学者の温かな視線は、生まれ育った街の陰と襞を追い、「平熱の京都」を描き出す〉と粋な帯。

「東へ」。〈アヴァンギャルドが好きで、元祖ヴィジュアル系バンドとでも言うべきザ・タイガースを生んだのも、京都という街である〉、〈「ものの味わいの判る人は人情も判るのではないかと思いやす」と言った料理人がかつていた〉

京都駅前のラーメン専門店「本家第一旭」を紹介。〈夜に京都に帰ってきたときはよくここで麺と汁をすする。206番乗る前に、ここで腹ごしらえしてほしい。京都の庶民の外食の味を、からだで憶えるために〉。僕も京都に行くと必ず寄る。

「北へ」。安井神社の男断ち祈願の絵馬。「わたし儀　是まで男さんを持ってこまりましたゆへ此度心相あらため　男さん一切御断　私の心あかすため　男さん相立[断]候ゆへ　口で申候はゞ心の内しれず　これより右次第を私しの心ならびに髪を奉納し……」。京都は形而上学的に妖しい街、という著者の思いが伝わる。

「西へ」、「南へ」、とあって最終章は、「終着駅へ」。京都駅前の料理店「佳辰（かしん）」が登場。〈魚や鶏など、素材をここまで選び抜き、そして活かす料理店はそうありません。酒は幻の逸品を気前よく呑ませてくれるし、主も女将もお嬢さんも見かけはよくてじつは怖い「京美人」よりぐっとチャーミング〉

「佳辰」は、高瀬川や京都御所周辺など2コースを散策したあと訪れた。著者と同じ気分になり酔ったのは言うまでもない。今回の『京都の歴史を歩く』の散策と『京都の平熱』によって、シュールでディープな京都を満喫。「そうだ　京都、行こう。」には、必携の二冊である。

（「ＮＯ．１４３」　２０１７．２．27）

◆牛場信彦の生涯

牛場信彦という外交官を覚えているだろうか。この問いかけが、著者が評伝を書こうとした動機だ。戦前は、枢軸派として日独伊三国同盟を強力に推進、戦後は親米派として経済外交で実績をあげ、外務次官や駐米大使を歴任した。はたして、牛場は「変節漢」なのか。

『変節と愛国　外交官・牛場信彦の生涯』（浅海保著、文春新書）は、新書ながら重たい著作だ。著者は、1947年東京生まれ。読売新聞東京本社政治部記者、編集局長などを務めた。政治部記者時代の1981年に牛場事務所で知り合う。

本著は、生い立ち、旧制一高、東大ボート部時代から書き起こす。外務省に入省、吉田茂ら英米派との緊張関係、外務省と通産省の権限争い、沖縄返還や日中国交正常化をめぐる逸話を織り交ぜながら、牛場の生きた時代と日本外交を描く。

東大ボート部時代。〈2年になると代表チームの「整調（コックスの前の重要なポジション）」に抜擢される。昭和4年、東大クルーは日本選手権を獲得、翌5年も見事なレース運びを見せ、連覇を達成する〉。昭和7年に外務省に入省。

8年、「ヒトラーのドイツ」に赴任、11年、「日独防共協定」調印。牛場の立場を外務省の後輩の平泉渉が証言。〈当時の日本には、英米か独伊のどちらを選ぶか、道は二つ。牛場さんは独伊を選択、「選ばないという選択」は、牛場さんには無いんです」〉

戦後。〈英米派の吉田茂は、「枢軸派」を憎み、古巣の外務省から徹底的に排除した。「Yパージ」である。しかし、吉田は、いったん辞職した牛場が外務省に復帰するのを妨げなかったばかりか、バックアップした節さえあるのだ〉

戦後経済外交と「ガットの守り神」の章では、外にも内にも強い姿、日韓交渉と外務次官就任の章では、冷戦のただ中での活躍、反田中角栄の駐米大使就任での章では、悲運の大使を演じ、初のサミットとＰＫＯへの道筋の章では、「余生ではない」と踏ん張る雄姿……日本の外交の節目で尽力する姿を描く。

人間・牛場を、彼や家族らの言葉で紡ぐ。外務省を辞した昭和21年は辛い時期だった。妻・元子が結核で他界、幼い3人の子供が遺された。東京裁判の弁護人になり家へは帰れなかった。〈長女の恭子が当時を振り返る。「まあ、父親はそういうものだ、と私たちは思っていましたから」〉

牛場の人生で、家族、とくに再婚した妻ふじ子のことが気がかりであり続けた。2人の娘と一人息子の昭彦が最初の妻・元子との間の子供で、末娘の礼子は、ふじ子との間に生まれている。〈再婚して当初、昭彦は、なかなかふじ子に馴染もうとせず、牛場にとって秘かな悩みの種となる。幸い、ふじ子のおおらかさが、昭彦の心をも開いていく〉

昭彦氏のことを、みんなは「ギューちゃん」と呼んだ。僕の大学、新聞社の先輩で公私ともお世話になった。父上の東大ボート部時代の写真が載っていたが、ギューちゃんそっくりだった。本著にはない、牛場父子の「ちょっといい話」を知っている。

ギューちゃんは、葉巻党でキューバの葉巻が大好きだった。〈父親は、仕事先でいただいたキューバの葉巻を家に持って帰り、寝ている息子の枕元にそっと置いていったという。父子とも恥ずかしがりや、含羞の人だった。

昭和59年、亡くなる前の病室で、義妹の小林千穂子が「今、どんなことを大事に思っているの」と聞くと、牛場はこう応えたという。「シンシア（sincere= 誠実）だな」

牛場は、最期を迎える寸前、病室で「1985年を見たい」と繰り返した。明確に「冷戦終結」を視野に入れていたからこそ、出た言葉だと思える。その思いは〈病軀をおして、「冷戦終結」までの、さらに「冷戦後」をも視野に入れた、来るべき世界の概略図を描き、後輩たちに託そうとした思いの発露だった〉

著者は続ける。〈牛場は、自分という「一つの命」を見つめ続けて生きた。そうそうないほどに、ひたむきに。だからこそ、「過去」を語るよりも、「明日」を見るのに忙しかった。そうも思える〉練り上げられた重さと気品を備えた外交官だった。そして、断じていえる。牛場は、彼なりに戦前の言動を自省し、「過ち」を二度と繰り返すまいと、「明日」を見つめながら外交に取り組んだ含羞の「愛国者」だった。

（「NO．152」 2017．11．2）

◆テヘランから来た男死す

数奇な人生を歩んだ異能な経営者だった。東芝の社長や会長、経団連副会長を歴任した西田厚聡氏が8日、死去した。73歳だった。西田を描いた著書を読み終え、西田の半生と東芝崩壊までの軌跡を温かい心と的確な目で迫った著者の視座に頷いた。

『テヘランから来た男　西田厚聡と東芝壊滅』（小学館）の著者、児玉博は学生持代のサークルの後輩。セゾングループの総帥だった堤清二を描いた『堤清二　罪と業　最後の「告白」』（文藝春秋）で、大宅壮一ノンフィクション賞を受賞。人と時代への批評の目が確かな書き手。

児玉は、癌で闘病中の西田が亡くなる2ヶ月前、3時間半にわたるインタビューを行った。嫌がる西田を取材に引き込んだ説得力、西田の半生を追うことで東芝という名門企業の光と闇を浮かび上がらせた筆力は、ともに秀逸だ。

西田は、異端な経歴から東芝社長に上り詰めた。1943年、三重県生まれ。二浪の末、早稲田大学政治経済学部に入学、学生運動に熱を入れた。早大卒業後、東京大学大学院へ進み、福田歓一に師事しながら、西洋政治思想史を研究した。

政治史研究で来日したイラン出身の女性を見初め学生結婚して、イランに渡った。彼女が東芝のイランにつくった合弁会社の秘書兼通訳をした縁もあって73年、同社に現地採用。75年、東芝に正式採用となる。

〈正社員となり、給与が上がったと西田は素直に喜んでいたという。名門東芝の〝異邦人〟はその能力を遺憾なく発揮し、異例の出世を遂げていった〉

東芝ヨーロッパ上級副社長や東芝アメリカ情報システム社長を経て、95年にパソコン事業部長に就任。世界初のノートパソコン「ダイナブック」を欧米で売りまくった。東芝のパソコン事業の立役者で「パソコンの西田」の異名をとった。

〈東芝では珍しい異色な社員を上層部は評価した。西田は猛烈に働き、頭脳を酷使し続けた。夜の10時くらいまでの打ち合わせは早いほうだった。深夜1時、2時になるのは当たり前のよう

になっていた〉

２００５年に社長に就任。06年、米原子力プラント大手、ウェスティングハウス（ＷＨ）を買収。ＷＨと古くから取引関係がある三菱重工業が大本命といわれていたが、東芝は想定価格を超える約６６００億円の買収価格を提示、蹴落とした。

〈08年の東芝株主総会は、株主の質問は原子力事業に集中した。西田は理路整然と、ＷＨを高いと言われながら買った意味や原子力事業を取り巻く環境を説明。西田の独壇場だった。向かうところ敵なしの快進撃に映った〉

その後、西田は、原子力発電と半導体を経営の２本柱に「選択と集中」を進めた。しかし、08年秋のリーマン・ショック後の需要急減で半導体価格が下落、半導体事業は赤字に転落。09年３月期の連結決算で３４３５億円の巨額赤字に陥り西田は会長に退いた。原発も11年の東電福島原発事故で世界的に需要が激減した。

15年、今度は「バイセル取引」による粉飾決算が発覚、相談役の西田は、後任社長の佐々木則夫とともに辞任。佐々木とは、記者会見の席で罵り合い財界人の顰蹙を買った。16年には、ＷＨの子会社（Ｓ＆Ｗ）の巨額な特別損失が発覚、東芝の再建計画は暗礁に乗り上げた。

〈異邦人の圧倒的な知力、圧倒的な手腕の前に社員らはただ、圧倒され、ただついていくだけだったような気がしてならない。そして、もう引き返せない地点にきた時に、自分たちはただひたすら東芝壊滅の道を突き進んでいたことに、ようやく気付くのだった〉

西田が、現地採用から東芝正社員になったのは、31歳の時だった。児玉は、「10年も遅れた中途採用では人事的に不利ではなかったか」と問うた。

「そりゃ、ありましたよ。嫌な思いもしたけども……」と、これ以上は口をつぐんだ。一周遅れてレースに参戦した西田は、それをバネにがむしゃらに働いた。それを可能にする気力と図抜けた能力があった。名門東芝は玉座に西田を選んだ。

児玉は、こう結ぶ。〈西田は、〝昭和〟という時代の臭いのする成り上がり人生を見事に体現した人物だった。今、西田が自ら歩いてきた道を振り返るとき、そこにはもう、かつての光り輝いた東芝の姿はない。（中略）かつての古巣にかける言葉さえも見つからないのか、遺された社員たちへの思いを一切語ろうとはしなかった〉。「棺を蓋いて事定まる」というが、この言葉を、西田にかけるには辛い。

（「NO．153」　2017．12．21）

◆船村徹の歌に泣く

NHK「ラジオ深夜便」のファンである。寝るときスイッチを入れ、終わる翌朝5時までつけっぱなし。大半は寝ているが、ときどき目が覚めて聴く。昨年末の「にっぽんの歌　こころの歌」の作曲家、船村徹特集では、聞きながら布団の中で涙を流した。齢を重ねるほどに涙腺は弱くなる。

昨年12月26日のNHK「ラジオ深夜便」午前3時台の「にっぽんの歌　こころの歌」では、多くの船村作品が流れたが、泣いてしまったのは、船村自身が歌った「のぞみ（希望）」とちあきなおみの「紅とんぼ」の2曲だった。

船村は、１９３２年、栃木県生まれ。東洋音楽学校（現在の東京音楽大学）ピアノ科に学ぶ。55年、「別れの一本杉」が空前の大ヒット。61年の「王将」はじめ、「風雪ながれ旅」「兄弟船」「矢切の渡し」等のヒット曲がある。17年に死去。

「のぞみ」は、船村自身が作詞作曲した作品。刑務所に服役中の女性受刑者の心情を思って歌にした。１９８１年、岐阜県笠松にある女子刑務所で服役する女性たちに贈った歌だという。船村は、本を読むように歌うので余韻が漂う。

♪ここから出たら　母に会いたい　おんなじ部屋で　ねむってみたい　そしてそして　泣くだけ泣いて　ごめんねと　おもいきり　すがってみたい

ここから出たら　旅に行きたい　坊やをつれて　汽車にのりたい　そしてそして　静かな宿でごめんねと　おもいきり抱いてやりたい

ここから出たら　強くなりたい　希望（のぞみ）を持って　耐えて行きたい　そしてそして命のかぎり　美しく　もう一度生きて行きたい

そしてそして　命のかぎり　美しく　もう一度生きて行きたい♪

感情移入してしまい、「そしてそして……」のフレーズから涙がこぼれた。船村が刑務所でギター一本で唄ったとき、歌は、服役する約４００人の女性たちの心に響き、歌い終わった後には刑務所内の会場は彼女たちの嗚咽であふれたそうだ。

「紅とんぼ」は、作詞・吉田旺、作曲・船村徹で、歌がちあきなおみ。1988年に発売された。新宿駅裏にある「紅とんぼ」という酒場を閉じて、田舎に帰る女の思いを歌った。ちあきなおみの心地よい切ない歌声にホロリときた。

♪空（から）にしてって　酒も肴も　今日でおしまい　店仕舞　五年ありがとう　楽しかったわ　いろいろお世話に　なりました　しんみり　しないでよ……ケンさん　新宿駅裏「紅とんぼ」　想い出してね……時々は

いいのいいから　ツケは帳消し　みつぐ相手もいないもの　だけどみなさん　飽きもしないでよくよく通って　くれました　唄ってよ　騒いでよ……しんちゃん　新宿駅裏「紅とんぼ」　想い出してね……時々は

だからほんとよ　故里（くに）へ帰るの　誰も貰っちゃ　くれないし　みんなありがとう　うれしかったわ　あふれてきちゃった　想い出が　笑ってよ　涕（な）かないで……チーちゃん　新宿駅裏「紅とんぼ」　想い出してね……時々は♪

新宿駅西口の裏手には、学生時代、しばしば通った「はなぶさ」という年の離れた姉妹のやっている小さなバーがあった。やり手のママは、その後、伊勢丹デパートの近くに進出、郷土料理店を営み、田舎へ帰ることはなかったが……。

「紅とんぼ」を聞いて、思い出したのは、作家で演出家の久世光彦が絶賛した作詞家の星野哲郎の演歌の歌詞。店の入り口に「ながい間お世話になりました。三月末に閉店します」という貼り紙を見て歌にした。

♪ガンでオヤジを　失くしたママが　店をたたんで
博多へ去った　ながながお世話になりました
ひと筆書いた　張り紙の「な」の字が泣いている　裏通り♪

「紅とんぼ」と同じように、裏通りの酒場の女が店をたたんで田舎に帰る情景を歌っている。船村も、星野も泣かせてくれる。こうした女たちへの思慕は、団塊世代から上の世代か。安室奈美恵やジャニーズ系が主役の昨年暮れのＮＨＫ「紅白歌合戦」は見ないで寝た。日本の歌好きの絶滅危惧種と言わば言え。

【日本音楽著作権協会（出）許諾第2105214－101】

（「ＮＯ．154」　2018．1．19）

◆丸山眞男とアーレント

政治学者、思想史家の丸山眞男とドイツ出身の哲学者、思想家のハンナ・アーレントが登場する2冊の近刊を読む。『映画の中にある如く』（川本三郎著、キネマ旬報社）と『戦後と災後の間――溶融するメディアと社会』（吉見俊哉著、集英社新書）。いま、なぜ、この2人なのか。

『映画の中にある如く』とは、洒落たタイトル。『キネマ旬報』で連載中の「映画を見ればわかること」をまとめた。帯もお洒落だ。〈映画の中には音楽が流れ文学が在り女優が輝き列車が走り人が生きている。映画を見ればわかることがたくさんある〉

ローリング・ストーンズのコンサートに行く。〈アンコール曲は「サティスファクション」と「無情の世界」。ローレンス・カスダン監督の『再会の時』（83年）の冒頭で流れた「無情の世界」は、宗教音楽のような美しい女性コーラスで始まるので知られる〉

新東宝の映画の話題で、淀川長治の『黄線地帯』（60年）評を紹介する。「三原葉子のダンサーがまたすばらしい。その化粧されない演技とでもいいたい。個性からくる水々しさは当今まれな女優である」

鉄道では、『駅――STATION』（81年）がいい。〈刑事の高倉健の故郷は増毛の少し南の雄冬。日本海に面した小さな漁師町。歌登の女（倍賞千恵子）と雄冬の男が、冬の増毛で知り合いつかのまの恋をする寒い、寒い冬の物語になる〉

映画『ハンナ・アーレント』(12年)は、ナチスのアイヒマンを法廷で観察したアーレントの物語。彼女は、アイヒマンが上官に命じられて、仕事を機械的に能率的にこなしたと驚きながら素直に文章にした。ユダヤ人社会の反発を浴びた。

川本は、丸山眞男の論文を思い出す。〈ナチスの指導者は、裁判でなんら悪びれることなく悪の論理を貫いた。日本の支配者は、裁判で戦争責任をなんとか回避しようと逃げ続けた。無責任であり、悪の認識に欠けていた〉

こう続ける。〈丸山論文を読んだうえで『ハンナ・アーレント』を見ると、イェルサレムでのアイヒマンに「悪の凡庸さ」を見たハンナ・アーレントは、東京裁判での支配層に「悪の矮小さ」を見た丸山眞男と同じことを考えていたことになる。彼女は丸山論文を知っていただろうか〉

『戦後と災後の間――溶融するメディアと社会』は、新聞に掲載した「社会時評」をまとめた。フクシマ、トランプ、東京五輪問題、パナマ文書、ポケモンGOのブーム、公文書管理の闇、日常に迫るテロリズム……〈この五年間に起きた出来事が示すのは、メディアと社会の溶融である〉と綴る。

フクシマ。一時は盛り上がりかけた脱原発のうねりも「アベノミクス」という「夢の経済」に呑み込まれつつある。〈一時ばかりの心地よさの中で震災と原発事故の問いが終焉化されるなら、私たちは断固これに異を唱えねばならない〉

〈その男トランプは〉と書き出す。〈集中力がなく、平気で嘘をつき続ける人物が、世界の運命を決める核のボタンを握る。（中略）日本は、自ら日米同盟を相対化し、米ロ中韓それぞれとの間で新しい立場を築く道を真剣に考えるべき時である〉

書名が、丸山の『戦中と戦後の間』とアーレントの『過去と未来の間』に似ていることを「僭越」としながら、丸山とアーレントの思考に言及する。

〈丸山が批判したのは、「時間的に後から登場し来ったものはそれ以前に現れたものよりすべて進歩的であるかの如き俗流歴史主義の幻想にとり憑かれて」いる知識人たちである〉

〈未来は決して、過去の後に来るのではないし、過去は決して、未来によって葬り去られるのではない。このことを深く、透徹した思考によって示したのはアーレントの『過去と未来の間』のほうだ〉。このあとの論理の展開は見事で、深く引き込まれた。

吉見は、こうまとめる。〈(震災と原発事故、そしてトランプ大統領の誕生)どちらの場合も、「メディアと社会の溶融」が未来にもたらす大きなリスクである。主に安倍政権の五年間を視野に収めて現在進行形の風景を連ねた本書から、迫りくる時代のリスクを感じ取っていただきたい〉。いま、なぜ丸山とアーレントなのか、少しわかったような気がした。

(「NO．160」 2018．7．23)

◆藤田嗣治と河井寛次郎

美術展の鑑賞は、事前に得た知識が感動を左右するといわれている。ともに「没後50年」の藤田嗣治展と河井寛次郎展に行ってきた。前者は、少しは調べての鑑賞だったが、後者は、事前調べはしなかった。筆者が得た感動は、どうだったか?

藤田嗣治は、明治半ばの日本で生まれ、80年を超える人生の約半分をフランスで暮らし、晩年にはフランス国籍を取得。エコール・ド・パリの寵児のひとりで、太平洋戦争期の戦争画でも知られる。独特のヘアスタイルに丸眼が印象的だ。

没後50年の節目の機会に相応しく、パリのポンピドゥー・センターや、ベルギー王立美術館、アメリカのシカゴ美術館など、欧米の主要な美術館から、初来日作品も含め約20点の代表作が集い、精選された作品100点以上がそろった。

東京都美術館（東京・上野）には、藤田の代名詞ともいえる「乳白色の下地」による裸婦10点以上が並んだ。大原美術館の『舞踏会の前』や東京国立近代美術館の『五人の裸婦』などに加え、海外からも裸婦像が展示された。じっと見入ると、裸婦に吸い込まれそうになる。

藤田が日本を離れた理由は、「戦争画」を描いたことで「戦犯」というレッテルが貼られたことにあった。失意の藤田はパリでなくニューヨークへ向かった。僕の好きな『カフェにて』は1949年にニューヨークで完成。何度見ても飽きない絵である。不思議だ。

会場の藤田のグッズコーナーで、『カフェにて』の絵を購入、自宅に飾った。黒いドレスの女性のテーブルの上には手紙らしきものが開かれている。返事を書くべきかどうか考えているのだろうか。このアンニュイさがたまらない。

河井寛次郎については、展覧会のパンフによる。1890年、島根県安来市に生まれた。松江中学を卒業後、東京高等工業学校（現東京工業大学）窯業科に入学、同校で後輩の陶芸家、濱田庄司と出会い、生涯の友となる。

卒業後は京都市立陶磁器試験場で技手として研さんを積み、1920年、京都市五条坂の清水六兵衞の窯を譲り受け、工房と住居を構えた。初個展は、「天才は彗星のごとく現る」と絶賛を浴びた。

中国や朝鮮古陶磁の手法に基づいた作品が好評を博したが、次第に自らの作陶の在り方に疑問を抱いた。１９２４年、濱田庄司を介して柳宗悦と親交を結び、それまでの作風を一変し、実用を重んじた力強い作品を生み出していく。

その後、柳や濱田と「民藝運動」を推進する。戦後は、色鮮やかな釉薬を用いた重厚で変化に富んだ独自の作風を確立する一方、実用にとらわれない、自らの内面から湧き出る自由で独創的な造形表現を展開した。

パナソニック汐留ミュージアム（東京・汐留）には、陶芸作品だけではなく、木彫や書も数多く展示された。書のことは知らなかった。材料の入手が困難だった戦時中から詩、詞の創作を始め１９４７年には河井の詞『火の誓い』を親友の棟方志功の板画で制作したという。

河井の凄さは、無位無冠の陶工とし晩年まで創作活動を行ったことだ。１９５５年、文化勲章を辞退する。人間国宝、芸術院会員などへの推挙もあったが、同様に辞退した。この無私の精神が重厚で独創的な作品を生み出した。

河井の随筆『火の誓い』（講談社文芸文庫）を会場の関連グッズコーナーで購入、展覧会帰りの電車の中で読んだ。第四篇の「いのちの窓」という箴言集に引き込まれた。芥川龍之介の『侏儒の言葉』、萩原朔太郎の『虚妄の正義』に優るとも劣らない立派な文学作品だ。この箴言が気に入った。

まっすぐなものしか　まがれない

（「NO．162」　2018．9．19）

◆「トランプ王国」を回る

「足で稼げ」。僕が新聞記者の頃、先輩記者からよく言われた。『ルポ　トランプ王国』（金成隆一著、岩波新書）は、朝日新聞記者の著者が「なぜトランプなのか？　ニューヨークではわからない」と米大統領選までの1年間に14州で約150人を取材したのをまとめた。読み終えたとき、米中間選挙の結果が出た。

最近の記者は、「裏を取る」（足で稼ぐ）にもネットやSNSから入るとか。著者は、ニューヨークから同業者の車に乗せてもらったりして、トラック運転手、喫茶店員、電気技師、元製鉄所作業員、道路作業員……らに集会やバーなどで声をかけてインタビューした。

怪物を支持してしまう米国とは何か？〈アパラチア山脈を越え、地方に足を踏み入れると状況が一変した。明日の暮らしを心配する、勤勉なアメリカ人たちの声を聴く。そこには、もう一つのアメリカが広がっていた〉

かつて栄えた鉄鋼業などの重厚長大型産業が衰退、移民が増え、企業が海外に生産拠点を移したことなどで失業者が増えたラストベルト（錆びついた工業地帯）と呼ばれる地域。映画『ディア・ハンター』の舞台、クレアトンを思った。ロバート・デ・ニーロらが働いていた鉄鋼所は真っ赤な鉄が燃え活気があった。

ここがトランプの金城湯池。トランプ支持者は現状に不満を持つ。「不法移民や働かない連中の生活費の勘定を払わされていることには、みんな気づいていた。トランプが登場して俺たちが思っていることを大統領選のテーマにしてくれた」「トランプへの期待？　アメリカを再び偉大な国にしてくれりゃ、それでいい」

没落するミドルクラスにも反感と怒りがあった。「この選挙はクリントン王朝の誕生を阻止し、エリートから権力を奪い返す、平和的な革命だ」、「アメリカン・ドリームはもうない。必死に働いてきた私が32年後の今も中流の下の暮らしなのですから」

「メキシコ人が薬物と犯罪を持ち込んでいる」、「自由貿易には賢い指導者が必要だ。アメリカの自由貿易の交渉人はバカで、利益団体に操られている」、「壁を造りますよ、とても大きく、美しい壁になります」……トランプの差別的・攻撃的な発言は、日本からみると〝問題〟だが、米国では〝受ける〟のだ。

著者は、こうまとめる。〈「昔は高校・大学を卒業すれば、すぐ仕事が見つかったのに……」というトランプ支持者の声は、日本で取材してきた人々と重なった。グローバル化と技術革新が同時に進む世界で、先進国に生きるミドルクラス。そう捉えた時、いろんなものが陸続きに見えるようになった〉

本著の読了後の米中間選挙の結果は、上院は共和党、下院は民主党が勝利した。〈少なくとも、トランプ氏は負けてはいない。米国をまとめるよりも、自分の支持層が喜びそうな政策の実行を優先してきたトランプ氏の作戦勝ちである〉（朝日新聞、11・8）という解説に頷いた。

著者も同日付で、「『ラストベルト』オハイオを歩く」の見出しで書いている。オハイオ州の結果（民主党候補61％、共和党候補39％）について、〈前回、民主候補は7割前後の得票率で圧勝していた。10ポイントの差が縮まった。2年後の大統領選に向けて、この変化は小さくない〉

さらに、著者は翌11月9日付けオピニオン欄で、米社会学者、アーリー・ホックシールド氏にインタビュー。同氏から、こんな発言を引き出している。筆者の目を感じた。

「グローバル化が新たな『持てる者』と『持てない者』を生み出した。トランプ氏は下品で加虐的ですが、彼の政策は40％の支持者に訴えかけている。西側のリベラル、民主党がしなければならないのは、グローバル化の敗者のための政策です」

〈グローバル化と技術革新が同時に進む世界。いろんなものが陸続きに見える〉という著者の見方と重なる。米国と〝陸続き〟の日本にもグローバル化の敗者のための政策が求められているのは確かだ。足で稼いだ記事は重い説得力がある。

（「NO．164」　2018．11．12）

◆映画と鉄道と銀座

映画、鉄道、銀座。この3つを取り上げた近刊2冊を読んだ。平成が終わろうとしているが、

3つの単語とも昭和には輝いていた。団塊世代からみれば懐かしさがこみ上げる。2冊は『あの映画に、この鉄道』（川本三郎著、キネマ旬報社）と『新旧　銀座八丁　東と西』（坪内祐三著、講談社）。

前者の著者、川本の執筆動機。「一般的に映画好きの鉄道ファンは少ないし、鉄道好きの映画ファンもあまりいないから、本著が両者の架け橋になればいいと思っている」

『東京物語』（53年）では、原節子が義母の東山千栄子の葬儀に出た後、山陽線の上り列車に乗って東京へ戻ってゆく。〈このとき、原節子は四人掛けの進行方向とは逆向きに座っている。戦争未亡人として、戦後の世の中に抗うように〉

『夢千代日記』（85年）では、山陰、湯村温泉の芸者を演じた吉永小百合が姫路の病院に行き、診察を受けたあと、列車で家に帰る。〈彼女の乗った下り列車は余部の鉄橋を渡る。明治の終わりに最大の難所だった地に鉄橋が完成し、京都と出雲がつながった〉

『張り込み』（58年）は、冒頭のアヴァンタイトルで7分以上、鉄道の場面が続く。〈二人の刑事の横浜から佐賀への旅を丁寧にとらえてゆく。東海道本線、山陽本線、鹿児島本線、長崎本線。新幹線のない時代、佐賀駅に到着するのは翌日の夜〉

映画評論家として映画へのこだわりは、もちろんだが、鉄道へのそれも半端ではない。〈ローカル鉄道という言葉には若干の抵抗がある。この言葉は「上り」「下り」と同じように東京を中心として生まれた言葉で、地方から見れば、決して「ローカル」ではない〉。映画と鉄道の見事な架け橋になっている。
後者の著者、坪内の執筆動機。〈『銀座百点』などの資料と私の経験した昼の銀座と夜の銀座などによって2020年の東京オリンピック前の銀座を総合的（銀座1〜8丁目間での東西）に書き記したい〉
坪内は、1958年、東京生まれ。〈中学時代、映画館通いで銀座と関係を持つ。大学に入り父親が常連だったバーに通い夜の銀座を知る。雑誌『東京人』の編集者になり本格的に銀座との付き合いが始まった〉
成人してからよく通った本屋は、「近藤書店」と洋書の「イエナ」。〈「イエナ」が先に店を閉じ、「近藤書店」は2003年春に閉店。二つの書店の入っていたビルを訪ねたら「クリスチャン・ディオール」のビルになっていた〉
学生時代、〈恋人はいなかったがガールフレンドはたくさんいた。銀座デートで楽しみだったのは「伊東屋」ウォッチングだ。棚で文房具が輝いて見えた。ガールフレンドたちは迷惑だったかもしれない〉
僕のなかで重なったのは、銀座6丁目西にあった、お春さんの営むバー「らどんな」。〈様ざまな文化人や芸能人、財界人、政治家を見かけた。白洲次郎や三木のり平ら。作家の隆慶一郎は〝金ちゃんバンド〟をバックに『上海帰りのリル』を歌った〉
僕も新聞記者に成り立てのころ、「らどんな」には大学・新聞社の先輩、牛場昭彦さんらに何度も連れて行ってもらった。ビルの2階にあり、観音開きの小窓、シックな店内。アコーディオンで演奏する〝金ちゃんバンド〟、小柄で着物の似合うお春さんの顔も朧げな記憶にある。

帯に「150年の歴史を昔と今のこぼれ話でたどる珠玉のエッセイ　どうしてこの街だけは特別なのだろうか」とあった。思わず膝を叩いた。そう、僕ら団塊世代にとっての銀座は特別な街だった。

（「NO．168」　2019．3．18）

◆天皇陛下と僕の「旅」

「平成を振り返る」というタイトルの付いたバスの旅に同行した。「令和」の新元号発表の1ヶ月ほど前、前東京都議の立石晴康さんが主催、行先は、御用邸のある栃木・那須。茫々40年前、産経新聞宮内庁記者だった僕は、昭和天皇と皇太子だった今上天皇を取材した思い出などをバスの車中でスピーチする羽目に……。

「今年で平成が終わるにあたり、今回の旅行会は、皇室と関係のある土地を訪ねたいという思いから那須を選んだ。野口さんは、かつて宮内庁記者として天皇会見などを取材したそうだが、バスの中で『平成を振り返る』というタイトルで何か話をしてほしい」（立石さん）と頼まれた。

バスの旅は、120人が参加、バス3台を連ねて、3月初旬、1泊2日の日程で、東京から那須高原へ。那須御用邸は2日目に遠くから眺めた。

僕のスピーチは、バスの車中で行った。サービスエリアなどでの休憩の際、バスを乗り換え、3度にわたって、ほぼ同じ内容の話をした。

昭和天皇の那須御用邸での記者会見から話し始めた。「那須御用邸の会見は、御用邸の丘の上にある東屋（あずまや）で行われ、東屋まで10分位、記者団は陛下と一緒に歩きます。幹事だった僕は陛下の隣りを歩くことができました。

そこで、その年の夏が冷夏だったことから、植物学者でもある陛下に『今年は冷夏でしたが那須御用邸の植物に影響はございましたか』と質問しました。陛下は『それは上（東屋）で話します』と、あのくぐもるようなお声で答えられた。この当意即妙さとユーモアには驚きました」

この東屋まで陛下と行き来する間、宮内庁の広報担当者が小道の脇に立って、われわれ記者団と陛下が一緒に歩く姿をカメラで撮してくれた。後日、その写真をいただいた。写真は、大きく引き伸ばして今も自室に大事に飾ってある。新聞記者が大事にされた牧歌的な時代だった。

陛下のお住まいの皇居の吹上御所についても話した。「陛下が夏に御用邸などにお出かけになったさい、吹上御所を見学する機会がありました。御所までの道は奥へ行くと高い木々に覆われ沼もあってジャングルのようでした。陛下は〝草も植物〟というお考えで、草は取らず、吹上御所の周りは草で埋まっていました。これにはびっくりすると同時に陛下のお人柄が表れていると思いました」

次に、平成最後の今年の皇室をめぐる主な日程を説明。「4月1日に新元号が発表されます。

これまで年号は中国の古典から採用しましたが、今回は日本の古典からの採用も考えられているそうです。4月30日に天皇陛下が譲位され、5月1日に皇太子が新天皇に即位されます」

「10月22日に即位礼正殿の儀で即位を宣言、パレードで国民の祝福を受けられます。みなさんも都内でパレードを見ることができます。11月14、15日と国民の安寧を祈る大嘗祭（だいじょうさい）が挙行されます」と説明した後、両陛下のお住まいや秋篠宮さまの地位などについても話した。

「皇太子ご夫妻は即位後、皇居の吹上御所に移られ、上皇、上皇后となられる両陛下は、皇太子ご一家が住む東宮御所（元赤坂）に住まわれます。皇太子の即位で『皇太子』の地位は空位になります。皇位継承順位1位となる弟の秋篠宮さまは『皇嗣（こうし）』と呼ばれ、待遇は皇太子並みになります」

最後は、天皇陛下の昨年12月の85歳の誕生日の記者会見。「陛下は、象徴として歩んだ30年を『天皇としての旅』と表現され、皇后さまの献身を涙声で話され、先の大戦や自然災害の犠牲者に思いを声を震わせ話されました。これが、今上天皇の本当のお姿だと思い、目頭が熱くなりました」。会見で、陛下が涙声で言葉をつまらせ口にしたのは、国民と皇后さまへの感謝の思いだった。

「天皇としての旅を終えようとしている今、私はこれまで、象徴としての私の立場を受け入れ、私を支え続けてくれた多くの国民に感謝するとともに、自らも国民の一人であった皇后が、私の人生の旅に加わり、60年という長い年月、皇室と国民の双方への献身を、真心を持って果たしてきたことを、心からねぎらいたく思います」

「天皇としての旅」は、あと20日で終わる。そして、戦争のなかった平成という時代も幕を閉じる。

（「ＮＯ．１６９」　２０１９．４．11）

◆新天皇への期待

繰り返すが、「令和」への改元にメディアは〝悪乗り〟している。テレビや新聞は改元を記念したイベント等を連日、大仰に報じた。平成への代替わりの自粛ムードと違うのはわかるが、度が過ぎる。それはともかく、40年前に成年式を取材した浩宮さまが新天皇に即位されたことに懐旧の情に駆られて仕方ない。

「改元の『祭り』テレビ染めた」と朝日新聞（５．３）は、〈30年前に引き続きテレビは今回も改元一色に染まった。ＮＨＫの場合、放送時間は４月29日から３日間で定時ニュースを除き33時間〉と批判的に報じた。

そういう朝日新聞（５．２）も、社会面では「令和が始まった日に生まれた赤ちゃん」「大相撲の力士が令和の人文字」、経済面では「改元商戦　グッズ続々」、埼玉県版では「令和の祝い、山車・神輿、勇壮に」、「新時代初日に婚姻届」など改元一色で新聞を染めていた。目くそ鼻くその報道を笑う。

さて、僕が産経新聞社会部で宮内庁を担当したのは、昭和54年（１９７９）から56年（１９８１）の３年弱だった。天皇皇后両陛下のご訪米（昭和50年）といった大きな行事はなかった。浩宮さまの成年式を取材、三笠宮崇仁親王と麻生信子さんの披露宴に招かれたのも印象に残っている。

浩宮さまの成年式は、学習院大学在学中の昭和55年2月23日、満20歳のときに執り行われた。天皇の在位中に直系の皇孫が成年式を挙げられるのは初めて。中心行事の「加冠の儀」で、成年の証とされる冠を受けた。凛々しい姿は記憶にある。

自室には、昭和天皇の那須御用邸での会見の写真と並んで浩宮さまの成年式の記者会見の写真が飾ってある。新天皇になった浩宮さまは若々しいが、僕も髪は白くなく黒々としていた。二つの写真とも、宮内庁広報課職員が撮ってくれた。

成年式の前に、浩宮さまは伊勢神宮を参拝、これを同行取材した。伊勢神宮に向かう東海道新幹線の車内で浩宮さまを取り囲んで話を聞いたことを覚えている。この同行取材で起きた飛んだハプニングも忘れられない。

伊勢神宮での取材は、宮内庁記者に三重県庁記者クラブの記者も加わった。昼に出された弁当が宮内庁記者は重箱で県庁記者は駅弁。共同通信の記者同士の会話でバレた。地元記者は怒り、クラブ総会の騒ぎに。食い物の恨みは……。

あれから40年。浩宮徳仁から皇太子となり、5月1日に新天皇に即位された。剣璽等承継の儀、即位後朝見の儀があり、4日は、天皇陛下御即位一般参賀と行事が続いた。政府や国会、自治体の代表者らが参列した朝見の儀で国民に向けた最初のお言葉を述べられた。

天皇陛下は穏やかな表情で、一節ごとに目線を上げながら一言一言ゆっくりと読み上げた。「常に国民を思い、国民に寄り添いながら、象徴としての責務を果たすことを誓う」と決意を話された。

印象的だったのは、おことばで上皇陛下に触れたくだり。「上皇陛下には、御即位より30年以上の長きにわたり、世界の平和と国民の幸せを願われ、いかなる時も国民と苦楽をともにされながら、その強い御心をご自身のお姿でお示しになりつつ、一つ一つのおつとめに真摯に取り組んでこられました。上皇陛下がお示しになった象徴としてのお姿に、心からの敬意と感謝を申し上げます。ここに、皇位を継承するにあたり、上皇陛下のこれまでの歩みに深く思いをいたし、また、歴代の天皇のなさりようを心に留め、自己の研鑽に励むとともに……」と話されたあと決意となった。

ときに、平成の天皇は、安倍政権との微妙な距離が取りざたされたが、新天皇はどうか。「前の天皇は、浩宮を伴って昭和天皇と定期的に会食する『三者会談』を行っていた。新天皇は、ここで天皇になるとはどういうことかといった帝王学を育んできた。上皇さまの想いを受け継がれると思う」(現宮内庁記者)

新天皇は「上皇陛下のこれまでの歩み」に深く思いをいたし、政治利用を企む政権とは、ほどほどの距離を保つのではないだろうか。

(「NO．170」 2019．5．14)

◆タブーを破った大著

前号で最近の新聞記者の劣化に言及した。多くの記者がタブー視し、書くことを避けてきた戦後日本の労働運動の暗部ともいえる動労、ＪＲ東労組委員長で過激派、革マル派の実質的な指導者、松崎明の実像を暴いた著作が出た。批判精神を失い、無難な報道に終始する最近の新聞記者に対する警鐘でもある。

『暴君　新左翼・松崎明に支配されたＪＲ秘史』（牧　久著、小学館）は４７６頁の質量とも重い大著。著者は、１９４１年、大分県生まれ。早大政経学部卒業後、日本経済新聞社入社、社会部に所属、社会部長、代表取締役副社長を務めた。退職後、一人のジャーナリストとして精力的な取材・執筆活動を続けている。

かつて、東京・丸の内に合った国鉄本社には、ときわクラブという国鉄を担当する記者クラブがあった。僕は、記者時代に運輸省を担当、霞が関の運輸省記者クラブに詰めた。ときわクラブには、松崎明と近しいことを自慢する記者がいた。

さて、その松崎だが、〈高校時代から民青で活躍していた松崎は１９５４年、埼玉県立川越工業高校を卒業、54年、国鉄に合格、55年、日本共産党に入党。56年、尾久機関区配属。59年、動労青年部を結成、副部長に就任〉

63年の革マル派誕生の際、議長だった黒田寛一と一緒に、松崎は動労青年部を率いて革マル派に移った。64年から革マル派と中核派の間で内ゲバ（党派間の抗争）が起こる。ＪＲ発足前後に松崎周辺でも内ゲバでの死傷者が相次いだ。
組合は、内ゲバとは認めず、カンパを募り慰霊碑まで建てた。「国鉄改革に反対する何者かの犯行」と主張。〈社内や組合組織の動揺を抑えるための具体策が会社側と一体となった内ゲバ被害者に対する激励会やカンパへの協力要請だった〉
87年の国鉄民営化では、「コペルニクス的転換」という方針転換で全面協力した。〈国鉄の臨時雇用要員から天性の弁舌によるアジテーションと人を引きつける才能を頼りに素手でのし上がった松崎の一世一代の大芝居だったのだろう〉
ＪＲ東日本労組の委員長に就任した松崎とＪＲ東日本常務、松田昌士とは蜜月だった。〈当時ＪＲ関係者に流布していたのは、「松田は非公然組織を持つ革マル派の松崎に脅かされて宥和策に追い込まれたのだ」という見方だった〉
94年、『週刊文春』はＪＲ東労組の内幕を暴いた「ＪＲ東日本に巣くう妖怪」を連載。ＪＲのキヨスクは、『週刊文春』の販売を拒否。〈その後、ＪＲ東日本の労使関係の〝異常さ〟に触れることはマスコミ界でタブー視されるようになった〉
松崎は、ＪＲ発足後も組合にシンパを浸透させて巨大な影響力を持ったが、２００２年、「東京問題」がＪＲ東労組の東京地本で起こる。組合がＪＲ東の人事に介入したのがオモテに出た事件。これをきっかけに松崎体制への反発や批判が出る。
06年、松崎が関連会社をつくって、裏金工作し、その資金で都内の高級マンションだけでなく、ハワイの別荘まで所有するという「業務上横領疑惑」が浮上した。警視庁公安部が捜査に乗り出すが、最終的に不起訴処分となった。

松崎は、11年12月9日に死去、74歳だった。〈彼の後継者と目された人物の多くは、批判を許されない〝絶対権力者〟となった松崎に反発して辞任したり、敵対者として排除され、彼のもとを去っていった〉

松崎とは、いったい何者だったのか。〈歯向かう者たちに見せた裏の顔と、批判者を罵倒する〝鬼の声〟は、彼らに恐怖を叩き込み、その後の半生は組織を私物化し批判を許さない〝暴君〟となった〉

著者は、松崎死去の章で筆を置くつもりだった。しかし、18年、会社側がJR東労組と全面対決に踏み切り、「労使共同宣言」の失効を宣言、JR東労組から大量の組合員が脱退するなど新しい事態が発生、「現在進行形」の問題に踏み込みざるを得なかったという。

「私如き〝老兵〟が出る幕ではない。しかし、その事実と背景を十分に論評したメディアが少ないことを強く感じた。JR革マル問題は松崎死して8年も経過したのに、今なおタブー視されているのだろうか」。著者の不滅のジャーナリスト魂に、ただただ頭が下がる。

（「NO．172」 2019．7．16）

◆バルト三国を旅す（２０１６年８月29日〜９月４日）

アジア太平洋経済研究会（主宰・立石晴康東京都議会議員）の「バルト三国視察」（立石団長、総勢25人）に同行、２０１６年８月29日（月）から９月４日（日）まで、バルト三国（リトアニア、ラトビア、エストニア）とフィンランドを訪ねた。これは、その視察記である。

バルト三国は、バルト海東南に位置する。東のロシアと西のドイツという二大大国に挟まれた地政学上、重要な地域。中世以来、外からの侵入者によって征服・支配されてきた。１９１８年に革命で崩壊したロシア帝国から独立した。

１９４０年から第二次世界大戦でソ連邦に編入されたが、ソ連のペレストロイカや東欧革命、冷戦消滅などに後押しされて１９９１年に再び独立。この小さな三国の独立が、ソ連崩壊のきっかけになったともいわれている。バルト三国の第一次世界大戦から再独立までの歴史を年表にした。

1914	第一次世界大戦勃発
1917	ロシアでボルシェビキ革命
1918	エストニア、ラトビア、リトアニアが独立
1939	第二次世界大戦勃発
1940	ソ連がエストニア、ラトビア、リトアニアを併合
1941	（ナチスドイツがエストニア、ラトビア、リトアニアを占領）
1944	ソ連がエストニア、ラトビア、リトアニアを再占領
1989	エストニア、ラトビア、リトアニアで「人間の鎖」
1985～	1985～ペレストロイカ、1989東欧革命、冷戦終結……等々
1991	エストニア、ラトビア、リトアニアが再独立
2004	エストニア、ラトビア、リトアニアがEU、NATOに加盟

訪れたバルト三国は、中世の大聖堂、城や城壁、教会などが残る首都の旧市街は世界遺産になっている。三国の首都は、いずれも中世の雰囲気が息づいていた。

日本との関係は深いとはいえない。リストニアは、「日本のシンドラー」で知られる杉原千畝で馴染みはあるが、現地では「着物にチョン髷で、トヨタに乗っている」（現地ガイド）というイメージ。そのへんのことは国別に触れていきたい。

8月29日（月）午前8時、成田空港に集合。特別会議室で結団式、立石団長の挨拶、参加者の自己紹介。この視察旅行で欠かせなくなった団長夫人手作りの五目寿司をいただきながら旅の安全と結束を誓い合った。

午前11時00分、JAL413便で、空路、フィンランドのヘルシンキへ。出発が、機内後部座席でタバコの吸い殻が見つかった処理等で30分遅れたが、予定通り、29日（月）午後2時40分（現地時間、以降は現地時間）、ヘルシンキに到着、午後4時20分発のAY133便に乗り換え、リトアニアへ向かった。

ヘルシンキで乗り換えのさい、出入国審査で、EU加盟国の人とアジア人が列を別々にしての審査となった。パスポートを備えつけの装置に提示して自動でチェックするシステムだったが、日本人としてはちょっと嫌な気がした。

リトアニア

リトアニアは、バルト海東南岸に南北に並ぶバルト三国の中で最も南の国で西はバルト海に面する。人口は325万人、杉原千畝が領事代理の時代はポーランド領だった。首都はヴィリニュス、同国最大の都市で、人口は56万人。

8月29日（月）午後5時35分、ヴィリニュス空港に到着。気温は16度、小雨が降っていた。「アジア太平洋経済研究会一行」の案内板をもった現地ガイドが来ているはずだが見つからず。別の旅行団の案内板を持った男性が近づいてきて「日本人25人の団体ですか？」

白い短パン姿でガイドとは見えない風体。ホテルまでのバスの車中で「私の名はユーナス、53

歳です、よろしく。大阪の泉佐野市で日本語を勉強しました」と挨拶。ホテル到着後、「全員で夕食をとりたいので、店を紹介してほしい」と立石団長が頼んだところ……。

「私の今日の仕事は、みなさまをホテルに届けるまで、です」と言って立ち去った。これには団長はじめ全員が唖然。「この国は25年前までソ連邦で共産主義だった。だから、決められた仕事以外はやらないのだろう」と一行のひとり。

夕食は、ホテル前のレストランへ。店の従業員は3人、25人の客に「こんなに一度に沢山来たのは初めて。本日できる料理は全部出します」と従業員。ジャガイモの中に肉団子が詰まった「ツェペリエ」などリトアニア料理はまずまず。冷蔵庫にあったビールやコーラを勝手に取り出し、飲み食べ喋る愉快な夕食に。

8月30日（火）。ホテルでの朝食の後、午前9時、専用バスでヴィリニュス市内視察へ。ガイドのユーナスさんは短パンはやめて落ち着いた格好。昨日の対応に立石団長が視察を組んだJTBに電話で「ガイドを変えてほしい」と要請したのが効いたらしい。バス車内での杉原千畝の説明なども良好、改心したようだ。

「明日、みなさんが訪れるリトアニア第二の都市、カウナスには、日本のシンドラー、杉原千畝さんがいた元日本領事館があります。現在、杉原記念館として一般公開されていますが、ヴィリニュスにも杉原さんゆかりの地が二つあります」

その杉原通りと杉原記念桜公園を視察。記念桜公園にある杉原千畝の記念碑は彼の母校、早稲田大学が寄贈したもの。僕が早大ＯＢというので、真ん中に押し出されて記念撮影。とても嬉しかったが、汚れていた碑のプレートを一行の渡辺圭子さんが拭いて綺麗にしてくれたのにもっと感激。

「杉原千畝は、領事代理として日本の外務省がノーと判断するなか、1週間で１６００人のユダヤ人のビザを発行しました。領事館を退去してからもホテルや列車の車内でビザを書き続けました。６０００人の命を救ったとなっていますが、現在の学者の説では８０００人から1万人と言われています。チウネは呼びにくいので、こっちではセンポ・スギハラと呼ばれていました」

続いて、３５０年前のゴシック建築の聖ペトロ&パウロ教会などを見学した後、旧市街へ向かう。夜明けの門や大聖堂を視察。大聖堂は、25年前のソ連からの再独立のゆかりの地だった。

１９８９年、ソ連からの独立を求めるバルト三国の２００万人（総人口の3分の1）が手を繋ぎ、６４０キロに渡って作った「人間の鎖」の起点。リトアニアのヴィリニュス、ラトビアのリガ、エストニアのタリンの三首都を結んだ人間の手＝長い鎖は、世界に向けて独立を訴えた。

大聖堂から旧市庁舎方面に歩くと、大学生らしき若者達にぶつかった。１５７９年創立の同国最古のリトアニア大学の学生。大学の西側にある広場に面して大統領官邸がある。ここを訪れた際、素敵なハプニングがあった。

ダリャ・グリバウスカイテ大統領と遭遇したのだ。リトアニア初の女性大統領で、現在、欧州連合（ＥＵ）財政計画・予算担当委員。外国語が何ヶ国語も堪能な国際派で、空手の黒帯保持者とか。

大統領は、官邸前広場で行われていた子供たちのイベントに顔を出し、SPに囲まれて視察。立石団長が臆せず、「フロム・トウキョウ」と手を差し伸べると笑顔で握手に応じた。一行の笠井剛さんが立石団長の背中を押して前に出したのが真相とも囁かれる。

立石団長は「女性大統領と握手したのは二度目。インドのインデラ・ガンジー大統領と握手したときは『早くあなたの国のようになりたい』と語っていたのが印象に残っている。ダリャ大統領の手は、やわらかいというよりゴツかった、空手をやっているせいかな」

ヴィリニュス市内のレストラン「ロキス（熊）」で昼食。赤カブの冷製スープ、ジャガイモ、ツェペリエというリトアニア料理を堪能。専用バスでトゥラカイ城へ。約40分で着いたレンガ色の美しい城は、湖に浮かぶように建っていた。

「トゥラカイ城は中世の14、15世紀にドイツ騎士団との戦いのためにつくられました。現在の城は1987年に復元したものです。レンガ造りで、城壁に囲まれた城内、敵の攻撃を阻む高い位置にある入り口、小さな窓などが特色です」

市内に戻って夕食は、市内のレストラン「グレイ」で。メインディシュは鴨料理。分厚く切った鴨肉だったが、焼き上がりは柔らかくてなかなかの美味。リトアニアの地ビールにもワインにも合うと左党派のピッチは上がった。

8月31日（火）。ホテルでの朝食のあと、午前8時30分、リトアニア第二の都市・カウナスへ向かう。「日本のシンドラー」とも呼ばれている外交官、杉原千畝がいた元日本領事館を視察するのが目的。専用バスで1時間半で着いた。

「杉原千畝は、第二次世界大戦中に本国の意に反してユダヤ人を助けるために『命のビザ』と言われる日本通過のビザを発給し続けました。戦後、日本人として唯一イスラエルから『諸国民の中の正義の人』として表彰されました」

元領事館は、記念館として一般公開。正面の窓の奥が当時の執務室で、領事館の周りに集まるユダヤ人に次々にビザを発給。一行は、「杉原千畝物語」のDVDを見た後、執務室の椅子に座って記念撮影するなどしばし杉原千畝と寄り添った。

杉原記念館訪問の意義を立石団長は、バスの車中で語った。「杉原千畝は、外務省訓令を無視してビザを発給し続けたとして戦後の1947年、外務省を辞めさせられた。外交官として名誉回復されたのは、44年後だった。イスラエル政府から『正義の人』の称号を贈られたのが契機だった。リトアニアでも杉原千畝は顕彰されている。日本の外務省は、杉原千畝の銅像をつくり外務省前に設置すべき」

杉原記念館視察のあと、カウナス市内で昼食。水餃子のような地元料理に舌鼓。カウナスから専用バスでラトビアの首都、リガへ。その途中、リトアニア北部のシャウレイにある巡礼地「十字架の丘」を見学した。

畑の真ん中に、おびただしい数の十字架が立つ。十字架だけでなくイエスの受難像や聖母マリア像なども置かれていた。十字架の数は、約5万と推測されている。一行の女性のなかには売店で小さな十字架を買って供える人もいた。

「初めてここに十字架が立てられたのは、1831年のロシアに対する蜂起の後と言われています。ロシアの圧制で処刑された人たちやシベリアへ流刑されたリトアニア人たちを悼んだ人々が持ち寄ったものです」

十字架の丘をみたあと、専用バスはラトビアの首都、リガへ。カウナスからリガまでは260㌔、所要時間は3時間半。近代的な建物が立つリガ中心街の高層ホテルでタラらしき魚料理で夕食。

ラトビア

ラトビアは、バルト海東岸に南北に並ぶバルト三国の一つで、西はバルト海に面する。人口は201万人。首都のリガは、バルト三国で一番大きな都市で人口70万人。「バルト海の真珠」といわれる美しい街。日本の神戸市と姉妹都市。

ラトビアは、地政学的に重要な位置にある。リガは、第二次大戦中、ソ連の情報を取るために欧米各国の外交官が駐在した。米国の外交官、ジュージ・F・ケナンや英国の歴史学者、E・H・カーら著名人も活躍、日本からもその後、ソ連大使になった新関欽也、重光晶がロシア語の学習で駐在した。

9月1日（木）。ラトビアから案内ガイドが交代した。カトレ・ソノベさん、エストニア出身の38歳、夫は日本人。たどたどしい日本語を話すが、こちらの様々な質問に丁寧に答えるなど前任者より一行には好感が持てたようだ。

宿泊のホテルから歩いて行ける距離に自由記念碑がランドマークのように聳えているのが見える。何度も他国から占領され、独立のために戦い、命を落とした人の碑だという。朝食前に散歩で自由記念碑まで出かけた。

午前9時、ホテルを出て専用バスで、新市街へ。アールヌーボー様式の建物群の通りを見学。巨大な顔、細かい幾何学模様、獅子、不死鳥……などの造形物が多くの建物にはめ込まれるようにあった。20世紀の建造で、８００棟近くある。

文献によると、この建物の多くは、ラトビアの天才建築家、ミハイル・エイゼンシュタインがつくった。名作『戦艦ポチョムキン』の監督、セルゲイ・エイゼンシュテインの父親。この通りに足を踏みいれたら、別世界に来たような気分になった。

続いて、世界遺産の旧市街を歩いて回った。リガは、13世紀、裕福な商人の集まり、ハンザ同盟の街として繁栄。「ハンザ同盟にはラトビア人は加入できず、ドイツ人が中心でした」。路面電車にも乗った。独、伊、米などの国からの観光客の姿が目立った。

「猫の家」や「三人兄弟」と名付けられた風変わりな歴史的建物、城壁跡、リガ大聖堂などを見学。リガ大聖堂には、世界最古、かつては世界最大級といわれたパイプオルガン（６７１８本のパイプ）が鎮座する。その巨大さに気圧された。

ところで、移動中のバスの中で、ガイドのカトレさんが語ったバルト三国の歴史が胸を打った。

「みなさんが訪れた自由記念碑の広場は、バルト三国の再独立が『歌の革命』と呼ばれるようになったきっかけの場所の一つです」と語り出した。

「第二次世界大戦後、バルト三国は1940年に占領されて以来、ソビエト連邦に併合されました。ソ連のペレストロイカ、東欧の独立、ベルリンの壁の崩壊、冷戦の終結があり、モスクワのクーデター失敗を契機に三国は1991年に再独立しました。この独立は、『歌う革命』といわれました。1987年から『民族の歌』が三国の国民の間で歌われ、歌の力が再独立の原動力になりました」

前出の1989年の「人間の鎖」とともに「歌の力」が再独立に貢献したわけである。カトレさんは、「歌う革命の原点となった『民族の歌』は、明日、エストニアで披露します」と、期待は明日に持ち越しとなった。

昼食は、リガ市内のレストラン。ラトビアの庶民の味といえば酸味のきいた黒パン、ジャガイモ、地ビール。昼食には、これらとともにビーフが出され、一行はラトビア料理と地ビール、ワインにまんぞく、まんぞく。

昼食の後、専用バスでルンダーレ宮殿を視察へ。案内パンフには〈ロシアの女帝アンナに愛されたビロン公爵が1736－40年に夏の宮殿として建てた。『バルトのヴェルサイユ（宮殿）』と例えられる〉とあったが……。

入場の際、写真を撮る人は別に料金を徴収された。宮殿職員の説明を聞きながら宮殿内を観て回ったが、パンフの〈宮殿内部のロココ調の装飾や黄金の間の豪華さに目を奪われる〉ほどではなかった。宮殿の裏は庭園になっている。一行の大半はカートに乗って広い庭園を観て回った。

旅慣れた一行の一人が話した。「公爵の夏の宮殿ということだが、普段の宮殿はどこに在るのか。肖像画が沢山飾ってあったが、子孫や親類縁者の顔も多いようだ。観光用の宮殿でパリのヴェルサイユ、ウイーンのシェーンブルン宮殿と比較するのは失礼だ」。僕も思わず頷いた。

それからそうそう、バルト三国のお土産だが、どんなものがあるのか。リトアニアは、琥珀、リネン（麻）、雑貨類、ラトビアは、蜂蜜、ニットの編物・雑貨、チョコレート、エストニアは、リネン、ニットの編物、チョコレートとガイド誌にあった。

「ラトビアはニットが名産で、手芸店で編んで売っています。ミトン（手袋）は、冠婚葬祭で使い分けるほどで、日常生活に欠かせません。雪の結晶柄のミトンがお土産に人気です」という話を聞いて、僕はミトンをお土産に。

エストニア

エストニアは、フィンランド湾に面するバルト三国では最も北の国。人口は１３４万人で日本の神戸市の人口とほぼ同じ。世界遺産の旧市街を擁する首都タリンの人口は42万人。

9月2日（金）。リガを午前8時出発でエストニアの首都、タリンへ。ところが、Aさんが姿を見せず。班長がAさんの部屋に電話すると、本人が出て「眠ってしまった。すぐに支度してバスに向かいます」との返事。20分遅れで専用バスは出発。

「昨夜は別に悪いことをしたわけではない。朝3時ごろまで飲み、ホテルに戻って寝た。6時に目を覚ましたが、また寝てしまった。まことに申し訳ありません」とAさんはしきりに弁明。

「大物だよ」と一行の長老格がつぶやいた。

エストニアのタリンまでは、専用バスに乗ること約5時間。バスの車中で、ガイドのカトレさんが約束した『民族の歌』を、CDで披露した。

「歌う革命は、1987年から1991年にかけて起きました、バルト三国の独立を目的とする一連の出来事の総称です。『民族の歌』は、〝バルト三国よ　起きて〟という歌詞で、1番はラトビア語、2番はリトアニア語、3番はエストニア語で歌います。

エストニアでは、1988年9月11日に30万人以上の国民が集い、この歌を歌って独立を願いました。現在も5年に1度、タリン郊外の『歌の原』に民族衣装を着た3万人以上の人々が集まり、歌と踊りの祭典があります」

午後1時にタリンに到着。昼食の「中華料理」をみんな楽しみにしていた。「道花」と漢字の看板がある「中華料理店」へ。インゲン炒め、日本の肉じゃが風、キャベツやニンジン料理……中華料理にはほど遠い。「紹興酒や老酒はないの?」と聞くと「ビールとワインだけです」。「JTBに文句を言おう」なんて声も。

昼食後、タリン旧市街を視察。歩道が石畳で歩きにくい。外側をぐるりと石造りの城壁に囲まれており、所々に門や城塞が残っている。国会議事堂に向かい合って聳えるのがアレクサンドル・ネフスキー大聖堂。ロシア正教の大聖堂。

「19世紀末、帝政ロシアのアレクサンドル3世によって建設が始められ、完成は1901年。エストニアの人々の民族運動を抑えることが目的でした。タリンの人口の40％はロシア人で、多くの熱心なロシア人がここに通ってきます」

ところで、大相撲の元大関の把瑠都はエストニア出身。人気力士だったが、日本へ帰化しなかったため年寄名跡の襲名はできず、親方になれず。「現在、エストニアで実業家としての生活をしているようです。日本とエストニアの懸け橋になりたいとテレビで話していました」

また、日露戦争の舞台の一つがタリンだった。1917年、ロシア革命でロシア帝国は消滅、これに先立ち勃発したのが日露戦争。1904年9月、ロシアのバルチック艦隊（第二太平洋艦隊）は、ニコライ2世に見送られてタリン（レーヴェリ）の港を出港した。

「バルチック艦隊はアフリカ、インドを通り、8ヶ月かけて日本へ着いたが、対馬沖海戦でほぼ全滅、約5000人が犠牲になり、戦死者の中にはエストニア人も多くいました。同じくロシアの支配下にあったフィンランドの人々はロシアが負けて大喜びしました」

バルト三国の三首都を視察したことになる。旧市街の風景は似た印象だが、それぞれ、そこはかとない個性があった。リトアニアのビリニュスは、バロック建築の教会の多い街。旧市街は、どこにいても落ち着ける感じだった。

ラトビアのリガは、ハンザ同盟の栄華は残るが、近代的でお洒落な街。料理もそうだったが、ドイツの影響が強く感じられた。エストニアのタリンの旧市街は城壁に囲まれ、中世の雰囲気が色濃く残る街という印象だった。

9月3日（土）午前10時30分、タリン港から大型フェリー（6階建て、乗客定員2080人）でフィンランドのヘルシンキへ。バルト海は静かだった。一行はバイキング形式のランチにビールやワインを傾けながら、ウェイトレスの若い女性をからかったり、一緒に写真を撮ったり……2時間の船旅を楽しんだ。

フィンランド

フィンランドは、北欧諸国の一つで、西はスウェーデン、北はノルウェー、東はロシアと隣接し、南はフィンランド湾を挟んでエストニアが位置する。人口は532万人。首都はヘルシンキで、人口は62万人。

フェリーは3日午後12時30分、ヘルシンキに到着。フィンランドは近年、日本で人気に。映画『かもめ食堂』（荻上直子監督、2006年製作）の舞台がヘルシンキ。国境を超えた心温まるヒューマンドラマ。ヘルシンキで「かもめ食堂」を経営する日本人・サチエ役の小林聡美が好演した。

ヘルシンキに到着後、すぐに専用バスで市内視察。石の教会（テンペリアウキオ教会）を訪れた。ルーテル派の教会で、別名ロックチャーチと呼ばれているように、岩の中にすっぽり隠れている。

「こんな教会があるのか」という驚きで見て回った。教会内部の左手に大きなパイプオルガンがあり、天井の周囲を円形に切り取ったガラス窓からの光線が、むき出しの荒い岩肌を柔らかく照らしている光景は幻想的だった。

ヘルシンキは、バルト海に面しているので、港の先に浮かぶのどかな群島も街の一部とか。滞在が半日とあってバスの車中から国会議事堂やヘルシンキ駅などを見学するにとどまった。一国の首都にしてはとてもコンパクトで落ち着きのある穏やかな港街という印象。いつか、ゆっくり再訪したい街だ。

フィンランドと言えば、同国生まれの人気者「ムーミン」。「作者のトーベ・ヤンソンが自身の作品を展示しているムーミン谷博物館やムーミン谷を再現した 夏期限定のテーマパークのムーミンワールドがあります」

土産店には、ムーミングッズがあふれていた。ムーミンキャラクターがデザインされた衣類、雑貨からお菓子やジュースまで種々雑多。ヘルシンキ空港のムーミン専門店で、一行は子供や孫の土産を買っていた。午後5時25分発のＪＡＬ４１４便で、ヘルシンキから帰国の途へ。

9月4日（日）午前9時00分、10時間近いフライトのあと、一行は全員元気に成田空港に到着、気温は30度。17、8度のバルト三国の過ごしやすさからベタベタした暑さの日本へ。明日から仕事の人もお土産がいっぱい詰まったスーツケースを引きながら汗を拭き拭き自宅へと向かった。

おわりに

バルト三国は小さな国というイメージがあるが、面積はオランダやベルギーよりも大きい。日本との関係は、オランダやベルギーに比べ薄いが、実際に訪ねてみると書いてきたように意外と関係があった。

三国のなかでは、杉原千畝の関係でリトアニアが最も身近だ。しかし、視察した杉原記念桜公園のレリーフの汚れや杉原記念館も施設の維持管理が万全とはいえなかった。立石団長が指摘したように、国を挙げて顕彰すべきではないか。

杉原を調べる過程で、小辻節三博士を描いた『命のビザを繋いだ男』（山田純太著、ＮＨＫ出版）を読んだ。小辻は、杉原の「命のビザ」を手に日本へ逃げのびたユダヤ難民６０００人の日本滞在期限10日間を日本政府と交渉して延長、彼らの窮地を救った。

「日本に小辻がいなければ、杉原ビザを持って到着したユダヤ難民たちの境遇も異なっていただろう。小辻を描くことによって、はるかヨーロッパから難を逃れて渡来したユダヤ人難民をめぐる一双の図屏風が完成するのである」（石田訓夫外務省元外交資料館館長）。小辻も、もっと評価されていい。

視察で印象に残った一つが、バスの車中で聞いたガイドのエストニア生まれのカトレさんのソ連占領と再独立という歴史だった。カトレさんは、38歳というから１９７８年生まれ。ソ連のエストニア再占領（１９４０年）後に生まれ育った。ソ連邦＝共産主義の時代だ。

「母に聞くと、ソ連邦の時代は、ロシア語を強制され、赤旗があふれ、エストニア国旗があるのが見つかるとKGBに捕まるとみんな隠していたそうです。祖父母はシベリアに抑留されました。１９５３年にスターリンが死んだとき、みんな喜びました。その後は生活も楽になったそうです」

１９９１年の再独立のときは、13歳だった。「再独立は、人間の鎖や民族の歌で有名になりました。50年間もソ連邦だったのでエストニアにとって自由と共和国は夢でした。再独立のあと駐留のソ連兵はおとなしく帰っていきました」

バルト三国は、２００４年にＥＵ（欧州連合）とＮＡＴＯ（北大西洋条約機構）に加盟した。ソ連邦に属していた三国は、新しい国家建設にあたって、この二つの正式加盟は、１９９１年の再独立以来の悲願だった。

このレポートを書くにあたって、『物語　バルト三国の歴史』（志摩園子著、中公新書）が参考になった。志摩は、バルト三国の昔と現代（いま）をこう記す。

〈そもそも、これら三国が初めて独立国家として国際社会に登場したのは、20世紀のはじめであった。バルト海東南地域に居住していたエストニア人、ラトビア人、リトアニア人は、これまで周辺の大国に翻弄され続けてきた。

今回のＥＵ、ＮＡＴＯ加盟（２００４年）では、内にロシアを囲むヨーロッパ東の周縁部となり、その重要性はこれまで以上に高まったのではないだろうか〉

再独立の1991年に出版された『バルト三国』(パスカル・ロロ著、磯見辰典訳、白水社)には、こうあった。〈バルト諸国は今日、決然としてその歴史上の苦難の時代に足を踏み入れている。ソヴィエトの後見からの解放には、まだなお、さまざまな障害が散在している。政治的独立は、バルト三国がモスクワに対して力を結集しない限り達成できない〉

今、パスカル・ロロの杞憂は克服できたようにも見える。志摩は、こう結んでいる。〈EUに加盟し、ヨーロッパの仲間入りを果たすという悲願を実現した今、それぞれの国は、「バルト」の枠を超えて独自の主張をもって歩んでいくのか、バルト三国として協力しながら行動していくのか。興味のあるところである〉

◆愛しのシチリア(2016年12月21日～12月30日)

〈町は高い山の甍に北むきに横たわっていて、あたかも日ざかり時とて町の上には太陽が照り渡っていた。私たちはせかせかと上陸するような真似をせず、追いたてられるまで甲板に留まっていた。かくも素晴らしい瞬間とは、どこにたやすく再び求められようか!〉

ゲーテの『イタリア紀行』(相良守峯訳、岩波文庫)の一節である。ゲーテから250年近く経った昨年末、同じ経路でイタリア・ナポリ港からシチリアのパレルモ港へ向かった。シチリアは大好きな映画の舞台となった憧れの地。映画を通して「シチリア紀行」を綴った。

シチリアに抱いたイメージ。四国に岡山県を加えた面積。雄大な風土と碧い海、温暖な気候、島を包むオレンジ、レモン、オリーブ、アーモンドの香り、地中海でとれるかじきまぐろやいわし、ウニなどの海の幸、気さくで温かいシチリアの人々。遥か昔から多くの旅人を虜にしてきた。ゲーテもそのひとりだった。

パレルモは、イタリアのシチリア島北西部に位置する都市でシチリアの州都。独自の国際色豊かな文化を生み出した中世シチリア王国の古都で、イタリアだけでなく、スペインやアラブなど様々な文化が融合した街。

パレルモに着いた日（12月23日）、映画『ゴッドファザーパートⅢ』の舞台となったマッシモ劇場を訪れた。マイケル・コルレオーレ（アル・パチーノ）の息子のアンソニーがオペラ「カヴァレリア・ルスティカーナ」を演じ、娘のメアリーが撃たれて死ぬ、あのシーン。

劇場は、世界遺産の街の中心街の真ん中に辺りを睥睨するようにあった。映画では、血に染められたマッシモ劇場の大階段。この日は公演がないのか静かだった。階段には、枯れ葉が数枚落ちていた。

『ゴッドファザー』に象徴されるように、シチリアはマフィアを抜きにしては語れない。歌川令三の「イタリア辛口紀行」（『財界』、２００１年）に出てくる通訳兼ガイドの若者の言葉が印象に残っている。

「シチリア人らしさを一番強く持っている人、それがマフィア。友が間違っていて敵が正しくても、友のために闘う。敵には勇敢、仲間には寛容で誇り高い。助け合いの精神が強い。家族をすごく大切にする。いまのイタリア人は、法の網の目をくぐってよろしくやることを喜びとしている。シチリア人はそんな面倒なことをせずに、ときには法律そのものを否定してしまう」

パレルモ近郊をバスで走ったが、車窓から見ると、荒涼とした光景が多い。『イタリア・都市の歩き方』（講談社現代新書）の著者、田中千世子が述べる。〈シチリア島のかたくなに人を拒絶するような岩山を見た時は、こんな荒地で生きなければならないんだったらマフィアにでもなんでもなってやるという気さえ湧いてくるのだった〉

歴史上、様々な民族の侵略を受けてきたシチリア。パレルモは、ヴィスコンティの初期の傑作『山猫』の舞台にもなった。１８６０年、建国の英雄、ガリバルディが南イタリアを武力開放してイタリア王国に属する。そのガリバルディのシチリア上陸時代の物語。

移り変わりゆく時代を、主人公のサリーナ公爵役のバート・ランカスターや甥のタンクレディーのアラン・ドロン、新興ブルジョアの娘、アンジェリカのクラウディア・カルディナーレが好演。イタリア統一前後に揺れる貴族の心情とシチリア支配層の新旧交代を描いたイタリア版『風と共に去りぬ』。

有名な大舞踏会のシークエンス。豪華な館、絢爛な貴族たち。タンクレディとアンジェリカが部屋を移動しながら踊るシーンは艶やかだった。舞踏会が撮影された館は、パレルモ市内に個人宅として保存されている。

映画の主題は、サリーナ公爵が、新政府の上院議員を要請された際、「私は、旧時代の階級の代表です」と言って断ったあとに続けた言葉。「かつて我々は、山猫であり、獅子であった。だが、次第に、山犬や羊にとって代わられるだろう」

シチリアの小さな村の映画館「パラダイス座」を舞台にしたのが『ニューシネマ・パラダイス』。父親のいない少年トトと映写技師アルフレードの友情を描いた。映画の舞台のジャンカルド村は架空の村で、ロケ地はパルレモ近郊のパラッツォ・アドリアーノ市だった。

同行の仲間と2人でロケ地に行こうとしたが、パレルモからバスで3時間かかるというので断念した。僕ら2人は、中年の男が映画に取り付かれた少年時代と青年時代の恋愛を回想するストーリーにノスタルジーをかき立てられた。恋人との30年ぶりの再会のラストシーンに憧れた。

そのものずばりの映画が『シチリア・シチリア』。『ニューシネマ・パラダイス』の監督であるジョゼッペ・トルナーレが自らの故郷であるシチリアの田舎町バーリアを舞台に描いた心揺さぶる佳作。シチリアの混沌さがのぞく。

１９３０年代、主人公のペッピーノは成長して共産党の活動に参加、運命の女性と出会う。政治活動のせいで彼女の家族に反対されるが、それでも愛し合う2人は逆境を乗り越え「普通の幸せ」に向かって歩む。映画の宣伝コピーが白眉。「人生は、どこを切っても美しい」

パレルモからシラクーサへ（12月24日）。紀元前8世紀、ギリシャの植民地として造られた古代都市。「ギリシャ劇場」(1万5千人収容)、「ディオニュシオスの耳」、「ドゥオーモ」、「アレトゥーザの泉」など重厚な世界遺産に気圧された。

かのアルキメデスはシラクーサ生まれ。「ローマとの戦いでアルキメデスは一兵卒に殺害された。図形を描いて幾何学に没頭していたとき、兵士に図形を踏まれ『踏むな』と怒鳴ったそうです」（案内ガイド）。シチリアの奥深さを思った。

シラクーサからタオルミーナへ（12月25日）。エトナ山の眺望が素晴らしい高級リゾート地。モーパッサンが言った。「もし、シチリアで過ごす日が一日しかなく、何を見たいかと尋ねてくる人がいたとしたら、私は迷うことなく『タオルミーナ』と答えるだろう」

『グラン・ブルー』（リュック・ベッソン監督）の舞台はタオルミーナ。ジャック（ジャンマルク・バール）とエンゾ（ジャン・レノ）の２人の潜水ダイバーの物語。２人はタオルミーナで開催された世界潜水選手権大会に出場する。幻想的だったラストシーン。

エンゾが無謀な挑戦をして命を落す。ジャックは遺体を深海の底に放つ。その後、幻覚に陥ったジャックは一人で深海に潜り海底に消える。彼の子を宿したアンナに見送られ、イルカに導かれるように……。海の色はあくまで碧い。

タオルミーナの修道院を改装したサン・ドメニコ・パラス・ホテルは、『グラン・ブルー』のジャン・レノと『情事』（ミケランジェロ・アントニオーニ監督）のモニカ・ヴィッティが泊まった宿として日本人観光客も多いとか。

シチリアのあと、メッシーナからフェリーでイタリア半島へ（12月26日）。アルベロベッロ、マテーラ、アマルフィー、ナポリなど南イタリア観光（26日～28日）。ナポリは、デ・シーカ監督の『昨日・今日・明日』の第一話「アデリーナ」の舞台。

ソフィア・ローレンがおなかを突き出した妊婦姿で、夫のマルチェロ・マストロヤンニが駄目な夫役で共演。前出の田中千世子の解説に頷く。「人々はどんなに貧乏でも笑いを絶やさず、隣近所はよく助け合い、夫婦は愛し合って子供をたくさんつくり、男が失業中ながら女はせっせとヤミたばこを売るというのがナポリ的人生であるかのようだ」

旅の目的地がシチリアだったので、南イタリアの旅の印象は薄くなった。シチリアも表層を見てきただけだが、映画で浸った非日常の世界と日常の回遊性を楽しんだ。映画もいいが、その風景を辿る旅は「命の洗濯」にもなった。シチリアは、もう一度訪ねたい愛しい地だ。

ゲーテは、『イタリア紀行』で、こう述べている。〈シチリアなしのイタリアというものは、われわれの心中に何らの表象も作らない。シチリアにこそすべてに対する鍵があるのだ〉

◆イスラエルの現実（2017年5月23日～5月29日）

「イスラエルに行きませんか」。毎年夏に海外に出かける旅仲間から誘われた。外務省による海外旅行の危険情報レベル1（十分注意してください）の国なので逡巡したが、好奇心が勝った。5月末、M夫妻と大学の後輩のH君と4人で1週間の短い旅に出た。3つの宗教の聖地は、表面的には穏やかだった。

羽田空港からパリ経由で18時間かけてテルアビブ空港に到着。入国審査は西欧と変わらずスムーズ。バスで約1時間で首都のエルサレム。前日にトランプ米大統領が帰国。同大統領がユダヤ教の聖地「嘆きの壁」を訪問したとき、「もう一つ壁が作られました。スナイパーの狙撃を避けるためです」と案内ガイド。

宿泊のホテルは、城壁で囲まれた世界遺産の旧市街にあった。入国した日は、ヨルダンから東エルサレムを取り戻した「解放記念日」で、子供たちが国旗を掲げ、「黄金のイスラエル」を歌いながら行進するなど街は賑やかだった。

３つの宗教の聖地は、旧市街の周囲２キロのエリアに共存するようにあった。キリスト教では、「ヴィア・ドロローサ（悲しみの道）」。イエス・キリストが死刑を言い渡された後、磔にされる十字架を背負わされ、処刑場（ゴルゴダ）まで歩いた約1キロの道のりで、聖墳墓教会がある。イスラム教では、黄金屋根の「岩のドーム」。預言者モハメッドが天に昇天した場所といわれる。モハメッドの生誕地のメッカ、モハメッドの墓所に建てられたモスクがあるメディナとともにイスラム教の三大聖地とされている。

ユダヤ教では、「嘆きの壁」。ユダヤ人の祖先であるアブラハムが、旧約聖書の中で神から信仰心を試され、信頼を獲得した舞台になったところ。かつて、神殿があったが、ローマ帝国に破壊され、嘆きの壁の西側の壁だけが残った。

「ヴィア・ドロローサ」では、十字架を背負って讃美歌を歌いながら歩く海外の信者たちに出会った。「岩のドーム」では、M氏夫人が「肌が見える」と二度も注意され上着を羽織った。「嘆きの壁」では、早朝から信者たちの祈りが続いた。

イスラエルは、ユダヤ人76%、アラブ人などその他24%。ユダヤ教徒以外にも、キリスト教徒やイスラム教徒の国民が存在する。しかし、現在では、ユダヤ人＝ユダヤ教徒が圧倒的多数を占めている。国の印象も、これに比例した。

「嘆きの壁」では、足元から頭まで黒づくめのユダヤ教徒が嘆きの壁にぴたりと寄り添う。壁に手をふれたり、口づけをしたり、涙を目に浮かべながら祈る人、人、人。こうした神に畏怖するユダヤ教徒の敬虔な姿に気圧された。

パレスチナ自治区（ヨルダン川西岸地区）にあるベツレヘムへ。キリスト生誕の地に建つ聖誕教会を見学。地下にある大理石の上の「ベツレヘムの星」でイエスは生まれた。そこは、スマホで撮影する世界中の観光客でごった返していた。

ベツレヘムに入る際、アラブ人の車に乗り換えた。イスラエル兵士による検問は厳しくはなかった。だが、ヨルダン川西岸の境にある「分離壁」は異様だった。高さ約8メートル、総延長450キロ。テロリスト侵入阻止の名目でイスラエルが建てた。壁画アートに混じって「パレスチナ解放」を訴える落書きが目立った。

イスラエル見学を終え、陸路で隣国のヨルダンへ。首都アンマンでは、旧市街のアンマン城やローマ劇場などを見て回った。「ラマダン（断食）」にぶつかり、市内のレストランの昼食、ホテルの夕食は酒は禁止で、酒飲みには辛かった。

ヨルダンでは、イスラエル国境にある「死海」を見た。遠くに、ヨルダン川西岸地区にあるジェリコの街が見えた。『旧約聖書』にも繰り返し出てくる。「スルタンの泉」と呼ばれるオアシスがあり、世界最古の街といわれる。

死海周辺は、あちこちで兵士の姿が目立った。ジェリコなどのあるレバノン国境は、外務省の危険情報レベル2（不要不急の渡航は止めてください）にあたる。死海で泳いでいる、いや浮いている観光客を見ることはなかった。

エルサレムでも、自動小銃を持った軍服姿の兵士をそこかしこで見かけた。あどけない女性兵士の姿も。「徴兵は18歳からで、男性は3年、女性は2年。軍事費にGDPの三割を充てるため家計の教育費負担が増えている」とガイドは嘆く。

今回のトランプ米大統領のイスラエル訪問は、中東和平交渉の打開に向けてイスラエルとパレスチナ自治政府の仲介にあった。だが、イスラエルのネタニヤフ首相と会談では、その具体策は出てこなかった。

エルサレムの地名は、「イール・シャローム」、平和の都の意。エルサレムを旅したひとりとして、一日も早く平和で平穏な街になることを祈らずにはいられない。

◆麗しの台湾（2017年11月5日～11月9日）

前東京都議会議員、立石晴康さんの主宰するアジア太平洋経済研究会の「台湾視察ツアー」に同行した。2017年11月5日（日）から11月9日（木）まで4泊5日の日程で30人が参加、台南など台湾南部を中心に見て巡った。神木の阿里山の見学、台南市民との交流、「台湾水利の父」といわれる八田與一ゆかりの地訪問、カラスミ、小籠包などの台湾グルメ……「麗しの島」を満喫した。僕にとっては、大好きな台湾映画2作品（『冬冬（トントン）の夏休み』と『非情城市』＝ともに侯孝賢（ホウシャンシェン）監督）のロケ地を訪れるという、もう一つの楽しみがあった。そんなこんな台湾視察をまとめた。

11月5日（日）

11月5日午前7時15分、東京・羽田空港国際線ターミナルに集合。会議室で結団式、立石団長の挨拶、参加者の自己紹介。この視察旅行で欠かせなくなった団長夫人手作りの五目寿司をいただきながら旅の安全と結束を誓った。

羽田発9時20分の全日空機で空路、台湾へ。12時30分、予定よりやや早く、台北・松山空港に到着。現地ガイドの林貞純さんが出迎え、専用バスで台北駅へ。台湾高速鉄道（台湾新幹線）で南部の都市、嘉義市へ向かう。

台湾高速鉄道は、台北市・南港駅から高雄市・左営駅までの345㌔を最高速度300㌔／h、ノンストップ便では約1時間30分で結ぶ。これまで同区間は、最速の在来線特急で3時間59分かかった。

2007年に開業、総事業費は4806億台湾ドル（約1兆8千億円）。日本の新幹線の車両技術を輸出・現地導入した初めてのケースだが、分岐器はドイツ製、列車無線はフランス製、車輌などは日本製という、日欧混在システムだという。

台北発午後2時46分の台湾新幹線に乗車。日本でいうグリーン車だったので、女性パーサーが座席までコーヒーやパンなどを持って来てくれるサービスがついた。左党組は、台北駅で購入したビールでのどを潤していた。

嘉義駅到着は、午後4時13分、約1時間半の台湾新幹線の旅は快適だった。台北は「亜熱帯」だが、嘉義は「熱帯」なので暑く感じた。嘉義で思い出すのは、嘉義農林学校。日本統治時代の夏の甲子園（１９３１年）で準優勝に輝いた。２０１４年に映画化された。

嘉義農林野球部は、原住民、中華系住民、日本人の混成チーム。当初は弱小チームだったが、元松山商業（愛媛県）監督の近藤兵太郎氏の指導で強豪校になった。嘉義農林は、２０００年に大学に昇格、国立嘉義大学になっているという。

この台北から嘉義に向かう途中に、『冬冬の夏休み』のロケ地があった。冬冬が夏休みを過ごす銅鑼（トンロウ）。台北と嘉義のほぼ中間にある小さな田舎町。残念ながら台湾新幹線は通っていない。台北駅から台中線(山線)経由の特急で苗栗駅で普通列車に乗り換え銅鑼駅で降りる。

台湾新幹線の車中から、「銅鑼はこのあたりか」と目を凝らした。一帯は、『冬冬の夏休み』に出てくる風景と同じような田園が広がっていた。映画は、冬冬と妹の婷婷（ティンティン）が開業医をしている祖父の家で過ごす夏休みが描かれている。

田舎の少年たちと川遊びをしたり、孫思いの祖父との交流、２人組の強盗事件、恋人を妊娠させてしまった叔父さん、少し頭は弱いが婷婷を助けてくれた寒子（ハンズ）との出会い……幼い兄妹がひと夏に体験した思い出の詰まった佳作。

映画評論家の川本三郎が『銀幕風景』（新書館）で描いている。〈次々に事件が起こるが、田舎の風景がそれを優しく包む。明るい陽光と微風、セミの声、夕立と雷雨、大きなクスの木……こんな村で夏休みを過ごせた少年は幸せだ〉

われわれは、嘉義駅で下車して、専用バスで2時間半の15の山々から成る国家風景区（国定公園）阿里山へ。日の出・夕霞・雲海・鉄道・神木の「五大奇観」が有名。また、３・4月には桜が満開となり「桜の名所」としても知られる。

ホテルは山中にあり、大型バスは入れず、小型バスに乗り換えて10分程度でホテルに到着。台湾で初めての夕食は、豚肉炒め、鶉の燻製などの郷土料理。紹興酒を飲みながらの食事を期待したが、紹興酒は置いておらず台湾ビールで乾杯、会食となった。風呂のお湯が冷たいなど山小屋風ホテルという感じだった。

11月6日（月）

阿里山のホテルは、標高２０００メートル《メートル》。気温は、10度を切っていたが予想したほど寒くなかった。阿里山観光の目玉の一つが、祝山から台湾最高峰の玉山（日本統治時は、新高山と呼んだ）山系から顔を出す日の出の鑑賞。

祝山には、海抜２５００メートルの登山鉄道として有名な森林鉄道に乗って向かう。われわれの出発は「午前4時」というので、到着後の疲れもあり希望者6人が参加。「日の出は、見えなかったが、朝焼けが見事だった」と参加者の1人。

ホテルで朝食後、全員で、「阿里山国家森林保護区」の見学に向かう。熱帯・暖帯・温帯の植物が見られたが、樹齢１０００年を超えるタイワンヒノキ（紅檜）が数多く自生しており、その巨大さに気圧された。

阿里山のタイワンヒノキは、靖国神社の神門や橿原神宮の神門と外拝殿、東大寺大仏殿の垂木など日本の神社仏閣で使われている。明治神宮の大鳥居にも使われていたが、１９６６年の落雷で破損、大宮氷川神社に移築されたとか。

阿里山では、中国大陸からの観光客の姿が目立った。赤い帽子に民族衣装の女性を見かけたが、「あの女性は、中国大陸の少数民族です。大陸からの観光客は一時は年間４００万人を数えましたが現在は減っています」とガイド。

阿里山視察を終えたあと、専用バスに乗って、嘉義で昼食を取ったあと、「台湾の京都」といわれる台南市へ。台湾で最も早くに開けた古都で、寺院や廟など史跡が数多く点在、日本統治時代の建物も多く残っていた。

台南に到着。立石団長が手配してくれていた李孟・台南市長と面談のため台南市役所へ。われわれは、６階の会議室に案内された。この面談は、立石団長が東京で交流のある台湾人留学生の叔母さんが荘玉珠・台南市議会議員だったことから実現した。

李市長は、「ようこそ、台南へ。190万人の市民を代表してみなさんを歓迎したい。台南には、日本の統治時代の建物、台湾水利の父といわれる八田與一の銅像や記念公園があります。文化だけでなくグルメでも有名です。昨年の地震では日本から多くの援助金をいただきありがとうございました。台南を満喫し、いい思い出をつくってほしい」と挨拶。

立石団長は、「東日本大震災では、最初に多大な援助金をいただき、富士山の世界遺産登録の際には玉山という富士山を越える山があるにもかかわらず応援してくれたことに感謝したい。台湾は私の父親が高雄で仕事をしていた思い出の地でもあります。台南の素晴らしさは想像通りです。益々の発展を願っています」と応えた。

荘玉珠議員は、「台南は人情が豊かで美味しい食べ物も多く、そしてのんびりした素敵な街です。立石先生の政治に取り組む真面目さは勉強になりました。中央区との交流も深めたいので、今後ともよろしくお願いします」と述べた。

市役所会議室から市議会庁舎へ移動。ここでは、郭信良・台南市議会副議長、荘玉珠・台南市議会議員、蔡旺珠・台南市議会議員、林金李・副秘書長らが出迎え、山盛りのフルーツをご馳走になった。

夕食は、荘玉珠議員の招待で、市内の台湾料理店で会食。荘議員の親戚や関係者が10人近く参加して賑やかな懇談となった。僕のテーブルに、偶然にも早大OB３人が並んだ。

すると、同席の陳さんが「うちの息子は早大理工学部卒で台南で働いている」と話し、息子の陳志維さんに電話して店に呼び出しだ。3人の早大OBらは、息子の陳さんを引っ張り出して二次会へと繰り出した。

11月7日（火）

午前中は、台南市内を視察。台南は1624年からのオランダによる台湾統治の中心地だった。台湾最古の建造物といわれる要塞「赤嵌楼」などを視察した。「熱帯」の台南は気温31度という暑さ、汗をかきながらの見学となった。

台南の中心部にある「赤嵌楼」。1653年、台湾南部を占領したオランダ人が建設し、「プロヴィンティア城」と呼ばれた。その後、鄭成功が、中華風楼閣に改築した。赤レンガを積み上げ、堅固に造られた建物で、日本統治時代は陸軍病院が置かれた。

浄瑠璃「国姓爺合戦」で有名な鄭成功が祀られた廟の「延平郡王祠」と、鄭成功の息子である鄭経が創建した台湾最古の孔子廟の「台南孔子廟」を見て回り、台湾の歴史を深く味わった。

このあと、専用バスで、八田與一ゆかりの地へ。八田は、日本よりも、日本統治時代の台湾において農業水利事業で貢献したことにより、台湾での知名度のほうが高い。台湾では、教科書やアニメで八田の業績を紹介、アニメは専用バスの車中で見た。

八田は、1886年、石川県河北郡花園村（現在は金沢市）に生まれる。石川県立第一中学、旧制四高を経て、1910年、東京帝国大学工学部土木科を卒業後、台湾総督府内務局土木課の技手として奉職。

「嘉南大圳」と呼ばれる水路を完成させた。１９２０年から10年後の完成まで工事を指揮した。総工費５４００万円で、満水面積１０００ヘクタール、有効貯水量１億５０００万立方メートルの「烏山頭ダム」が完成。水路は、嘉南平野一帯に１６０００キロにわたってはりめぐらされた。

八田は、コンクリートをほとんど使用しない「セミ・ハイドロリックフィル工法」を使った。ダム内に土砂が溜まりにくくなっており、これと同時期に作られたダムが機能不全に陥っていく中、烏山頭ダムは、しっかりと稼動している。

31歳のときに故郷金沢の開業医の長女・外代樹（とよき）（当時16歳）と結婚、８人の子をもうけた。八田夫妻は、不運な最期を遂げた。夫は南方へ向かう船が米潜水艦の攻撃を受けて死亡。妻は終戦直後、夫が造ったダムに身を投げた。

このエピソードを、ガイドが語った際、「わたしには、とても、そうはできないわ」と目を潤ませる女性参加者がいた。

現在、烏山頭ダム一帯は、八田與一記念公園になっている。八田を顕彰する記念館も併設、八田一家の住んだ官舎も当時の姿に復元されている。妻の外代樹も顕彰の対象となり、２０１３年、銅像が建立された。

烏山頭ダム傍にある八田の銅像はダム完成後の１９３１年に作られた。立像でなく、烏山頭ダム工事中に見かけられた八田が困難に一人熟考し苦悩する様子を模したユニークな銅像。八田の命日である5月8日には慰霊祭が行われている。

２０１７年4月、銅像の首から上が切断された。中華統一促進党に所属する元台北市議会議員の仕業で、同時期に台湾各所で頻発していた蒋介石像に対する悪戯への反発心が八田に向けられたという。八田の命日までに修復された。

夕食は、前夜ご馳走になった荘玉珠議員を、われわれが招待してリターンバンケット。台湾の名産、カラスミも出され、みんな満足、満足。顔なじみなった荘議員の関係者も出席、宴は盛り上がった。

台南で宿泊（2日間）のシャングリラホテルは、中央が高い吹き抜けになった高層の豪華ホテル。「前夜の阿里山はホテルだったのか。これまでの立石さんの海外視察でもトップランク」と参加者のひとり。

11月8日（水）

ホテルで朝食の後、専用バスで台南駅へ。午前9時13分発の台湾新幹線で台北に向かう。10時59分に到着、すぐに専用バスに乗って、みんなが楽しみにしていた小籠包の名店、鼎泰豊（ディンタイフォン）へ。

行列待ちで有名だが、ガイドの予約が効いたようで数分間の行列で済んだ。前菜から炒飯までのコース料理だったが、モチモチの皮、たっぷりのスープ、ジューシーな肉が入った小籠包はビールに合った。１９９３年の米誌「世界の人気レストラン10店」の一つにも選ばれたそうだが、それほどでも、という印象。

昼食の後、専用バスで十分へ。ここでは、「天燈（テンダン）」と呼ばれる油紙と竹でつくられた直径1メートルほどの気球を空に飛ばす体験に挑んだ。雨の中、テントの中で、天燈に、それぞれ願い事を筆で書いて四人一組で雨空に飛ばした。

このあと、映画『非情城市』の舞台として知られる九份へ。九份も雨だった。台北北部の山間に位置し、海を一望できる風光明媚な街並みが広がる。かつては金鉱発掘の街として栄えたが、ゴールドラッシュが終わってさびれた。

映画の舞台となったことから脚光を浴び、観光地になった。石段や狭い路地、赤い提灯が特徴的なレトロな雰囲気を醸し出す。しかし、横殴りの雨で、上着だけでなくズボンも靴もビショビショ。ノスタルジックな街並みは雨に霞んだ。

『非情城市』は、第二次世界大戦終結後、激動の台湾を描いた。歴史に翻弄される家族の愛と哀しみの年代記。祖国復帰の喜びもつかの間、港町・基隆で酒屋を営む林阿祿の一家は、外省人の横暴に苦しめられていた。

四男でトニー・レオン演じる耳の聞こえない文清は、仲間と共に新しい台湾の姿を夢見つつ、看護師の寛美とささやかな恋を育んでいた。１９４７年2月27日、台北でヤミ煙草取締りの騒動を発端として、翌日に「二・二八事件」が勃発。

流入する外省人と本省人の争いが台湾全土で巻き起こる。文清ら市民や学生は、中国本土からやってきた国民党兵士の暴力に抵抗する。しかし、国民党の軍隊の弾圧に敗北、文清の友人たちは次々と逮捕され処刑される。

映画のクライマックスを、川本三郎がDVDの解説に描く。〈彼らが処刑されてゆくところがこの映画のクライマックスになっている。看守に呼ばれた青年たちは毅然として立ち上がり、仲間たちと無言で別れの挨拶を交わし、刑場へと去ってゆく。この時、彼らは、彼ら自身の歌ではなく、日本の流行歌「幌馬車の唄」を歌う。新しい理想の国がない彼らには、古い旧宗主国の歌を歌うしかないのである。その悲しみ……〉

夕食は、台北市内の本格的な台湾料理店「湖桂」で。カラスミに加え、九州では「幻の高級魚」といわれるアラ（九州ではクエと呼ぶ）の餡かけの唐揚げが出た。台湾料理と紹興酒が〝相思相愛〟ということを実感。食も酒も進んで台湾最後の夜は更けていった。

11月9日（木）

台北のホテルは、日本のホテルオークラが経営する「大倉久和大飯店」。部屋が大きな豪華ホテル、ここのパイナップルケーキは人気で、みんな買い求めていた。台北市は人口260万人を超えるアジア屈指の世界都市。朝食の後、中国文化と芸術の殿堂「国立故宮博物院」を見学した。

故宮博物院は、世界一の中国美術工芸コレクションとして名高い。フランスのルーブル、アメリカのメトロポリタン、ロシアのエルミタージュと並んで世界四大博物館の一つにも数えられている。

所蔵する美術品の大半は中国歴代の王朝から代々受け継がれてきた逸品。かつては北京の故宮に所蔵されていたものだが、国共内戦の戦火による破壊から守るため、1949年に蒋介石が軍艦を動員して中国大陸から台湾へと運んだ。

70万点近くの収蔵品のうち、常時展示している品は、6000~8000点。特に有名な宝物数百点を除いては、3~6ヶ月おきに、展示品を入れ替えている。すべてを見て回るには、10年以上はかかるという。

玉器は8000年前のものから、5500年前の新石器時代の翡翠の彫り物、4400年前の陶器、3300年前の青銅器・象形文字、2200年前の秦の始皇帝から、隋、唐、宋、元、明、清の歴代宮廷の収蔵文物……その内容と数に圧倒された。

最も有名な展示物二つを行列に混じって見学。一つは、2色に分離した翡翠を清廉潔白を表す白菜に模した「翠玉白菜」。天然の翡翠と玉の混ざり具合を巧みに利用した繊細な彫刻で、翠玉巧彫の最高傑作。もう一つが、3層になっている石に加工を施した「肉形石」。おいしそうな赤身と脂身の混じった「肉形石」は、豚の角煮にそっくりだった。

故宮見学の後、免税店に立ち寄り台北・松山空港へ。午後1時30分発の全日空機で帰国の途へ。午後5時30分、羽田空港に到着、全員元気に帰国した。

おわりに

立石さんの海外視察では、現地ガイドが、その国の国情（政治状況）を話すことが多かった。

今回のガイドの林さんは、国情はあまり語らず、観光案内に終始した。「ＯＫね」が口癖で、話の最後は、いつもこれだった。元気の良さ、明るさは好感が持てた。

さて、台湾に行く前に読んだ『台湾』（伊藤潔著、中公新書、１９９３年初版）は、台湾の現代史、民主化の歩みを記している。〈１９７０年代に入り、二・二八事件以後に成長した台湾人の指導者は民主化運動を推進した〉とこう記す。

〈86年、戦後初めての野党「民主進歩党」が結成される。民主化運動と米国の圧力により、87年、国民党政権は38年間施行してきた戒厳令を解除した。88年、最高権力者の蒋経国総統・国民党主席が死去、副総統の李登輝が総統に昇格。

台湾史上はじめて、台湾人が総統・国家元首についた。李登輝総統は、就任早々、政治犯の一部を減刑して釈放、90年に軍を掌握、権力を握り民主化改革を進める。

92年の台湾史上初の総選挙で、民進党は52議席を占め、国民党は１０３議席似にとどまり敗北宣言。〈李登輝が総統・党主席に就任して以来、国民党政権も国民党も「台湾化」の速度を強めている〉

93年初版なので、ここまでだった。このあと、李登輝総統が２０００年に退き、総統は、陳水扁（民主進歩党）、馬英九（国民党）、２０１６年から蔡英文（民主進歩党）と政権交代が繰り返された。国民、民進両党は、大陸との関係は異なるが、政情は安定しているようにみえる。

「二・二八事件」にも触れている。〈知識人が粛清の標的だっただけに、台湾人の指導者のほとんどが殺害され、または検挙されて、長期にわたって投獄されたため、その後長らく台湾社会に指導者の空白が生じている〉。

蔡英文総統は、今年2月、海外に住む二・二八事件の被害者遺族らと面会した。そこで誤りを認め、謝罪し、被害者の名誉を回復して政府による真相調査や情報の公開を約束した。

同著は、第二次世界大戦後にやってきた外省人＝国民党について、こう書いている。〈当時、台湾人は、「狗去猪来（犬去りて、豚来たる）」と嘆いた〉。統治時代の日本人はうるさくて番犬として役立ったが、国民党はただ貪り食うのみで役立たない、というわけだ。

日本人として胸が痛む挿話だが、こんな一説に少し救われる思いがした。〈「二・二八事件」をはじめ、国民党政権が恣意的に歪めてきた歴史の書き換えも始まろうとしている。いずれ日本統治の台湾史における位置づけも変わり、「植民地下の近代化」にも光があてられるであろう〉

◆スペインとポルトガル（2018年5月29日～6月8日）

司馬遼太郎の『街道をゆく23南蛮のみちⅡ』（朝日文庫）をなぞるような旅だった。5月下旬、「スペイン・ポルトガル大周遊11日間」というツアーに友人と2人で参加。司馬の高尚な旅と違って、名勝旧跡を駆け足で回る通俗的な旅になったが、二つの国の歴史や風土、息吹に少し触れることはできた。

司馬は、二つの国を書いている。〈大航海時代という華麗な世界史的な演劇の幕を切っておとしたのは、いうまでもなくポルトガルであった。大国のスペインは遅れて参加した。この両国は、地球の未知な部分の発見と領有のために激しく競走した。そのことは、ローマのカトリックの布教上の使命にもかなうことだった〉

我々強行軍のツアー一行は26人。海外旅行慣れした中高年の夫婦連れが多く、平均年齢は、僕ら団塊世代と思われた。成田空港からドバイ経由でスペイン北東のバルセロナに入った。ドバイまで11時間、ドバイから7時間かかった。

バルセロナは、独自の言語と文化を持つカタルーニャ州の州都で、スペイン第2の都市。建築家、ガウディのサグラダファミリア、グエル公園などは世界中の観光客であふれていた。スペインの外貨獲得ではガウディ様さまといったところか。

昨年末の議会選挙で、スペインからの独立を目指すカタルーニャ州独立支持派の3党が過半数を確保するなどの独立派の動向が気になった。市内の公園の一角で独立派らしいグループがハンストを行っているのが目についた程度だった。

バルセロナからタラゴナの世界遺産、ラス・ファレラス水道橋を見てバレンシアへ。バレンシアオレンジや米の産地でパエリアの発祥の地。パエリアを食したが、香料がきつく米も硬く日本で食べる和製パエリアのほうが口に合う。

バレンシアから、川と川に挟まれた断崖に築かれた城塞都市・クエンカを見学した後、セルバンテスの「ドン・キホーテ」の舞台となったラ・マンチャ地方へ。ドン・キホーテが巨人と勘違いして突撃した白い風車が威風堂々と屹立していた。

旅の移動はすべて専用バス。入国3日目に首都・マドリードに入る。有名な「プラド美術館」で、ゴヤの「着衣／裸のマハ」、ベラスケスの「ラス・メニーナス（官女たち）」などに見入った。重厚な数々の絵画にただただ圧倒された。

1500年以上の歴史をもつ古都トレドを訪問。中世の面影をそのまま残す街全体が世界遺産。小さなサント・トメ教会にあるエル・グレコの大きな作品「オルガス伯の埋葬」に目を奪われた。司馬も、トレドを訪れている。

司馬は、『南蛮のみちI』で記したスペイン・バスク地方からマドリードに入る。ここから『南蛮のみちII』となり、トレドを訪問。マドリードは〈街衢（がいく）も建物も大ぶりでゆっくりしており、樹木がすくないところは大阪に似ている〉

トレドは〈ローマ的なものと、回教、ユダヤ教、さらにはキリスト教という四大文明が堆積する街である〉。1582年（天正10年）に九州のキリシタン大名、大友宗麟・大村純忠・有馬晴信の名代としてローマへ派遣された天正少年使節にも触れている。

〈1584年秋、トレドの街に入った天正少年使節もトレドの聖堂を見た。彼らはヨーロッパに上陸して以来、建築のりっぱさに圧倒されつづけるのだが、この聖堂に接するにおよんで、仰天する思いだったらしい〉

マドリードから南部のアンダルシア地方へ。コルドバの世界遺産、メスキータを見学。13世紀、それまでイスラム寺院だったが、レコンキスタによってキリスト教聖堂に造り替えられ、15世紀に改造された巨大で壮麗な大聖堂。メスキータ近くのユダヤ人街の鉢植えの花が窓際に並ぶ白い小径を散策。

「レコンキスタは、国土回復運動と訳され、イスラム教徒に占領されたイベリア半島をキリスト教徒の手に奪回する運動。711年のイスラム侵入後から、1492年のグラナダ開城まで続きました」とガイドが説明（以降の「　」はガイドの説明）。

グラナダは、多くのイスラム文化の残る街。800年もイベリア半島を支配したイスラム勢力の最後の砦となったアルハンブラ宮殿がある。出発前に知らされたが、入場制限で入れず。イスラム建築の最高傑作を見られなかったのは残念。

アンダルシア地方で生まれた民俗舞踊がフラメンコ。グラナダで、本場のフラメンコのショーを鑑賞。男女の踊り手が、巧みなステップとダンス、オレ！の掛け声。小さな舞台で、踊り子の汗が飛んできそうな迫力に気圧された。

アンダルシアの州都、セビージャ（セルビア）は、スペイン第4の都市。モーツァルトの「フィガロの結婚」と「ドン・ジョヴァンニ」、ロッシーニの「セビリアの理髪師」、ビゼーの「カルメン」など多くのオペラの舞台となった街。

「彼ら作曲家がセビージャを訪れているわけではありませんが、大作曲家たちにインスピレーションを与えてきた街といえます」

セビージャからフリーパスで国境を越えポルトガルへ。エボラに立ち寄る。大聖堂は、初期ゴシック様式の堂々たる建築で世界遺産。本堂には、16世紀のパイプオルガン。「1584年、天正少年使節団が滞在した際に、この演奏を聴きました」

司馬の『南蛮のみちⅡ』は、スペインよりポルトガル紹介の記述のほうが多い。司馬は、マドリードからリスボン特急に乗ってポルトガルに向かう。〈大航海時代を築きあげた華やかな歴史とその影を追って〉。

首都リスボンは、坂の多い街。名物はケーブルカーと路面電車。狭い石畳の路地をガタゴト走る路面電車は、街並みに似合う。リスボンで忘れられないのは、「エンリケ航海王子」と「ファド」と「パスティス・デ・ナタ」。

「エンリケ航海王子は、15世紀前半のポルトガル王国の王子。自らは航海しませんでしたが、航海士らを育てて盛んに海洋進出を行いました。アフリカ西岸に艦隊を派遣、大航海時代の先鞭を付けました」

海洋発見記念塔はエンリケ航海王子の没後500年を記念して建てられた。エンリケ、ヴァスコ・ダ・ガマら27人の偉人のレリーフ。広場には大理石造りのコンパスと世界地図、ポルトガル人が初めて日本に到着した年も刻まれていた。

発見記念塔と指呼の間にジェロニモス修道院がある。ヴァスコ・ダ・ガマによるインド航路開拓及び、エンリケ航海王子の偉業を称えて造られた修道院。大理石の巨大な建造物で、大航海時代の富を注ぎ込んで建設されたそうな。
この修道院近くにあるのが、司馬も食べたリスボンの名物菓子のパスティス・デ・ナタ（エッグタルト）のお店。〈修道院の前を川上にむかって通りすぎると、そこに菓子屋があって、ちょうど銀座の凮月堂をおもわせるような店だった〉
ファドは、ポルトガルの民族歌謡。ファドは、「運命」・「宿命」を意味し、ポルトガルギターとヴィオラで伴奏。有名なファドの曲に、日本の歌謡曲『異邦人』の元ネタとも言われる『Maria Lisboa マリア・リスボア』。
著名なファド歌手に、アマリア・ロドリゲス。司馬は、〈ポルトガルはスペインと同様、長い昼寝（シェスタ）をとる。夕食は遅い。さらには夜が長い。酒場や食堂でうたうアマリア・ロドリゲスはリスボンの長い夜を豊かにしつづけた〉
『ここに地終わり海始まる（Onde a terra acaba e o mar comeca)』。リスボンから、ユーラシア大陸最西端のロカ岬を見に行く。ポルトガルの詩人ルイス・デ・カモンイスの叙事詩「ウズ・ルジアダス」の一節を刻んだ石碑が立つ。
我々のツアーは10泊11日。機中泊が２日あるから、スペイン６泊、ポルトガル２泊。情けないことに、ポルトガルに入った時、体調不良になり食欲がなくなった。スペインでのビールとワインの暴飲が祟ったらしい。
このおかげで、パスティス・デ・ナタは食べることができず、ガイドの提案したファドを聞きに行くツアーにも参加できなかった。しかたなく、リスボン市内のレコード店で、アマリア・ロドリゲスのCDを購入した。

帰国してからCDを聴いた。アマリア・ロドリゲスの歌は、港町や酒場、男女の出会いや別れがテーマの歌が多く日本の演歌に近い。聴きながら、大好きなちあきなおみに似ていると思った。本場のファドを聞けなかったのには悔いが残った。

今回の旅で、和んだのは、バスの車窓から見た木々や草花。セビージャなどの街路樹は、ジャカランダ。紫色の花は妖艶。アンダルシア地方の広大なひまわり畑も忘れられない。映画『ひまわり』を連想、あのテーマ曲を口ずさんだ。

今回の旅は、司馬の旅とは、そもそも目的が違った。〈日本における大航海時代の影響を源流の地で感じたい〉に対し、こっちは、リーズナブルな料金で見知らぬ国を訪ね、非日常の中で「旅は命の洗濯」、というのが目的といえばその程度。

詩人の寺山修司が言っていた。「いつも旅ばかりしていると、ときどき思うんだ。人生は汽車に似ているな、ってね。旅をしながら年老（と）って古くなってゆく。自由になりたいな、って思うが、レールの外へ出れる訳じゃない」（『花嫁化鳥』）

◆憧れのギリシャ（2019年10月1日〜10月8日）

前東京都議会議員の立石晴康さんが主宰する「アジア太平洋経済研究会」が2019年10月1

日(火)から同8日(金)まで、22人が参加した「ギリシャ視察」(立石団長)に同行した。ギリシャは、地中海の東部に位置し、バルカン半島とペロポネソス半島からなる本土と、エーゲ海に点在する大小3000もの島々からなる。紀元前3000年頃から文明が繁栄し、後のヨーロッパ文化の礎を築いた。神話の世界が息づく遺跡が数多く残されている。来年は東京オリンピック、オリンピック発祥の地のオリンピア遺跡やアテネのシンボル・アクロポリスの丘のパルテノン神殿など見学、エーゲ海ツアーも体験した。青い空と紺碧の美しい風景、「太陽の国」と呼ばれるギリシャ視察をまとめた。

〈ヨーロッパ文明揺籃の地である古代ギリシャの輝きは、神話の世界そのままに、人類史の栄光として今も憧憬の地であり続けている。一方で現在のギリシャは、経済危機にあえぐバルカンの一小国であり、EUの劣等生だ。オスマン帝国からの独立後、ギリシャ国民は、偉大すぎる過去に囚われると同時に、列強の思惑に翻弄されてきた。この〝辺境の地〟の数奇な歴史を掘り起こすことで、彼の国の今が浮かび上がる〉

ギリシャへの旅は、1冊の本と1本の映画が〝道案内〟をしてくれた。この文章は、『物語近現代ギリシャの歴史』(村田奈々子著、中公新書)の一節。映画は『その男ゾルバ』(マイケル・カコヤニス監督、1964年制作)で、名優、アンソニー・クインが演じたゾルバがギリシャ人の典型なのだろうか。二つの道案内を心に持ちながらギリシャへ向かった。

［**10月1日（火）**］

1日午前8時30分、東京・羽田空港国際線ターミナルに集合。チェックインのあと会議室で結団式、「楽しい旅にしましょう」という立石団長の挨拶、旅行会社の説明、参加者の自己紹介があり、この視察団名物となった団長夫人手作りの五目御飯がふるまわれた。午前11時15分発の全日空機で独フランクフルトへ。約12時間の飛行で午後4時30分（以下、現地時間）、フランクフルト空港に到着。アテネ便への乗り換えまで4時間近くあり、一部の男子陣は、フランクフルトソーセージを肴にビールで乾杯する姿が。女性陣のなかには、ドイツ土産を買う人も。

同8時発のルフトハンザ機でギリシャ・アテネへ。3時間のフライトで、午前零時過ぎ、アテネ空港に到着。専用バスでアテネ市内のホテルへ向かった。バスの車内で、ガイドが「おはようは、カリメーラ、こんばんわは、カリスペラといいます。気温は日中は30度、明日は28度前後という予報です。治安は、スリの被害が多く、気をつけて下さい」と説明。通算15時間のフライトでメンバーは、いささか「お疲れ気味」。

［**10月2日（水）**］

朝食は午前8時。その前に、ホテル周辺を散策したが、掃除の行き届かない道路、書きなぐったビルの落書きが目に付いた。「青い空と紺碧の美しい国」というイメージには遠かった。この日は、在ギリシャ日本大使館を表敬訪問したあと、コリントス運河の視察。

案内ガイドは、園田富喜子さん。長崎県出身で、長崎に寄航したギリシャの船員と文通による交際を経て18歳で結婚、ギリシャに住んで43年。「ギリシャは面積は日本の3分の1、山岳地帯が7割、牧畜と農業、そして観光が主な産業。２０１５年の経済危機から生活は向上していない」と車中でガイド第一声。（以下の「　」は園田さんの説明／一部を除く）

日本大使館では清水康弘大使が、ギリシャの歴史、最近の国情、日本との関係などについて説明。「地政学的重要性が高まっている」という話が参考になった。「ギリシャはアジアと欧州の間にあり、エーゲ海はすべて自分の海。中国は欧州の玄関として重視、ピレウス湾運営権取得など投資に注力している。クレタ島に基地を持つアメリカは、安全保障、エネルギー輸送の観点から関係強化している」

コリントスは、アテネからバスで1時間半のところにあった。ここで昼食。ギリシャ名物のメゼ（数種類の小料理）を食す。チーズコロッケ、ロールキャベツ、豆料理、ポテトフライ、ミートボールが中皿で出てきて、分けて食べた。「おばんざい」のような料理だったが、ギリシャ料理はこんなものか、とうなずく。

コリントス運河は、車中から見たが、絶壁の間を船が通るという変わった運河。長さは６３４３メートル、絶壁の一番高いところは79メートル。現在通る船は、観光船だという。

なぜ、これが遺跡なのか？「コリントス運河は、紀元前7世紀頃から構想があったとされています。紀元前3世紀頃、開通は出来ませんでしたが、工事を行った記録があります。運河建設は、古代人から伝わる夢だったそうです」

コリントスから、オリンピックの発祥の地とされるペロポネソス半島の西に位置するオリンピアへ向かう。ホテルに到着後、ここで夕食。

［10月3日（木）］

オリンピアは、小さな田舎町。周りを小高い山に囲まれ、もの静かな落ち着いた家並みが続く。南の町外れに古代遺跡が発見された。ホテルで朝食の後、午前9時、専用バスで世界遺産の古代オリンピックの聖地、オリンピア遺跡視察へ。

今でもオリンピックの聖火が採火される「ヘラ神殿」は、様々な遺跡のなかにあった。「ゼウスの妃、ヘラを祀った神殿跡で、紀元前7世紀のもの。ギリシャ最古です。考古学博物館に納められている『赤子のディオニソスをあやすヘルメス像』が発掘されたのもヘラ神殿です」

周囲には、紀元前4世紀、マケドニア王が戦争勝利を記念した「フィリペイオン」や、紀元前３３８年、全ギリシャを統一した記念の「プリタニオン」、古代の大彫刻家フェイディアスの傑作「ゼウス像」が制作された彼の仕事場、アテネのパルテノン神殿に匹敵する神殿といわれる「ゼウス神殿」などがあった。

遺跡内の東端には、古代オリンピック競技が行われていたスタジアム。紀元前4世紀中ごろに造られたもので、トラックの幅は30メートル、長さが１９２メートル。残っている白い石で埋め込まれたスタートラインで写真を撮るメンバーが多くあった。

「古代オリンピックは、自由都市の男性だけが参加でき、競技を見学するのも男性しか許されていませんでした。また、不正防止などを理由に、全員が裸で参加するのがルールで、女性は見ることが禁止されていました。その様子は、モザイク画に残されています」

オリンピア考古学博物館は、ギリシャでも重要な博物館の一つ。19~20世紀にかけて発掘された数々の彫刻や陶器類が時代別に並ぶ。猪の牙でできた兜や、翼の付いた「セイレーン像」、「ヘラ神の頭像」、「アテナ神の頭像」、「ガニュメデスをさらうゼウス像」などが展示されていた。

素晴らしい彫像の中でも、何といっても圧倒されたのは、「勝利の女神ニケの像」。パイオニオス作で、女神のニケが地上に降り立つ瞬間をとらえているといわれる。今にも動き出しそうな躍動感が伝わってきた。

ゼウス神殿の二つの破風と神殿内部の壁に飾りとして設置された浮き彫り彫刻も目を引いた。ゼウス神殿は、紀元前470年から紀元前460年頃完成。彫刻は、どれも豊かな表情で臨場感あふれていた。すべてパロス島の大理石が使われた。

昼食は、近くのレストラン。そこへ向かおうとしたとき、突然、空が暗くなり雷と大雨。雷を怖がった犬がレストランの奥に逃げ込む。メンバー全員がレストランに入ってまもなく、雨がやんだ。「我々はついている」と安堵しながら食事。

昼食後、オリンピア市内で買い物。Oさんは、1軒の土産物店の店主と身振り手振りで会話。「店主の父親が1964年の東京五輪でギリシャ代表団の選手村村長だったのがわかって驚いた。当時の写真も見せてもらった」とOさん。

午後3時過ぎ、ホテルへ。夕食まで時間があるので男性陣有志は昼からYさんの部屋で酒宴。部屋へ一旦戻ったNさんは、そのまま熟睡。電話で起こされた際、「モーニングコールだと思った」と寝ぼけていた。ギリシャ到着以来、野菜中心の食事が続いたので、「肉が食べたい」とステーキハウスに出かけた男性陣もいた。

【10月4日（金）】

オリンピアのホテルで朝食後、専用バスで２４０㌔先のデルフィに向かう。視察するデルフィの遺跡は、アポロの神託が行われていた聖域。古代ギリシャではここが「大地のヘソ（世界の中心）」と信じられていた。

デルフィに向かう途中、再び、大雨と強風に見舞われた。バスの車中からみると、外は真っ暗で台風の中をバスは進むという感じ。昼食で立ち寄ったレストランに着くと雨もやんだ。ここでも、「我々はついていた」。

昼食は、道路沿いのレストラン。ギリシャ名物だという「ムサカ」が出された。ナスなど野菜とミートソースとホワイトソースを重ね焼きした料理。「日本のラザニアのようだ」と好評で、酒豪のTさん、最年長のTさんも完食。

デルフィは、ギリシャ中部の山間部にあり、山麓にオリーブ畑が広がっている風景は「オリーブの海」と呼ばれる。遺跡の中核は、紀元前からデルフィが廃都される３８１年まで神託が行われていたアポロ神殿。今は数本の列柱と土台を残すだけ。

「アポロ神殿は、巫女が神託を受けたと思われる場所で、当時の人々にとってここが世界の中心でした。宮殿の地下からは『大地のヘソ』と呼ばれる石が発見されました。この石は、デルフィ博物館に展示されています。」

博物館を見学した後、アポロ神殿などの遺跡を見学。標高７００メートルで段丘になっておりメンバー数人は博物館で待機。年配格のKさんは見学の最後に脱水症状を起こして一時ダウンするという一幕もあった。

「デルフィは、人気のある観光地ですが、派手さがない落ち着いた遺跡です。アポロ神殿のそばにある岩盤を掘り抜いて造られた野外劇場は、５０００人を収容できる規模を誇ります」

見学を終えてデルフェのホテルへ。高台にある瀟洒なホテルで、レストランから望める景色も素晴らしく、料理もまずまず。「これまでに泊まったホテルでは一番」とメンバーも満足したようだ。

【10月5日（土）】

朝食の後、午前9時、専用バスでアテネへ。３時間の旅で、途中でアラフォバの街を通る。バスがようやく通ることができる狭い道路、冬はスキー客で賑わう。ここから遠くにデルフィの街が見える。山麓に赤い屋根と白い家が映える風景をみんながカメラに収めた。

アテネに向かう車中で、「アテネ市内はアメリカの国防長官が来たことに抗議するデモで一部が封鎖され、時間通り見学できないかもしれません」とアナウンス。見学前に、市内のレストランで昼食。

レストランは、古代の市場であるアゴラの指呼の間にあり、遠くにパルテノン神殿が眺められる。食事は、「ゲミスタ」。トマトやピーマンのなかに米や野菜などを詰めて焼く料理。食事には、毎回、ビールとワインが出るが、このゲミスタはひと際アルコールに合った。

アクロポリスへ。アテネで最も有名な観光地で、世界遺産に登録されている。アクロポリスとは「上の都市」の意で、古代アテネ人が神々の住む場所として神殿を捧げた場所。高さ約70メートル、全周約８００メートルの石灰岩の丘の上にある。

夢にみたパルテノン神殿や屋根を支える６人の少女像が有名なエレクティオン神殿が目の前にあった。パルテノン宮殿は、アテネの守護神であるアテナ女神を祀ったドーリス様式の最高峰といわれ、紀元前４３８年ごろ建てられた。

アクロポリスの南東にあるアテネ国立考古学博物館へ。ギリシャ全土から出土した一級の彫刻や陶器を展示。古代ギリシャの彫刻のなかには、上半身は女性で下半身が鳥の彫刻などもあった。オリンピアの博物館で見た「ヘルメス像」のような男性の全裸の像も多くあった。女性陣の間からは「みんなお尻がきれいね」、「うちのお父さんのほうが大きいわ」なんて声が聞こえてきた。

考古学博物館見学のとき、日本ではラグビーワールドカップの日本・サモア戦が行われていた。ＹさんやＨさんらがスマホで試合の様子をチェック。日本が38対19で勝利したのがわかり、みんな大喜び。

ホテルに戻って夕食には、現地在住の安藤ゆう子さんをゲストとして招いた。「ギリシャに魅かれてやってきて46年になります。結婚して２人の娘がいますが、ひとりはアメリカ、もうひとりはイギリスで生活しています。ギリシャ人はバカンスを楽しみ、別荘を持っている人も多いです」などと話した。

［10月6日（日）］

午前6時朝食、７時ホテル出発で「エーゲ海1日クルーズ」に出かけた。サロニコス湾に浮かぶイドラ島・ポロス島・エギナ島を1日で周遊する。８時過ぎ、アテネ郊外の港を船（６００人乗り）は出発。

憧れのエーゲ海は、曇天のせいか海の色はブルーというよりダークブルー。しかし、船から見えるオレンジ色の屋根の白い家の並ぶ島の姿にエーゲ海らしさも。船の中では、音楽演奏がありアメリカ人らしい老夫婦の踊る姿もあった。

11時過ぎ、イドラ島に到着。透明度の高い海があり、車やバイクの乗り入れが禁止されていた。港周辺にある土産店をのぞいて民芸品などを買い物。12時55分出発で、ポロス島へ向かう。

ポロス島に向かうころ、天候も回復、晴れ間が見えた。「青い空と紺碧の海」のエーゲ海がよみがえった。ポロス島は、オリーブや緑濃い松の木に囲まれる小さな島だった。

船内で昼食。バイキングランチでグリークサラダ、ドルマダーキア、オーブンチキン、魚オリーブオイル焼き、ミックスピラフ、パスタ、デザートが並んだ。食後に、Aさんが大事なバッグを紛失、慌てたが、Yさんの直感で無事発見。

ポロス島を出発して午後4時ごろ、エギナ島に到着。オプションツアー（1人28ユーロ）で、神殿や遺跡、修道院などを見て回った。ピスタチオの特産地としても有名なので、ジャムやクリームなどピスタチオ製品を購入した。

6時過ぎ、アテネ郊外の港に向かって出発。到着までの船内は、音楽と踊りで大盛り上がり。ギリシャ民俗音楽に合わせた踊りの輪には、女性陣からMさん、Yさんらが加わり、スペインから来た愛くるしい女の子らと舞った。民族踊りの指導では、男性陣からYさんが飛び入り、ギリシャ女性と戯れていた。

午後7時過ぎ、アテネに戻り、夕食はパルテノン宮殿の見えるレストラン。窓際の席に座ると、遠くに夜空に輝く宮殿がくっきり見ることができた。食事もフルコースと豪華で、ワインも奮発して高級なものに。ギリシャの最後の夜を景色と食事とワインで満喫した。

［10月7日（月）］

午前3時、モーニングコール、4時出発で、フランクフルトへ。ほぼ一日ある乗り継ぎ時間を使ってフランクフルト市内を視察。ゲーテハウスとゲーテ博物館を見学。ゲーテは、小説家のみならず劇作家、法律家、自然科学者としても活躍。１７４９年、フランクフルトに生まれた。ゲーテハウスは、多感な少年時代を過ごした家。

第二次世界大戦で破壊されたが、疎開していた調度品はそのままに、忠実に復元されている。

1階にはキッチンのほか、「青の間」と呼ばれている食堂、「黄色の間」と呼ばれている応接室がある。

2階の「北京の間」と呼ばれている部屋は、他の部屋よりも一段と豪華な装飾がされている。家族の祝い事や高貴な客人を迎える際に使用されていた。3階にある書斎へ続く部屋には、ゲーテの父が収集した地元の画家の作品がずらり。

書斎には2000冊もの学術書がならぶ。幼いゲーテはこの部屋で父から教育を受けた。4階にある「詩人の間」でゲーテは「ファウスト」初稿、「若きヴェルテルの悩み」を執筆。愛用の机の上には、ゲーテとロッテのシルエットがあった。

青年期までを家族とこの家で過ごしたゲーテは、16歳の時に法学を勉強するためライプチヒへと旅立つ。法律を勉強する事になったのは、彼の将来を有望視した父の意向で、本人は文学を勉強したかったのだとか。

ゲーテハウスを見学した後、高層ビルが立ち並ぶフランクフルトにあって今なお昔の姿をとどめているレーマー広場へ。中世の時代、神聖ローマ帝国皇帝の選挙や戴冠式といった重要な儀式が行われたという。

ドイツらしく可愛らしい木組みの建物が並ぶ様子はメルヘンの世界。足を踏み入れたら、急にメルヘンワールドに飛び込んだかのような感覚を味わった。市内のドイツレストランで昼食。ドイツ料理とドイツビールで乾杯。午後8時45分発の全日空機で帰国の途に。

［10月8日（火）］

8日間にわたる旅を終えて午後3時30分、東京・羽田空港に到着、みな表情には疲れが見えた。でも、よく見ると、青い空と紺碧の美しい風景、「太陽の国」、ゾルバの国を十二分に楽しんできたという顔をしていた。

おわりに

映画『その男ゾルバ』のあらすじ。英国人作家のバジルはギリシャ・クレタ島に赴き、ゾルバに会う。ゾルバは楽天的で、見るからに頑強で、魂もまた壮健だった。ゾルバは、ホテルの元高級娼婦という女主人と親しくなる。バジルは、炭鉱の監督の息子に迫られている美しい未亡人と恋仲に。ゾルバは、バジルを応援、監督ら地元民と対立。息子は振られたショックで自殺、未亡人は、監督に刺殺され、女主人も病気で死ぬ。そして、ゾルバが創案した炭鉱ケーブルが竣工式の当日に壊れる。ラストシーンは、ゾルバがへこたれず、ギリシャの力強いダンスを踊る。未亡人の死の衝撃冷めやらぬバジルも、感激して共に踊り出す。

ガイドの園田さんは「映画公開当初は、ギリシャの恥をさらしたと不評でしたが、アカデミー賞を受賞してヒットすると世界中から〝ゾルバの舞台を見たい〟と観光客が押し寄せ、ゾルバは国民誰もが知る人物になりました。（日本の『坊ちゃん』かな？）坊ちゃんと山嵐を合わせたような人物」と話した。

『その男ゾルバ』のテーマ音楽もヒットした。訪れたアテネ市内の広場やエーゲ海1日クルーズの船内でも、ギターなどで演奏していた。ゾルバは、ギリシャ国民の間にすっかり溶け込んでいるように思えた。

原作は、ギリシャの作家、カザンザキスの長編小説（1947年刊）。ゾルバは、ゾルバスという実在の人物。執筆当時、ギリシャはドイツ軍に占領されていた。『物語　近現代ギリシャの歴史　独立戦争からユーロ危機まで』（村田奈々子著、中公新社）によると、〈カザンザキスは実在のゾルバスから「不幸なことや辛いこと、そして先が見えない不安を、いかに自尊心に変えるのか」を学んだと述べている〉

同著の著者、村田奈々子は〈ゾルバスが体現したギリシャ精神は、占領下のギリシャ人の多くが共有していた。彼らは、自尊心を失うことなく、ギリシャ人の自由、そして、ギリシャ国家の解放のために、敵に立ち向かったのである〉。自尊心、自由、解放……ゾルバが愛される理由が少しわかった気がした。

最後に、「ヨーロッパ文明揺籃の地である古代ギリシャ」に触れたい。古代ギリシャを代表する哲学者はソクラテス、プラトン、アリストテレスら。アリストテレスとプラトンは、彼らの考えうる唯一の国家、ポリス像を考察、構築した。

村田は、こうまとめている。アリステレスやプラトンら古代ギリシャ人の政治哲学思想は、私たち日本人の生きる現代の政治や社会の成り立ちとも無縁ではない。ギリシャの過去を見つめるとき、2人が古代アテネの民主政を批判的に観察することで導き出した政治哲学は、今日の民主主義の現状と将来を考える場合、私たちが常に立ち返っていく場である。その文脈で、ギリシャの過去を見つめる時、英国の詩人、パーシー・シェリーの「われわれは、すべてギリシャ人である」という詩句も、説得力を持ち得る。

◆「無錫旅情」の舞台（2019年6月6日〜6月9日）

「名店『阿一鮑魚』で中国料理三大珍味を食す豪華ホテル、グランドハイアットホテルに泊まる蘇州の世界遺産と上海江南四日間」という大仰な中国ツアーに6月上旬、友人と出かけた。珍味も豪華ホテルも想定内だったが、旅情や夜曲をイメージした無錫、蘇州の街は高層ビルの林立する大都会だった。

上海に向かう機内で見た映画が面白かった。『クレイジー・リッチ！』は、シンガポールを舞台に不動産王の御曹司、ニックと、彼の裕福な一族との間で揺れながらも本当の幸せを追い求める独身女性、レイチェルの葛藤を描いたアジア人によるラブコメディー。

プロローグで、幼いニックと親族がロンドンの名門ホテルから邪険に扱われ、一族がホテルを買収しようとするシーンがある。こうした振る舞いが映画のタイトルになった。後で触れるが、現代（いま）の中国と重なるところがあった。

店『阿一鮑魚』で食した中国の三大珍味は①鮑とナマコとフカヒレのスープ②鮑と茸の煮物③燕の巣の入ったデザート。鮑とフカヒレはわかったが、燕の巣はデザートに混じっていたので食感がなかった。

「豪華ホテル、グランドハイアットホテル上海」は、88階建ての超高層ビル、ジンマオタワーの53階から87階を使っている。「インテリアは簡素でファッション的で、色彩が明快で色調が暖かく、まるで自宅に帰ったような親近感を与える」という謳い文句は、ちょっと褒めすぎ。

上海観光では、19世紀後半から20世紀前半の租界の時代に建設された西洋建築が並ぶ外灘や明の時代の街並みの残る像園を見学。蘇州では、清の時代に造られた世界遺産の庭園の藕園や2500キロにも及ぶ世界遺産の京杭大運河などを見学した。

今回のツアーで、一番行きたかったのは、「鹿頂山から太湖を望めば……」の尾形大作のうたう『無錫旅情』の舞台。しかし、無錫の街は高層ビルが立ち並び、中心街には外国のブランド店がひしめき、東京の銀座かと見間違うほど。歌の面影はなかった。

『無錫旅情』が生まれた背景を案内ガイドの中国人女性の宮さんが説明した。「かつて、無錫は上海や蘇州に比べて日本からの観光客が少なかった。そこで、無錫の町が作詞家の中山大三郎さんを招待して鹿頂山や太湖を案内して歌を作ってもらった。歌はヒットして日本からの観光客は急増、歌の記念碑もできました」

ガイドの宮さんの話はおもしろかった。日本語はおぼつかないところもあったが、40歳前後で日本でも学んだことがあるという明るい女性。

僕らの旅行中に、香港では逃亡犯条例改定に抗議する大規模なデモが行われていた。条例が改定されれば、当局は、特定の犯罪の容疑者を香港から中国に送還できるようになることに香港市民が立ち上がった。宮さんは、中国の政治体制についてこう話した。

「中国では、政治と市民の生活は別と思っています。30年前の中国は、いまの北朝鮮のように、外国人が見学できるところは限られていました。しかし、豊かになった今は、すべて見せます。私は、日本は社会主義で中国は資本主義の国だと思います。日本は貧富の差がなく、中国は一部の豊かな人とそうでない人の差が大きく、中間層が少ない」

上海は、「アジアの摩天楼」といわれ、タワーマンションが林立する。その光景を見ながら、宮さんは続けた。「上海のマンションは日本円換算で2億円はします。住んでいるのは、親が裕福か、または金融やIT事業で成功した起業家といわれる人たちです」

僕らが泊まった「グランドハイアットホテル上海」は、クレイジーは付かないが、リッチそうな親子連れの姿があった。ホテル内のプールで泳いだ後、親子とも豪華そうなバスローブ姿でホテル内を行き来していた。一方で、上海の豫園周辺には、小さな古びた住宅が立ち並ぶ一角もあった。

僕ら旅行中の6月7日と8日は、中国の大学入学試験の日だった。中国の大学は、ほとんどが国立なので、日本の私立大学のように大学ごとの入試はなく、全国統一の入試の一発勝負。人口が多く、大学の数が少ない中国の親の受験熱は日本の比ではないという。

「中国では、お金持ちになれるかどうかは、学歴次第です。それも北京大学や清華大学といった名門大学を卒業しないと駄目です。私の友人の子供は、高校3年生ですが、進学校に通うため高校近くに親が借りた部屋に住んでいます。最近、中国の大学を出ても、いい就職や成功に結び付かないと、アメリカなど外国に入学させるケースも増えています」（宮さん）

今回の中国料理三大珍味を食し、豪華ホテルに泊まり、蘇州や上海の世界遺産を見学した四日間の旅に費用は5万円ちょっと。格安で文句はなかった。それより、ガイドの宮さんから現代中国事情が聞けたのは、間違ってお釣りをもらったような気分になった。

◆敬愛に包まれた偲ぶ会

故人を「偲ぶ会」には何度か顔を出したことはあるが、このほど出席した会は、簡素で温かで、参会者の別れの挨拶にそれぞれ含蓄があった。５月19日の神田外語グループ会長の佐野隆治さん（学校法人佐野学園前理事長）を偲ぶ会。故人への敬愛が通奏低音のように流れていた。如水会館（千代田区）が会場。中央祭壇の遺影は、笑顔の素敵な写真。生前に何度かお会いしているが短時間だったので、こんな笑顔を知らなかった。参会者は、白いカーネーションを祭壇に献花し、佐野さんとの別れを悼んだ。

偲ぶ会実行委員会の田中賢二委員長（副理事長）の挨拶は、簡潔だった。「佐野会長は、３月18日午後に逝去されました。この日は、会長が心血注いだ神田外語大学の創立30年の卒業式で、卒業式が終了するのを見届けて旅立たれました。享年82でした。ご列席の皆様のご厚情に御礼申しあげるとともに、会長の残された数々の教訓を守り、教育力向上のために努力していくことをお約束します」

神田外語大学の酒井邦弥学長が故人を偲ぶ挨拶。「佐野会長は、後発である神田外語大学の発展に傾注されました。学生全員の英語必修、自立学習を実現するＥＬＩの導入、ＳＡＬＣ（自立学習センター）やブリティシュ・ヒルズ（ＢＨ）など独自学習施設の設置など教育者として先見性があり、偉大な業績を残されました。文化の変革の時代、グローバル時代の幕開けという乱世の英雄です。あの人間を吸い込む魅力はどこから来たのでしょうか。少年のような冒険心でもって教育の理想を語った姿にあると思いました。会長と一緒に仕事ができたことは誇りです。これを心に刻み、更なる学園の発展のため全力を尽くします。会長の精神は『言葉は世界をつなぐ平和の礎』という本学の理念そのものでした。ご苦労さまでした。長い間、ありがとうございました」

高校時代からの友人の高橋優介さんが別れの言葉。「高校の同級生で、毎朝、地下鉄銀座線で一緒に通った。以来、65年の付き合いになる。渋谷や銀座でよく遊んだ。大学を出て、僕は建設会社に入ったが、福島のＢＨや千葉の神田外語大学建設の受注ができた。『高橋がいるから発注するんだ』と言ってくれ、僕が左遷されたときは、一晩中、酒に付き合ってくれた。ゴルフもよくしたが、こっちは悔しい思いをした。私もまもなくそっちへ行く。プレーのできるゴルフ場を用意しておいてくれ。馬鹿を言い合ってゴルフをしよう。長い間、世話になりありがとう」

子息である佐野元泰理事長が挨拶。「父であると同時に、直接の上司であり、人生の師でした。いつも隣にいて、困っていると、『考えろ、悩むな』と言ってくれた。悩みは停滞で、考えることは、物事が前進する、と。また、原理原則の人でした。新しいことをやろうとするとき、これは何のために、誰のためにやるのか、世の中のためになるのか、と。これが教育・経営の原点にあったのだと思う。優しい人でした。学生が、どうやれば幸せになれるか、学びたい学生にはどうすればいいか、常に学生への愛情がありました。これが神田外語の教育スタイルになりました。

実は、亡くなる1ヶ月前、親子喧嘩をしました。大学の将来構想をめぐってでしたが、最後は、『わかった。本気でやるなら応援してやる』と言ってくれました。公私を分けよ、と言われましたが、おやじ、俺たち、これから本気で前向いて学生たちを幸せにするから、頑張れと応援してくれ。この偲ぶ会は、学園の過去を見直し、未来へ進むきっかけにしたい。おやじは、みなさんの支えで、素晴らしい人生を送ることができました。ありがとうございました」

献杯は、長年の友人の小林忠雍さんが微笑ましく。「楽しい付き合いができた、忘れられない思い出もたくさんある。お互い、もっと長生きしよう。それでは、カンパイ」。簡素で温かな偲ぶ会に、ユーモアも加わった。きっと、佐野さんも人知れず微笑んでいるにちがいない。

（「NO．146」　2017．5．31）

◆豪放磊落で気配りの人

豪放磊落に見えるが、気配りの人でもあった。学生時代から公私とも面倒を見てもらった先輩が命終した。享年77。関上伸彦という。大きな体、斗酒なお辞せず、座談が上手かった。酒の飲み方も教わった。長い間、細川護煕元首相の秘書として細川氏を支えた。たくさんの思い出をありがとう。関上さん。

何事にも、始まりと終わりがある。楽しかった思い出が走馬灯のように蘇る。群馬県立沼田高校から早大法学部に進んだ。高校時代は卓球の選手として鳴らした。僕が入学したとき、ワセダ8年生で、入部したサークルの〝名誉会員〟だった。風貌といい堂々とした態度から大学職員かと間違えたほど。

関上さんは、早稲田界隈では知る人ぞ知る存在だった。僕の大学、産経新聞の兄貴分にあたる牛場昭彦さんと無二の親友だった。僕が産経を受験して最終面接に臨む頃、関上さんは「牛場の結婚式に産経の鹿内社長（信隆氏）が来る。紹介するからノグチも来い」と言った。

帝国ホテルの一番大きな会場で、鹿内社長は遠くに霞んで見えた。紹介してもらう雰囲気はまるでなかった。関上さんの命令で学生服の僕は「都の西北」の指揮を取らされた。結局、社長面接はなかったが運よく入社することができた。

産経入社後、前橋支局に赴任した。関上さんの故郷だった。「俺の兄貴が農協中央会にいるから尋ねるといい」と言ってくれた。ずうずうしく兄さんを訪問した。農協中央会の大幹部で弟似の兄さんは、前橋市内の一流料亭でご馳走してくれた。

学生の頃、関上さんは新宿区落合に下宿していた。そこでも、よく飲んだ。「剣菱」が愛飲の酒で、剣菱の一升瓶を夜中に酒屋まで買いに行かされた。飲むほどに酔うほどに歌となった。十八番は『銀座の雀』で、森繁張りの声で銀座のバーなどでは人気を独り占めにした。

早大卒業後に細川氏の秘書となり、住まいも東京から熊本に移した。文字通り細川家臣団となった。参院選、熊本知事選、衆院選と勝ち戦で、日本新党結成にも尽力した。長男は東大法学部からメガバンクへ、次男は熊本大学医学部を出て医者に。これを自慢する話は聞いたことがなかった。

僕は産経を定年退職したあと、何度か、熊本の関上さんを訪ねた。ある時は、天草で採れた大量のハマグリをわざわざ取り寄せてくれて、馴染みの小体な居酒屋で、ある時は、市内の高級天婦羅屋さんでご相伴にあずかった。

最後に会ったのは、2年前の牛場さんの3回忌。がんの手術をしたあとだったが元気そうだった。「主治医が、酒は駄目というんで、もっぱらノンアルコール。ビール以外にも日本酒、焼酎にもあるんだ。いまや俺はノンアルコール評論家だ」。そう言って苦笑いした姿が忘れられない。

葬儀に参列した平野照満さんが、最期の様子や葬儀の模様をメールで寄せてくれた。関上さんは8月頃、容体が悪化し、9月から入院中だった。容体の悪化や入院などのことは、「迷惑がかかるので誰にも知らせるな」と言っていた。

平野さんは、10月13日の通夜、14日の告別式に参列。「棺の中の関上さんは、やせ細りもなく、顔の色もよく、まったく普段通りのあの関上さんの顔でした。77歳の少し早すぎる逝去で本当に残念です」と話していた。

細川元首相は、亡くなる一週間ほど前に見舞いに訪れた。このときは、意識もうろうで話もできずに固く握手を取り交わしていた。告別式での細川元首相の弔辞は、二人の出会いから、各選挙や日本新党結成時の候補者調整など、関上さんへの感謝の念があふれ伝わるとても良い挨拶だったという。

細川元首相の弔辞は、関上さんが政治家秘書の鑑だったことを証明している。77年間、ぶれない生き方だった。長い間、いろいろ楽しませてくれてありがとうございました。さよならは言いません。また、「よう、ノグチ」と呼んで酒を飲ませてください。お疲れさまでした。安らかに眠ってください。

（「NO．163」　2018．10．18）

◆早すぎる後輩の死

ワセダは、仲間を引き寄せる。同じ専門紙の仲間が急逝した。早大の先輩後輩ということもあって生前、何度か酒を酌み交わした。東京交通新聞社社長の武本英之さん。昨年6月に社長になったばかり。享年61と早すぎる死。厳しい新聞業界にあって神経をすり減らしたのか。残念でさみしい。

僕は教育学術新聞という専門紙の平記者だが、僕より10歳近く若い武本さんは、先輩を立てる慎みがあった。9月末、急性心筋梗塞のため東京都小金井市の自宅で亡くなった。福岡県生まれ。早大商学部を卒業後、1982年に東京交通新聞社（新宿区）に入社した。

東京交通新聞は、タクシー・バスをはじめとする暮らしの足を支える地域交通を多角的に報道。武本さんは、取材報道部長、編集局長、編集主幹などを歴任、２０１７年６月に代表取締役社長に就任した。

10月中旬の日本専門紙協会の大会で同新聞名誉会長の二村博三さんにお会いしたら「武本君が亡くなり、老骨が頑張らないといけなくなってしまって……」と呆然としていた。二村さんは、同新聞の創設者で早稲田の大先輩。武本さんの急逝で社長に復帰した。

武本さんは、36年余にわたり地域交通の専門・全国紙としての報道を支えた。「高齢者・障害者のモビリティと交通に関する国際会議」や「くらしの足をみんなで考える全国フォーラム」などの座長等を務めたり、『福祉有償運送制度とタクシー事業――潜在需要とビジネス展開』（地域科学研究会）の著書を著すなど業界にも貢献した。

武本さんのお別れ会（10・29）に出席。白い花に埋まった穏やかな遺影が悲しい。二村さんは「お互いの夫婦一緒に食事をした翌日に君は突然逝ってしまった。いまだに信じられない。これからという時に……。残念でたまらない」と涙の弔辞。

武本さんと30年の付き合いだという国交省の参事官は「熱心な取材を受けたが、温和な人柄でみんなに好かれた。タクシー・バス業界や地域交通の今後について論陣を張った。業界にとっても大きな損失だ」と早すぎる死を惜しんだ。

取材対象のタクシー・バス業界は厳しい。新聞業界もインターネットの普及等もあって経営は多難である。東京交通新聞もリストラを行ったが経営は楽ではなかったという。長らく編集畑を歩んできての社長業は大変だったと推測する。

武本さんと知り合ったのは、僕の産経新聞時代の先輩のYさんが5年前、同新聞社の経営陣に加わってから。専門紙の懇親会や彼の息子さんのジャズセッションを聞きに行ったあとの酒場で酒を傾けながらいろんな話をした。「早稲田時代は演劇にのめり込んだ」と話したのを覚えている。

調べてみると、2010年に演劇のシナリオを書いて劇場で上演している。「NPO現代座公演 タクシードライバー物語3 ここは幸せゼロ番地」のタイトルで〈作：武本英之〉とあった。

倒産寸前の小さなタクシー会社が舞台。先代社長の後に元・画家の若社長が就任。みんな浮足立ってひそひそ転職の相談。一人だけ例外なのが、昔堅気のガンさん。「余計なサービスはいらねえ。運転の腕が確かなら、金は後からついてくる」。てんでバラバラなドライバー連中が繰り広げる泣き笑いのドタバタ劇。

武本さんは、作者としてのコメントを寄せていた。〈自分の生き方が時代に合わなくなった時、人は時代に合わせて臨機応変に変われるものだろうか。人によっては滅んでいくしかないのかも知れない。どこかに希望はないのだろうか。昔気質のタクシードライバー・ガンさんの生き方を通して、見捨てられる人々を生産する今の時代に向け、そんなんでいいんですか、と問うてみた〉

武本さん自身をこの劇に投影している様にもみえた。〈見捨てられる人々を生産する今の時代に向け、そんなんでいいんですか、と問うてみた〉のコメントは鋭いが優しさがある。学生時代は、きっと優しい演劇青年だったのだろう。
「近いうち、一度、ゆっくり飲もう」と一緒に飲んだとき言っていたが、実現しなかった。約束を果たさず先に逝ってしまうなんて、辛いなあ。武本さん、お疲れさん、また、いつか、どこかで飲みましょう。

（「NO．164」 2018．11．14）

◆専門紙の良心が逝く

専門紙の良心ともいえる人だった。敬愛していた早稲田大学の先輩で東京交通新聞社の創業者の二村博三さんが亡くなった。編集方針が「批判精神の昂揚と迎合主義の排除」で、一般紙に負けない紙面づくりをめざした。批判精神に加えてダンディズムの漂う先輩だった。

二村さんは7月28日、心不全のため命終した。享年90。同紙のHPに、〈二村博三名誉会長は、タクシー界を60年にわたり、新聞人として一身に支え、専門紙全体の地位向上にも尽力、貢献した〉とあった。

二村さんとは、数年前、東京交通新聞社にいた僕の新聞社時代の先輩、山城修さんの紹介で知り合った。日本専門紙協会の会合などで親しく懇談したり、僕が発行するメルマガの感想をメールでいただいたり「メル友」としても交流した。

山城さんによると、二村さんは、社長時代、心臓病の持病がありながら朝8時には出社。一般の取材記事と、一般記事の体裁をとった広告記事の峻別に厳しかった。広告主の中には「広告」と欄外に入れずに一般記事の形で載せてほしいという要望も多いが、断固として拒否した。

僕とのメールのやりとりは、2年前は、頻繁だった。「150号受信。毎度有難うございます。『議員の不倫騒ぎ』も『昭和の香』も米寿超えの小生、万感交々で拝読しました」（2017．9．22）、「151号ありがとう。2本と新刊紹介まで心地よく読ませていただきました。心洗われました。深謝、ご健筆を祈念」（2017．10．25）。

昨年12月21日の最後のメールは、「野口さんにもいろいろたくさんお世話になりました。武本のことも。今、卒寿に入る老骨が、後始末に苦闘しておりますが、新年になったら笑顔でお目にかかりたいと思っています」

文中の「武本」とは、一昨年9月、61歳の若さで死去した同紙社長の武本英之さん。武本さんの死後、二村さんは社長に復帰。同10月の日本専門紙協会の大会でお会いした際、「武本君が急逝してしまって……」と憔悴しきっていた。

二村さんは、戦後、地位の低かった専門紙の地位向上を図るため、日本専門紙協会の創設に参画し、永年、副理事長などの要職について専門紙業界の社会的認知の向上に努めたという。

趣味も多彩だった。ゴルフが好きで、80代半ばまではコースに出ていた。俳句をたしなんだ。一昨年、句集『迷走果てず』（2018年5月28日発行）を送っていただいた。その句は、洒脱で、反骨精神にも富んでいた。

晩節に向き合う思惟や梅の花
一強の我儘馳せる初時雨
蕗味噌や親父に似たるほろ苦さ
反骨と迎合の間や冬の靄
どこまでが戦後なりしや沖縄忌

「二村さんの教養の深さにも舌を巻いた。生き方は、在野精神が根幹にある早稲田精神の実践だったのではないか。揺るがぬ批判精神、ジャーナリズムの高みを目指す強い姿勢に、頭が下がった」と山城さん。

二村さんは、小柄で風貌も話しぶりも穏やかで好々爺という風だった。二村さんにあるのは、在野の早稲田精神とともにダンディズムではないだろうか。

「ボードレールは、ダンディズムの信奉者で、彼によってダンディズムは内面的になり、くだいて言えば『精神のおしゃれ』といってよい」(吉行淳之助)

「真のダンディズムは、文学上に於いても、服装上に於いても、時潮の常識に対するプロテストの叛逆精神を本質としている」(萩原朔太郎)

二村さんには、こんな素敵な句もある。

初春やロマネコンティと米寿かな

(「NO．173」　2019．8．17)

◆重さと気品の恩師逝く

恩師と呼ぶには憚れる。早稲田大学法学部のフランス語の担任教員だった濱田泰三先生が8月、旅立った。享年91。旧制一高・東大からNHKを経て早大に来た。トロツキーの著書の翻訳で知られ、フランス文学者であり文芸評論家だった。不肖の教え子の早稲田の青春がまた一つ去っていく。

1967年、早大の法学部講師に就任。僕らの法学部25クラスの担任となった。第2外国語選択で、法曹界志望の学生はドイツ語専攻が多いが、25クラスはフランス語でガチガチの弁護士志望はいなかった。女子学生もいなかった。

僕らは、浜田先生が教員になって初めての教え子だ。コンパなどでの会話は、先生の学生時代の話が多く、知的な刺激と触発があった。クラスに新左翼の社学同の活動家がいた。授業に来なくなった時、「あいつ、どうしてる」と心配していた。

成績のあまりよくない仲間数人で東京・青山にあった自宅に何度か遊びに行った。児童文学者の若々しい奥様が歓待してくれた。僕は、フランス語が苦手で、2年間で単位が取れず3年次にやっと取れた。「下駄を履かせてくれた」に違いない。

産経新聞への就職試験では、推薦状を書いてもらった。「僕の推薦状で大丈夫かな」と言った。理由は、その後わかった。甘えてご夫妻に結婚式の仲人をしてもらった。お祝いに益子焼の大皿をいただいた。今も自宅に飾ってある。

先生は、旧制一高時代、秀でた文学青年だった。詩人の大岡信が『詩への架橋』(岩波新書)で証言している。大岡が旧制一高の文芸機関紙「向陵時報」に詩を投稿したさい、濱田泰三から厳しい批評を受けたエピソードを書いている。

〈(批評したのは)そのころうまい小説を書き、一高の文学青年の間で、一目おかれる存在だった後のフランス文学者濱田泰三で、彼は日野(啓三、のちの小説家)の依頼をうけて詩の欄の選考ならびに批評に当たったのである〉

「向陵時報」の同じ号には、作家の村松剛のヴァレリー論、後のマスコミ論の学者、稲葉三千男の詩一編があった。先生は、一高から東大文学部仏文科に進んだ。一高・東大では共産党元副委員長の上田耕一郎と一緒だったと言っていた。

東大卒業後、NHKに。欧州や米国などを対象とする国際放送に従事。組合運動にも関わり、当時のNHK労組のドン、上田哲とは対立、長崎放送局に新左翼の組合ができたときの理論的指導者だったという話をNHKの友人から聞いた。

僕の産経新聞就職の推薦だが、一高・東大時代の左翼活動歴は知らないがNHKでの組合活動、革命家、トロツキーの翻訳もあり、右寄りの産経新聞の推薦には相応しくないと気遣ってくれたのかもしれない。幸い杞憂に終わり入社できた。

早大では、僕らが卒業後、助教授を経て教授に。よそ者(早大卒ではない)という非難を浴びるなか早大図書館長、常務理事という要職を務めた。図書館長として学内のすべての学術情報の二次データベースを構築、常務理事としてリーガロイヤルホテルの早稲田誘致など改革に取り組んだ。

仏教や天理教といった宗教にも造詣が深く、ルネ・グルッセの『仏陀の足跡を逐って』の翻訳や、天理教とかかわりの深い天理大学附属天理図書館について解説した『やまとのふみくら――天理図書館』を編纂した。

息子さんから10月上旬、届いた訃報の知らせには、こうあった。「さる8月17日土曜日午前8時42分、心不全により、享年91歳を以て自宅にて逝去いたしました。当日朝、起床を促すも最早目覚めぬままに、まずは大往生かと存じます」

先生は、華麗な肩書きや優れた業績をひけらかすことはなく、重さと気品があった。僕らが早稲田の学生時代は、「学生一流、教授二流」なんて揶揄された。とんでもない、僕ら法学部25クラス、いや僕は逆だった。楽しくその後の生きる糧となった早稲田の青春をありがとうございました。さようなら。

（「NO．175」　2019．10．21）

◆上り列車の時代の快男児

悲報は、非情に何の予告もなく飛び込んでくる。学生時代の同じサークルの同期の仲間が命終した。新潟から集団就職で上京、定時制高校から早稲田大学に入学。小柄ながらも、がっしりした体、口八丁手八丁、愉快で豪快な男だった。卒業後、新潟県議。県議会副議長を務めた。あの勇姿がもう見られないと思うと辛い。

広井忠男という。享年77。1月20日に学生時代の後輩からの突然の電話で知った。「広井さんが昨日、亡くなりました。白血病で昨年11月から入院されていたとのことです」。悲しみより、「あんなに元気だった男が先に逝くなんて」という驚きで言葉を失った。

すぐに、彼のことを書いた新聞を思い出し、探して見つけ出した。朝日新聞日曜版（１９９８．10・18）の「１００人の20世紀」という連載で、元首相の田中角栄を取り上げた。朝日新聞の新潟支局に配属され広井君と親しくなった早野透編集委員が筆を執った。広井君の出てくる部分は、こんな書き出しだ。

〈角栄の上京のちょうど四半世紀後の昭和34年3月25日、角栄の選挙区、当時の国鉄小千谷駅から1人の少年の旅が始まる。その少年、広井忠男は中学を卒業したばかり、15歳。母がつくってくれたシソお握りを持って、乗ったのは集団就職の列車である〉

その後の歩みも綴られるが、こうした歩みは学生時代に広井君本人から何度となく聞かされた。「集団就職で務めたのは池袋にあった衣料品販売と食堂を営むキンカ堂で、食堂のコックをまかされた。地下食堂のねずみ退治で上司から認められた」

政治に目覚めたのは、昭和35年、社会党の浅沼稲次郎委員長が17歳の山口二矢に暗殺された事件を知ったとき。「まもなく山口が獄中で自殺を遂げたことに衝撃を受けた。そこで、もっと社会を知ろうとキンカ堂をやめて都立新宿高校定時制に進んだ」

猛勉強のすえに早稲田大学商学部に合格。弊衣破帽にあこがれ僕と同じ早稲田精神昂揚会に入部、彼は4年次に副幹事長を務めた。同期は5人いたが、長崎県議の本多繁希君、文筆業の永田秀一君は先に逝き、残ったのは僕と所在のわからない堤司郎君の2人きりになってしまった。

広井君は、サークルでは詩吟の稲吟会にも入り、相撲の同好会もつくった。豪放磊落、饒舌で話題が豊富で面白いので、どこでも人気者だった。また、アルバイトに精を出し、土木作業員の手配師のようなこともやって僕らを引き込んだ。「毎日が青春」の大学生活だった。

早大卒業後、国会議員秘書を務め、昭和50年、地元の新潟県議選に立候補して初当選。〈この時代、小千谷は角栄の「越山会」の天下だった。広井は角栄から「総力結集」という色紙をもらった。県議4期を務め、国の公共事業を政治力でとってくる「田中型政治」の中に身を置く〉

当時のことを語る広井君の談話が出ている。「いまでも上野駅を通ると、青春がよみがえって熱くなる。僕らが生きてきたのは上り列車の時代だった。小学校を卒業してすぐに上京して、胸を張っていた角さんは、上り列車の時代の英雄だったのです」

広井君は、平成5年の総選挙に日本新党から出馬、田中真紀子ブームに敗れて落選。その後、自ら出版社をつくり、『蛍になった特攻兵・宮川三郎物語』や『野に生きる仏 木喰上人』、『日本の闘牛 その風土と民俗』などの書籍を著した。また、10数年前から早大の先輩で元東電副社長の星野聡史さんを担ぎ出し昼食勉強会「志湧く男たちの会」を主宰、月1回、東京・大手町に早大OBらが集った。

早野編集委員の原稿は、広井君と一緒に出掛けた新潟・出雲崎で見つけた良寛の歌で、このように締めくくる。

古（いにし）へに変はらぬものは荒磯海（ありそみ）と
向かひに見ゆる佐渡の島なり

……

いま角栄の地は静かである。

広井君、君はこれまで何事にも「総力結集」で闘牛のように歩んできた。よく飲んだ、よく歌った、よく遊んだ。楽しかった。もういいよ、雪深い穏やかな故郷・小千谷の地で静かに、ゆっくり休んでくれ。ありがとう、お疲れさま。

（「NO．181」 2021．1．22）

◆現場主義貫いた外交官

〈日米関係のエキスパートとして、沖縄やイラク担当の首相補佐官として、またある時はひとりの民間人として、困った人、愛する日本のために駆け回り、太陽のような情熱を降り注いだ男。主流を占める理論派に対して、あくまで「現場主義」にこだわり、その土地、その国に生きる人

の心を理解することから始めた〉

〈それが岡本行夫の仕事の流儀だった〉。『岡本行夫　現場主義を貫いた外交官』（薬師寺克行、伊藤元重、五十旗頭真編集、朝日文庫）の帯にある一節。北米一課長を務めるなど元外交官で、外交評論家、内閣総理大臣補佐官、内閣官房参与などを務めた。

２０２０年４月24日、新型コロナウイルス肺炎のため急逝、享年74。日本だけでなく世界から悲しみの声が寄せられた。同著は日米関係、沖縄、イラク問題などに岡本氏が答えるインタビューをまとめた。「特別寄稿・岡本行夫さんを悼む」として、16名の追悼文を掲載。

岡本氏の「現場主義」については、外務省の先輩や後輩らが追悼文に寄せている。「岡本行夫さんは現場主義を貫いた人だった。外交の現場に出て現場にいる人たちの想いを、何とかかなえたいと真摯に思う人だった。岡本さんを補佐した外務省の奥克彦さんが復興支援の先頭に立ち、テロの凶弾に倒れた時、人目もはばからずに号泣した彼の姿は忘れられない」（田中均元外務審議官）

「岡本さんは太陽のような人だった。あふれる情熱は人を惹きつけてやまず、多くの人が岡本さんのファンとなった。往々にして理論派の多い役所にあって、理屈でなく、気持ちだ、心だ、と信念で走り回る岡本さんが眩しかった」（藪中三十二元外務審議官）

小泉純一郎内閣のイラク支援については、こう答えている。「最大の盟友の奥克彦が悲劇的な死を迎えるという、極めてエモーショナルな３年間でした。しかし、予想もしない励ましも来ました。僕が辛かった時に俳優の高倉健さんが感動的な手紙をくれて激励してくれた。それがどれだけ僕を支えてくれたか。一生忘れません」

沖縄復興にも尽力した。きっかけは、橋本龍太郎内閣の官房長官だった梶山静六氏との出会いだった。当時、沖縄は95年9月の米兵による少女暴行事件で大きな怒りの波に飲み込まれていた。そのときのことをインタビューに、こう答えている。

「梶山さんは沖縄問題担当大臣を兼務していた。僕は『沖縄は気の毒です。配慮してやってください』と申し上げました。すると、梶山さんは突然、机の上にガバッと両手をついて頭を深く下げて『岡本さん、頼む！　沖縄を手伝ってくれ』と言われたのです。『どうぞ頭をお上げください。お手伝いします』と言うしかありません」

沖縄振興でも「現場主義」を貫いた。古川貞二郎元内閣官房副長官が追悼文で述べている。「沖縄振興問題では、現地に何度も足を運び、つぶさに実情を把握し、地元関係者ととことん語り合い、沖縄全体やその地域の現在、将来を見据えて心血を注がれた」

梶山官房長官の名が出てきたが、菅義偉首相の1月18日の施政方針演説にも梶山氏が登場した。首相は、演説の締めくくりで、梶山元官房長官の二つの教えに触れた。梶山氏は首相にとって政治の師で、胸に刻んだ言葉を「私の信条」として紹介した。

「国民に負担をお願いする政策も必要になる。その必要性を説明し、理解してもらわなければならない」と梶山氏から諭されたという。もう一つの教えは「国民の食い扶持（ぶち）を作るのが、お前の仕事だ」という言葉だそうだ。

菅首相が、二つの教えを実践しているとは、とても思えない。首相は、官房長官時代、2014年の沖縄知事選で、米軍普天間基地の辺野古移設に反対した翁長雄志氏が当選すると、沖縄に対して冷たい態度に終始。翁長氏が何度も上京して菅氏との会談を求めても応じなかった。

ステーキ会食、GoToトラベル、後手の新型コロナ対応等で失政続きの菅首相。その言動は現場主義とは遠く、岡本氏の対極にある。岡本氏は首相が施政方針で梶山氏を持ち出したことを、こう思っているのではないか。「菅さんはコロナや沖縄などの現場に出て現場にいる人たちの心を理解し、想いをかなえてやるべきだ」


（「NO．181」　2021．1．22）

◇ あとがき

「古き日々は色あせてきた。だが、若き日の思い出は美しく残っている。涙や歓びに満ち溢れている。最後にたどり着く思い出はウエスト・ポイントだ。そして言葉が響く、Duty（義務）、Honor（名誉）、Country（祖国）と。死を迎えるにあたって、最後の意識に残るのは、おそらく母校だろう、ウエスト・ポイントだ。武運を祈る」

タイトルにおいて、母校である早稲田大学にこだわったのは、日本占領時の連合国軍最高司令官、ダグラス・マッカーサーが、晩年に母校であるウエスト・ポイント（陸軍士官学校）で行った、この演説に起因する。

本著の『続・集まり散じて』の「集まり散じて」は、母校の早稲田大学校歌「都の西北」3番の「集り散じて　人は変れど　仰ぐは同じき　理想の光」の歌詞にある。古希を過ぎて過ごしてきた日々、ウエスト・ポイントを早稲田大学に置き換えながら、過ぎ去りし楽しかった青春の日々を回顧している。

産経新聞社を定年で退社後、日本私立大学協会にお世話になっている。仕事は、同協会機関紙「教育学術新聞」の編集で、これまでの新聞記者経験が活かせる有難い仕事を与えられている。幸せ者だ。

仕事の合間に、「身辺雑記のような文章を書いてみたい」という記者魂が疼きだし、メールマガジン「市ケ谷レポート」を友人知人に発信し出した。タイトルは、日本私立大学協会のある所在地からとった。本著は、これをまとめた。

一昨年末、心臓病の手術入院により休刊を余儀なくされた。この間、多くの読者から温かい励ましを受けた。退院後、何とか復刊できたのは、こうした励ましのお陰である。復刊できて１８２号まで続けられたことを含め、多くの読者に多謝　多謝だ。

本にまとめるにあたって、編集に尽力してくれた友人である悠光堂の佐藤裕介さん、遠藤由子さんに感謝したい。読者のみなさんには、メールマガジン同様、『続・集まり散じて』を読んでいただけたら望外の喜びである。

著者略歴

野口　和久（のぐち・かずひさ）
1948年（昭和23年）、埼玉県北葛飾郡杉戸町に生まれる。地元の小中学校から埼玉県立春日部高校に進む。１浪のあと、1971年（昭和46年）、早稲田大学法学部を卒業後、産経新聞社に入社。前橋支局、千葉支局、整理部を経て東京社会部で、警視庁、国税庁、宮内庁、運輸省を担当。夕刊フジを経て民間衛星放送のＷＯＷＯＷに出向、広報、編成、営業、ハイビジョンなどを担当。2008年（平成20年）、産経新聞社に復帰して定年を迎える。同年から日本私立大学協会に勤務、調査役として同協会機関紙「教育学術新聞」の編集に携わる。現在、メールマガジン「市ヶ谷レポート」を月１、２回程度発行、通算180号を数える。著書に『国鉄のいちばん長い日』（共著・ＰＨＰ研究所）、『全日空が日航を抜く日』（共著・講談社）、『平成デジタル戦国史』（アルフ出版）、『進化する大学』（悠光堂）、『集まり散じて』（悠光堂）。

続・集まり散じて

2021年9月1日　　初版第一刷発行

著　者　　野口 和久
発行人　　佐藤 裕介
編集人　　遠藤 由子
発行所　　株式会社 悠光堂
〒104-0045　東京都中央区築地6-4-5
シティスクエア築地1103
電話：03-6264-0523　FAX：03-6264-0524
http://youkoodoo.co.jp/
デザイン　　株式会社 キャット
印刷・製本　株式会社 シナノパブリッシングプレス

ISBN978-4-909348-39-5　C0095